朵朵的格子间爱情

DUODUO DE
GEZI JIAN AIQING

Moqi / 著

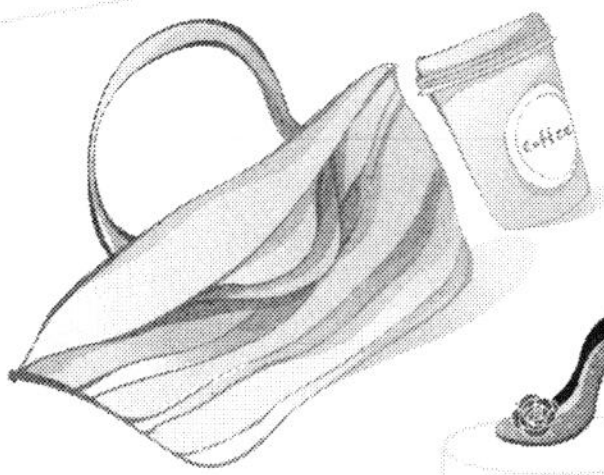

朝華出版社

图书在版编目（CIP）数据

朵朵的格子间爱情 / Moqi 著．—北京：朝华出版社，
2009. 8
ISBN 978 -7 -5054 -2197 -4

Ⅰ．朵…　Ⅱ．M…　Ⅲ．长篇小说—中国—当代　Ⅳ．I247. 5

中国版本图书馆 CIP 数据核字（2009）第 142325 号

朵朵的格子间爱情

作　　者　Moqi

选题策划　杨　彬　王　磊
责任编辑　王　磊
责任印制　张文东
封面设计　小石头

出版发行　朝华出版社
社　　址　北京市车公庄西路 35 号　　**邮政编码**　100048
订购电话　（010）68413840　68433213
传　　真　（010）88415258（发行部）
联系版权　j-yn@ 163. com
网　　址　www. mgpublishers. com
印　　刷　三河市三佳印刷装订有限公司
经　　销　全国新华书店
开　　本　710mm×1040mm　1/16　　**字　　数**　180 千字
印　　张　16
版　　次　2009 年 9 月第 1 版　2009 年 9 月第 1 次印刷
装　　别　平
书　　号　ISBN 978 -7 -5054 -2197 -4
定　　价　25. 00 元

朵朵的格子间爱情

花朵姓花，名朵。

2008年12月31日，从暖洋洋的呷哺呷哺火锅店出来，时间正好12点。同事互道新年快乐，作鸟兽散。

夜风刮得正起劲，花朵不禁一激灵，打了个喷嚏。她急忙翻开包，包里有纸巾，还有一沓A4纸，那是在思博公关做的最后一个策划案，案子还没签下来，但和她已经没有任何关系。

A4纸忽然被一股旋风刮起，随风四处飞舞飘扬。花朵原地站着，没有去追，泪水莫名流淌，脸上却漾开微笑。

第一篇　生如夏花……

待业整三个月的花朵意想不到地接到思博公关的录取电话。惊喜之余，花朵怎么也回忆不起自己在什么时间，出于什么想法投了简历。思博公关隶属于利嘉传媒集团，是业内“百强俱乐部”的成员之一。

在以后很长一段时间里，花朵都庆幸如此大公司竟然只一次面试就录取了对公关一窍不通的她。而花朵怒放的白领生涯就在这样不靠谱的情况下，奇迹般地开始了。

虽然第一天上班，习惯了三个月“米虫生活”的花朵仍然迟到了半小时。

花朵在打卡机卡片上写好名字，手中的笔悬在“部门”一栏的上空：面试那天的情况相当糟糕，不知道公关为何物，更不知道自己能干什么，和总经理一顿不着四六的乱侃之后，花朵落荒而逃，甚至没问自己被哪个部门录取。

如花似玉的前台胡晶灵正对着镜子起劲地描眉画眼。花朵回头把墙上的员工卡看了个遍，毅然在部门后面写上“策划”二字。

花朵正填写通讯录，门外走进来一位女士。

女士气质高贵，微红短发，表情冷峻，手挎名牌包包——“LV”。

“您好！找谁？”

“钟柏，你的CEO！”气质女士的话没有一点温度。

胡晶灵站起来问是否有约，气质女士没搭茬，昂头转过接待台，径直往里走。

“哎哟，魏霄，你终于来了。欢迎欢迎！”笑容满面的钟柏从里面接出来，“先上我办公室，晶灵，倒杯茶。”

钟柏陪着魏霄往里走，胡晶灵冲着魏霄的背影一撇嘴，推开椅子跟过去。

“哎，那我找谁啊？”花朵忙问。

“找谁？谁招的你你就找谁呗，这还用问？”

谁招的你你就找谁？花朵在混乱的面试记忆中只知道那个总经理

姓邓。

花朵左顾右盼地进到办公间。离自己最近的位置上坐着一位花格衬衫大辫子。

“哎，小姐请问……”

大辫子转过身，花朵下巴差点掉在地上，怎么是个男的。

花朵尴尬地一吐舌头，急忙改口，“不好意思，请问邓总在哪个办公室?”

大辫男跟前柜子的两个抽屉都开着，里面装着不下十种零食。大辫男伸手捻了几粒恰恰瓜子，边磕边慢悠悠地说：“邓总？邓总上星期就不在这儿了。去别的公司啦。”

思博公关唯一认识自己的人竟然不在了，这也太不靠谱了吧，难道是逗我玩？花朵张着大嘴，瞬间石化。

“你找他干吗？你是客户么?”大辫男上下打量花朵一番，依然慢条斯理。

“我，我是新员工，来上班的。他不在了，你，你能告诉我找谁么?”花朵声音颤抖，感觉前途渺茫。

“你应聘的什么部门？你什么部门的找什么总监！”

“嗯，策划部吧！”

花朵不能确定思博公关招她来做什么，接到“录取通知”时太兴奋，也没问。现在邓总人走了，这也许成了一个永远解不开的谜。

大辫男从椅子上直起身，四处寻觅，目光最终落在西北方：“尚扬，把人领走”。

第二会议室。

年轻，高大，谈笑风生的尚扬终于搞清楚花朵的状况。

大大咧咧的花朵解释自己莫名其妙的经历根本没过脑子，眼看着尚扬惊讶加无奈的表情才意识到自己的失言。

“不是不是，也许我说得不清楚。当时邓总给我介绍了公司的各个部门，什么策划部、客户部、设计制作部，最后问我对哪个部门感兴趣。我觉得设计部对我来说最合适，不过我对策划更感兴趣。但是邓总不是走了么，我也不清楚最后他让我过来是到哪个部门工作。”

尚扬捻灭烟头哈哈大笑：“嗯，明白了。不过，既然你对策划感兴趣我就留下你。邓建那家伙，走了就走了，还给我留下个遗物。”

天！遗物！说我是遗物！花朵顿时被气爆了，在即将爆发的一刹那，脑海里闪耀出闺蜜赵子慧咬牙切齿的嘴脸——“三个月要是再不交房租咱们就决裂，我养着我老公，我还得养着你！”

花朵桌子下的手紧紧地攥成拳头，提醒自己这是目前唯一一根救命稻草。花朵深吸一口气，脸上努力挤出笑容：“嘿嘿，以后请您多多关照。”

花朵在尚洋的带领下在策划部的地盘过了个场，最后被安排在靠墙角的位置。

尚洋转身跟旁边一位反带棒球帽的大男孩说：“诸神，花朵以后归你带了。除了名字外，告诉你花朵一个最大的特点——她对公关一窍不通。”

花朵郁闷到家，看着尚洋的背影咬牙切齿。

花朵走出行政部，胡晶灵正匆匆忙忙通知所有员工到大会议室参加全体大会。

大会议室长条桌前坐了十几号人，花朵溜到靠墙根一排挨着诸神坐下。花朵扫视一圈，发现会议桌顶头竟然坐着气质女士魏霄，在她的旁边是钟柏——利嘉传媒 CEO。

钟柏清了清嗓子：“人都到齐了吧？”

“Vivian 感冒请假！”一位戴红框眼镜，年龄和花朵差不多的女生答道。

钟柏往四下里瞧瞧：“小刘呢？也没来？”

“他不是跟邓总一块走了么？您忘了？”总裁钟柏对面一位衣着性感的丽人笑道。

“噢，忘了。既然都到齐了，咱们开始吧。”钟柏手往女士那里一摊，“邓建离职了，从今天起，魏霄就是咱们思博公关的总经理。老员工知道，去年魏霄来过咱们这里几天，因为某些原因，没留下来。今天魏霄正式加入思博公关，大家鼓掌欢迎。”

魏霄在大家的掌声中微笑，扬起高傲的下巴，轻轻点头。

“魏霄原来是本土十佳公关公司蓝光色标公关机构的客户总监，工作能力非常强，我花了很大力气才挖到咱们公司。每个公司的工作方式不同，开始都会有个磨合期，希望大家尽力配合，我就说这么多。”钟柏转向魏霄，凑到她耳边，“我和娱乐台的台长有个约，先走了，这里全权交给你。”

“天，以后有的受了！”诸神小声嘟囔一句，花朵眼角余光瞥了一眼诸神。

虽然刚见面，花朵对魏霄也没什么好印象，她不喜欢魏霄趾高气扬的那股劲。

“首先很高兴来到思博公关，我是个完美主义者，工作上也必然追求完美。所以，不管以前这儿是什么样子，今后我对大家的要求都会大幅度地提高。公关在我看来其实是个服务性的行业，是乙方，服务就讲究细节和品质。大家一定要记住这几个字——细节和品质。第一天上班，和大家还不熟悉，大家先轮流自我介绍一下。”

大家轮流介绍自己的名字和部门，一个个耳熟能详，国外的、国内的名牌大学听得花朵倒吸凉气。大公司果然不同凡响，虽然自己的母校服装学院也是名牌，但在通常意义上讲，和这些学校都不在一个档次。

最后轮到花朵。

花朵小心翼翼地站起身，面带灿烂笑容：“我叫花朵，‘祖国的花朵’的花朵。以前是学服装设计的，从来没接触过公关，今天第一天上班，是个新人，以后请大家多帮助。”

“从来没接触过公关？那请问你来干嘛？我们这里可不是学校。”魏霄的目光迅速转移到花朵身上，“真够呛！”

花朵没想到魏霄的反应如此夸张，还要说话，魏霄继续说，“算了，各位总监留下，其他人散会！”

花朵灰溜溜地经过会议室门口。

“把门给我关上。”魏霄冷冰冰地命令。

晚上9点，闺蜜赵子慧约会归来，边换睡衣边问，“怎么样？薪水多少？去面试你连薪水都没问，我还真佩服你。歇了三个月，今天第一天工作还不错吧，怎么着咱家小皇上也成白领了。”

坐在电脑桌前的花朵转回头：“试用期3个月，月薪5000。”

“5000啊，那还离我心目中的白领标准还差点，转正呢？”赵子慧系着扣子走过来。

“转正以后月薪8000，项目有提成。问了问我身边的同事，大概平均一个月能有个1万提成吧。我们是策划，点不高，客户部的高。”花朵尽量保持语速和声调的平静。

虽然花朵得知工资标准的时候差点没高兴得喊出来，但一切才刚刚开始，又这么不靠谱，心始终悬着。

“那岂不是一个月能赚小两万啊！”赵子慧惊叫着冲过来，笑呵呵地用手扶着花朵的肩膀，“天哪，知道为什么通知你去面试么？是我给你寄的简历。这3个月我算没白养你，以后本娘娘就靠你了。哎，那你还看什么啊？疯啦？”赵子慧一眼看见电脑屏幕上的白领招聘网站。

花朵喜忧参半地把今天的经历说了一遍。

赵子慧大骂，“你这个笨蛋，你确实早应该从那个破厂子出来，脑袋都成木头疙瘩了。别看了，把网页关了。咱家小皇上即使忍辱偷生，也必须把这个工作保住，绝不能辜负本娘娘的一片苦心。否则，否则我就把你扫地出门!”

“真是爱妃给我寄的简历?”花朵感觉赵子慧在讲天方夜谭。

花朵毕业于服装学院服装设计专业，天资不算聪慧，大学四年在班里混个中上等。大四开春的校园人才招聘会，花朵第一个被签约，让班里的同学羡慕了好一阵子。按赵子慧的说法叫“春暖花开”。可是后来的大半年，同学们一个个名花有主，签约单位一个比一个大牌，花朵感觉自己那个国企性质的制衣公司简直就是一根鸡肋，但再吐已经来不及。

花朵正式上班后才领教了什么叫国企。虽说这个制衣公司也算老字号，但一年就设计春夏秋冬四款内衣着实让花朵不知道自己有多大意义。花朵曾努力跟领导谈过要注重设计，推出更多的产品才能如何如何。但领导笑言内衣其实注重的是面料，再说消费他们产品的主力是工薪阶层的中老年妇女，质量、信誉和物美价廉才是王道。花朵仔细想想也对，厂子里出的秋衣秋裤也就她妈会买。她要辞职，妈妈死活不同意，说国企稳定，现在到哪儿找去。花朵不干，三个月前毅然辞掉工作。结果受不了老妈的唠叨，跑出来跟赵子慧同性合租。

“不是我是谁!”赵子慧对于这事比较骄傲，“倒不是看你三个月找工作着急，是你三个月……”

“吃你的喝你的，我知道!”花朵笑着搂着赵子慧的脖子，使劲亲了一大口，“你是我的贵人，赵贵人。朕向你保证，拼了命也得熬过三个月试用期!”

“这还差不多!”赵子慧笑了，一努嘴，“为了恭喜你跻身白领一族，我今天特意买了瓶 chanel 香水，在我包里，自己去拿!”

花朵满怀着自己对新工作的美好憧憬和赵子慧所谓苦口婆心的嘱托，提前 30 分钟到达思博公关办公间。公司还一个人没有，花朵从书刊架拿了两本《Vogue》回到座位。

花朵翻了几页，发现杂志上都是大大小小的窟窿，好多图片都被剪掉，翻开另一本也如出一辙。这书怎么看，花朵索性把书放回原位，从自己的包里翻出一本《公共关系学》，头昏脑胀地啃读。

“呦，美女，这么刻苦呢!”诸神神出鬼没地走到她身边，伸手翻到书的封面，看了一眼，“给我垫桌子吧! 这破书你就看看第一页——公关英文怎么拼，简称是 PR 就足够了。”

花朵对这个说话风格不着调的诸神无法产生认同，不想说话，接着看自己的书。

“嘿，你还不听为师的话啊！尚扬把你交给我带，你就是我的爱徒了。我得迅速把你培养成思博公关的公关之花，否则为师得累死。没看魏霄听你说你没干过公关时候那表情么？哎呀，真够呛！”

诸神惟妙惟肖的模仿把花朵逗笑了，于是她觉得这个人其实也不太讨厌。

花朵把书合上，深深地朝诸神一点头：“好吧，诸老师，现在就请您给我上第一堂公共关系课。”

“我这人就好为人师。好，那我就给你讲讲。”诸神转身用鼠标打开电脑上的文件夹，顺手点开一个 PPT。

“简单浏览一下，这是咱们公司做的活动总结 PPT，快速过一遍。”

诸神一边播放着 PPT，一边简要介绍活动内容，花朵看得聚精会神。

“这都是咱们公司做的啊？”

PPT 放完了，眼花缭乱的现场照片激起花朵无限激情：“好多大品牌大明星呢，那个内衣发布会我还参加过呢。原来是咱们公司做的啊，厉害！我发誓一定要成为思博公关的公关之花、明日之星！”

“但愿。看明白点什么没有？咱们虽然叫公关公司，但是主要业务是 Event 事件活动。公关公司分好多种，有整合的，有主要发稿的，有的会议公司也叫公关公司。不过就我看来，还是做活动比较有意思。”

“嗯，”花朵点点头，“我觉得也是。看来歪打正着，我还真来对地方了。那破书确实没劲，昨天晚上我看了一会儿就睡着了。”

诸神来了精神，把椅子往前挪。

“知道公关和广告的区别么？为什么现在都说‘公关第一，广告第二’？”

花朵似乎看到过这个说法，但没留意，也搞不清楚。

诸神笑着问：“你有男朋友么？”

“怎么扯到这上面来了？这跟公关有什么关系？”花朵一头雾水。

“当然有关系，这是前提，要不我下面的比喻没基础了，少儿不宜。”

“有！你说吧。什么少儿不宜。”花朵不知道诸神安的什么心，但没有也说有，23 岁还没有男朋友似乎太逊。

“那好，我就不客气了。”诸神眉飞色舞，“作个比喻：你是一大龄女青年，没有男朋友，但你体内汹涌澎湃的雌性荷尔蒙让你产生了强烈性的渴求。于是乎你就登了个征婚启事，写你如何貌美如花，如何色艺俱佳，希望寻求一位真心爱你的男士作伴，永结同心，白头到老。这个呢，就叫做‘新闻发布’。”

花朵被诸神如此的比喻弄得脸红心跳，但强烈的好奇心诱使她继续听下去。

“接着，一个挺适合你胃口的大龄男青年主动上门，带你去公园一个黑暗角落约会。身为大龄女青年的你看这男的还可以，有点急不可耐。你对他实话实说，‘我床上功夫不错。’这个么，就是广告，当然里面充斥了严重的欺诈成分。”

“天，你这个太夸张了吧，简直不堪入耳。”花朵差点晕倒。

“你听我说完了啊，就快到公关了。那男的听了你的‘广告’，立刻和你一拍即合，当即提出晚上去你家。你二话没说，飞奔到家，急忙收拾屋子，买鲜花铺满床，营造温馨浓烈的气氛。然后你又买了一瓶红酒，精心做了一顿大餐。最后你换上一件性感的真丝内衣，放上迷情音乐，点上精油熏香什么的，等待他的到来。晚上，你们俩干柴烈火，如鱼得水。从此以后你们就过上了幸福的生活。你回家以后这段呢，就是‘公关’。大概明白了吧。哈哈哈哈！”说完，诸神仰天长笑。

“天，还真是惊世骇俗啊！”花朵喝了一大口水，“你怎么琢磨出来的？真少儿不宜。亏你想得出来。”

诸神洋洋得意，“这就是经验，生动吧！所以我说你看那破书根本没用。听我一番话，胜读十年书。对了，你是新手什么都不明白，没事多看看网上邻居策划部里的方案。新手的第一阶段就是剽窃，先把别人现成的学到手。还有，今天交给你一日常任务，那边有很多杂志报纸，中间那一沓都是上个月的。你把里面觉得好的活动图片，包括一些舞台布置、品牌、设计的图片都剪下来，做个剪报。每个月咱们策划部都开碰头会，到时候每个人轮流介绍一些新玩意。”

“是！”

花朵虽然觉得诸神的理论过于“色情”，但经过他这么一比喻，立刻豁然开朗，对诸神肃然起敬。

做剪报确实是个不错的方法，花朵边看边剪边琢磨，一上午后觉得自己有点开窍，兴趣和信心进一步提升。

中午，策划部同仁一块去利嘉大厦地下一层的员工餐厅吃饭。

“这伙食比我原来单位可强多了，看来我会胖起来！”从来不认生的花朵眯着眼睛，啃着排骨，大加赞叹。

“胖?”对面的小昭——策划部的同事冷笑，“原来我120斤，你瞧现在!”

“啊，”花朵上下打量小昭一番，“120，没想到。好事啊!瘦还不好。”

“瘦是瘦，你看我这眼袋，这肤色，非洲难民不过如此。我看你这身子骨，还真不见得待得长。这几天是不忙，真忙起来，会忙得你月经不调。”

“吃饭呢，吃饭呢!”诸神差点没喷饭。

“有这么夸张!我以前单位到点就走人，寸毛不剩。”

策划总监尚扬笑:“要是想减肥到这儿准没错。减肥的三大诀窍这家公司全具备。”

“说来听听!和我一块住的女孩天天净琢磨着怎么瘦呢。吃的喝的穿的抹的，对她都没用。”花朵停下筷子，聚精会神地听。

“减肥的三大诀窍是什么?我总结就是——抽烟、熬夜、喝浓咖啡。这跟咱们的工作习惯是一样一样的，亚健康就是白领阶层的专利。”

花朵一直觉得亚健康离自己很远，原单位每年两次体检，花朵一点毛病都没有，她是一株茁壮成长的花朵。

“哎，别吓唬我啊。这几天听到的都是负面消息，难道你们都是‘痛并快乐着’?”

“说得好!”尚扬用筷子一敲碗，“有前途，看来留你可能是对的。我想邓建要你不会是没有任何道理。”

“我还真得感谢他，我们就面试见过一面，他人就走了。”花朵嘬着筷子，“不好意思，能透露一下他为什么走了么?我挺遗憾的。”

尚扬叹口气，“其实他人不错，策划能力超强，拿过公关案例大奖，不过就是人过于固执。有才的人可能都有点儿这样，我也是，但没他那么明显。就因为他固执，老坚持他的想法，得罪了好几个大客户。魏霄原来是蓝光色标的客户总监知道吧，把客户都抢她那里了。钟少虽然特别欣赏邓建的才华，但他毕竟是个商人，要的是利润。上个月他们俩又大吵一顿，邓建就决定走人了。钟少也没办法，忍痛割爱呗。小刘是邓建手把手带出来的，也跟着走了。”

“我总觉得公关公司跟酒店公关没什么区别。”诸神接茬，“就是出来卖的，别人出卖色相，咱们出卖想法。如果人家不高兴，想法再好也没用。再说深刻点，咱们还不如人家呢，肉体和灵魂都出卖了。当那什么还想立牌坊，太不现实。”

“你少废话!花朵刚才不是说了么，别老是给人家负面的暗示。聊点别的。哎，花朵，你有男朋友么？”尚扬嬉笑着道。

“淫贱！”小昭甩出一句，“花朵，你别理他们，都不是什么好人。看你是花朵，都想变成小蜜蜂在你这儿采点蜜。”

“哈哈！”花朵没心没肺地大笑，“干策划的就是不一样，说话都这么有意思！”

尚扬的手机响了，接完电话，他说魏霄要开会，财富汇的案子被pass了。

大家赶到第三会议室。

魏霄皱着眉头用勺搅着咖啡，客户部的丰满女郎Sharon低头在笔记本上胡乱图画。

魏霄等大家都坐下，指着自己腕上的手表，“这都几点了？吃饭吃这么长时间，你们公司怎么做事都是这么拖拖拉拉的。我说钟柏死活拉我过来，看来问题真是多得够呛。”

大家听魏霄这样说话都郁闷，已经是思博公关的总经理，竟然还说“你们公司”。

花朵觉得气氛沉重，瞥了一眼诸神，诸神面无表情地在本子上画小人。

“Sharon，你跟大家说说吧！”魏霄继续搅她的咖啡。

财富汇是Sharon上个月接的一个地产客户。要不是这半年客户流失严重，思博公关绝对不会接地产项目，一是地产客户素质在业内公认的低，二来地产项目为突出自己的品质品牌总是想方设法嫁接高档品牌资源，但高档品牌资源根本就看不上急功近利的房地产，运作起来相当麻烦。不过财富汇是个还算高档的别墅项目，下个月10号开盘，找思博公关做开盘的公关活动方案。Sharon跟财富汇的客户关系已经走到开发商的项目经理，虽然是第一次比稿被pass，但还是给了思博第二次比稿的机会。

“开发商说咱们的方案调性不对。贵族是贵族，咱们的方案看不出来上流社会真正的生活。这是李含玉的原话。”Sharon边看本子边说。

“方案我看了，太普通，毫无亮点可言。那种方案也好意思去提！也就是钟柏的客户关系多，否则真不知道思博能在公关界混多久。”魏霄冷嘲热讽。

花朵看诸神在本子上写了“SB”两个字，赶快用打印出来轮流传阅的方案盖在诸神的本子上。

“调性不对？”尚扬做思考状，“我觉得咱们的案子挺上流社会的啊。”

魏霄给策划总监尚扬面子，没说什么，只是直勾勾地看着Sharon。

Sharon 往前一挺胸：“其实调性是对的，但是我觉得关键是你们没明白李含玉的意思。他昨天约我出去吃饭说这事的时候，你们要在场就知道了。他这人特别花，看出来了吧。他说真正的上流社会其实是比较原始社会的，酒池肉林，纸醉金迷。他举个例子，上流社会都玩什么啊，无上装派对。”

“真是淫贱，干脆把他那儿的房子都弄成夜总会，再找几个小姐不就行了。”小昭义愤填膺。

Sharon 说，“是这个路子，我昨天就这么直问的。不过人家是地产项目，卖房，卖生活，虽然客户都是有钱人，但也不能露骨。”

尚扬冲 Sharon 点点头：“噢，我明白了。情色不是色情，这个度还真难把握。”

魏霄喝口咖啡，微扬下巴，“怎么说，也许你们的经济原因，不了解所谓的上流社会。李含玉这人我打过交道，确实挺色，他是香港人，结婚了，但在北京有小三。不过不论他的人品，他说的也有道理。上流社会就是名利场，就是酒色财气，这点绝没错。所以我看了你们的方案，又知道李含玉的为人，就知道方案绝对得 Pass。”

诸神开始不服，听了 Sharon 和魏霄的话，表情趋向正常。

花朵心里有点别扭，上流社会难道是这个样子，以前觉得好像没这么复杂。在原来的制衣公司，她对工薪阶层倒是比较了解。但那种社会经验对于现在的工作应该毫无作用。浪费了一年的大好青春，真应该早点出来，这还真多亏了赵子慧。

“看来你们已经清楚了问题所在，我相信你们能重新做出来一个好方案。那我就先不管了，不过明天一早我要看到一个完美的、崭新的方案。”说着，魏霄端起杯子，走到会议室门口，又转过身，“Sharon，李含玉是什么人你已经知道了，注意点儿！”

“哎！”Sharon 对魏霄的提醒有点受宠若惊。

魏霄一走，大家顿时放松。

Sharon 接到个电话，匆匆离去。

“搞情色啊，这个你们俩比较在行吧！”小昭笑嘻嘻地拿尚扬和诸神开玩笑。

“我就说那么形容一下，别跑偏了。”

尚扬起身走到会议室白板前，拿起水笔：“正式开会。忘了原来的方案，咱们重新开始，首先是‘有钱人都喜欢什么’?”尚扬把命题写在白板上。

"食色性也。多弄点模特，样板间浴室里再弄个洗澡的，香槟香水泡泡浴。那个项目不是法国风格的嘛！香槟香水有了，再来个法式大餐，然后晚上就舞会！"诸神的想法说来就来。

"我写上啊，诸神就这点好，如果明白了，想法就层出不穷。香槟香水洗澡待定，真成酒池肉林了。小昭你呢?"

"从女性角度考虑，男的不是有女模特看么？女宾就要男模特接待，礼仪都是模特，有男有女。"小昭眉飞色舞。

"不错不错！越来越靠谱了。接着想，反正今天得加班，晚上我请你们吃斗牛士牛排。"尚扬也有点绷不住了。

斗牛士牛排算是有名，花朵期待了很久，无奈自己没钱也没有男朋友。

"哦哦！"小昭手舞足蹈，"喜洋洋就是爽快痛快。"

"还不是沾了我的光。"诸神嬉皮笑脸。

"去，吃完了我就走。有花朵了，我才不陪你加班呢。我算熬出头了，喜洋洋，我就借花献佛了，你请客也算我一份，就当我从助理转正策划请大家吃饭了。"

以前邓建执政的时候给策划部一个特别政策，就是搞创意的没事别老窝在公司，如果没什么想法就出去喝喝茶，吃吃饭，费用走公司。这个政策深得民心，其他部门也要申请，都被邓建一一驳回。

"好了，别扯了，赶紧说正事！"尚扬看着花朵，"花朵，该你了，有什么想法。"

花朵听大家的创意自己也没闲着，本上写了好几条。

"我的想法还不成熟啊，说说看。刚才大概也听明白客户什么意思了，我想了两个。第一，我觉得不是别墅么，看电影欧洲贵妇不是都衣着华丽地从大厅的二层沿着旋梯拾阶而下么，我觉得可以加上这个场景。从整个活动上我觉得可以是以女主人邀请来宾做客舞会的形式，最好戴假面具，这样才有意思。而且我觉得活动里面可以加上博彩，不是真赌，而是发筹码或者代金券。面额还特大，一张 100 万。这样才有一掷千金的感觉。就想到这么多。"

"好，鼓掌！"尚扬对花朵的想法很满意，带头鼓掌，"这就叫潜力，看来邓建看人够深刻，你们俩不会认识吧?"

"不认识！说过就见过一面了。"

花朵毕业后还是第一次因为工作被夸奖，激动、兴奋、心跳加快、又有点羞涩。以前也没觉得自己是干创意的料，现在似乎有点意思了。

“是金子总会发光，是狗屎总会被踩着。”诸神发挥他搞笑特长。

大家听了花朵的创意兴致盎然，因为有了“女主人”这条活动主线，大家很好借题发挥，思路进一步细化。对于公关活动，尤其是派对、酒会，有一个 story-line，是一个好方案的基础。各个环节就串联贯通起来，活动整体就有了灵魂。

思路探讨基本结束，小昭找来设计部总监宝爷，探讨设计方案。

宝爷一边嗑着瓜子，一边在本子上图图画画。

“听明白了，纸醉金迷是吧，那整体色调就是金色，辅助一些赭石色，再加点透明元素，不能太复古。”

说到颜色，那是花朵的本行。一般来说要凸现福贵尊贵，金黄色、赭石色、香槟色、酱紫色等都是不可缺少的色调，古今中外无一例外。花朵看着长得浓眉大眼，看似英武却留了一条大辫子，说话慢条斯理，磨磨唧唧吃着瓜子的宝爷就觉得好玩，不禁偷着笑。

眼尖的小昭看到花朵这一幕，嘿嘿笑着说，“你觉得宝爷有点意思吧。他们叫他宝爷，我爱管他叫‘大辫男’，哈哈。”

“真的啊。我也这么想的！”花朵一听这个，立即笑喷了。

“是么是么？哈哈，公司所有人的外号都是我取的，他叫大辫男，刚才那个客户经理 Sharon 姓申，叫‘伸大腿’。尚扬，就咱们策划部人在一块的时候，我管他叫‘喜洋洋’。”

“那诸神呢？”花朵看一眼身边的诸神， “他也不胖啊，为什么叫‘猪’神。”

“听着！我是诸神退位的诸神！”诸神咆哮。

八卦是所有女性的天赋，自从山顶洞人时代就成为一种基因，世代遗传。洞男白天一起合作打猎，洞女在洞里看孩子，摘果子；洞男屏气凝神，盯着猎物；洞女吃着果子，唠着家常。因社会分工不同，洞男合作而讲究义气；洞女则一面防备自己洞里的东西被盗，一边打听人家洞里有什么——这是诸神后来讲给花朵的“洞穴理论”。

诸神说他的“洞穴理论”可以解释一切社会人际关系，而且这个理论现在还在影响着社会的发展。如果还不太明白，“洞察一切”、“洞若观火”、“洞房花烛夜”总知道吧。

“停停停！别八卦了，说正事，晚上吃饭再扯淡。”尚扬拍了下桌子，又好气又好笑。

受一稿的打击，策划部不敢怠慢。创意会开得格外细致，从中午一直开到下午 4 点多，最后就差活动主题。大家都有点乏，烟卷也抽光了，尚扬派诸神下楼去买条烟，花朵屁颠屁颠地跟着。

从来没经历过这么长时间的脑力激荡，花朵的脑袋有点发晕，趁机出去放松一下紧绷的神经。

“你不会抽烟是吧。”诸神把钱递给便利店老板。

“会啊。上学那阵抽，后来到原来的单位，办公室没抽烟的，我就不抽了，戒了。”

“策划部法则之二——抽烟。你早晚都得再次加入烟民的行列，一来是干咱们这行的，费脑子。二来‘烟卷外交’知道么？抽烟是增进感情的一个非常有效的手段。没事一块在会议室抽抽烟，聊聊天，就互相熟了。不抽烟的一般都是倒水的时候聊天。”

“是，这个我明白。送上一根烟，递上打火机，不认识的人就认识了。”

“嗯。我得抓紧时间把我生平所学教给你！”诸神接过零钱，数了一遍，“对，晚上咱们俩得加班，顺便买点零食，你喜欢吃什么？”

“干吗非得抓紧时间？”花朵对于诸神老说要快点培养她有点费解。

“这你不明白么？为什么应届毕业生找不到工作，最重要的原因就是没经验。就像魏霄说的，公司不是学校，没有时间来培养你。要的都是来则能战，战则能胜的。公司辛辛苦苦培养你，没培养出来怎么办？既耽误时间不说，浪费人力物力财力精力，外加打车费。”

两人提拉着两大袋饮料和零食进了电梯，诸神看着对面镜子里的花朵，“怎么说呢，我第一眼看见你就挺喜欢你的。你身材修长，眉目清秀，机灵又带点腼腆，活泼又带点天真。所以我希望你能在这里待下去。”

花朵听着诸神的话身子一哆嗦，“好冷！”

“哈哈，这招叫做‘爱的鼓励’。”诸神哈哈大笑。

“嗯，管用。我会让你更喜欢我的！”花朵跟着笑。

诸神很聪明，天下没有哪个女孩不喜欢赞美。尤其是对于近一年来极度缺乏赞美的花朵，这话简直就像肥料，花朵一下变得花红叶绿，感觉到了几个月以来少有的舒畅。

“我要怒放！”花朵在心里默叨。

烟卷和零食是激发灵感的食粮，大家吃着喝着抽着，半个小时之内想出五个活动主题。最后尚扬在白板上勾选小昭想出来的主题，大家都同意，策划会正式结束。

晚上的牛排晚宴既是庆祝小昭转正，又是花朵的欢迎会，到9点才结束。小昭回家，尚扬有约和客户喝茶，花朵和诸神两人回到公司。

客户部的人都没走，被魏霄留下来开会。设计部宝爷盯着一个设计出图。办公室开间的另一侧是思博广告的地盘，也有不少人在加班。

“咱们开始吧！”花朵凑到诸神边上，“我先试着写一个你看看。”

“好，给你一个钟头的时间，策划会你都记清楚了吧。”

下班时间以后，办公室里可以随便抽烟，诸神点上一根。

“天！一个钟头？太少了吧？你以为我是你哪！”因为熟了，花朵不再矜持。

“那你还想写多长时间啊，美女？你想想这案子明天一早魏霄那个老妖婆就要看，下午2点要去给客户提案。现在9点了，到明天早上9点一共才12个小时，你写完了还得贴图，打印。我还想回家睡会儿觉呢，而且你知道么，美女更不能缺觉，缺觉对皮肤不好。我看你这花容月貌、细皮嫩肉、吹弹可破的，我这也是为你着想。”

“那，”花朵翻着自己的笔记本，“我尽力吧，打上这些标记的字就得半天呢。”

“快快快，少废话！”诸神扶着花朵的椅背，把她转向电脑，“你写着，我去那边待会儿。”

诸神去对面广告公司那边找人聊天。花朵一边看着笔记本，一边飞快地敲字。

时间过得很快，花朵觉得写得差不多了，一看时间，23∶15。客户部已经空空如也。

花朵伸个懒腰，向对面望去。诸神正聚精会神地坐在一台电脑前，高喊，“掩护我，掩护我，我要冲进去啦！”

花朵走过去，几个人正在玩CS。

“你这个监工真不错啊。我在那儿拼死拼活，你在这里游戏人生。”

“你完啦，不玩了先。”诸神站起身大声说，“不玩了先，你们玩吧。”

诸神坐在花朵的电脑前，鼠标点了几页。“你不怎么会用PPT啊，版式都不一样，不过你还真记得住我的话。”

“什么话？”

“策划部法则一——剽窃啊！你套这版还挺合适，最开始就这样，先是模仿。”

“是么？”花朵笑笑，“写得怎么样？”

“写的啊？”诸神看完了PPT，转过身，“你写的怎么说呢……”

“就是写得不好呗，直说，我挺得住。”花朵没了笑容，面带悲伤。

“也不是不好，其实你写的这个比我第一次写方案好多了。但你知道么，现在可不一样，我们几个水平太高，这都敲打多少年了。从这个角度来说，你这案子根本没法要，拿不出手。”

花朵好不容易建立起来的信心在瞬间崩塌，辛辛苦苦写了两个多小时，自我感觉不错的方案竟然被定性为“拿不出手”。

“给我根烟！”花朵想起了策划部法则之二，向诸神要烟。

诸神笑着递给她一根烟，又给她点上：“你这样听话的女孩还真少见。”

“别开玩笑了，人家烦着呢。你不是说时间紧么，又不着急了？”

“着什么急啊，思路全都有了，就是码字的时间啊。关键是怎么描写、叙述、抒情、忽悠，让人家有感觉，这又不是一天两天能练出来的。”

“那你指导我再重新写一遍吧。”花朵情绪缓和了。

“不过这个案子确实时间紧，指导你写恐怕来不及，这样，我写，你看，能学多少学多少。”

“我怎么觉得好像小说里，师傅快死了，最后练趟拳，让徒弟看着，能学多少是多少啊。”

“是那意思，不过你也太毒了点，为师刚和你一起几天啊，就咒我死。”

诸神说用自己的电脑顺手，把案子甩到网上邻居。他斜叼着大烟卷，歪着脑袋避免烟熏着眼睛，十指飞快地舞动，那样子不像写方案，倒像游戏厅打电玩的小混混。烟灰掉在键盘上，诸神一吹，呛得花朵直咳嗽。诸神的键盘脏得不成样子，中间常用的几个白按键似乎是黑色键盘上露出的本色。

不到 40 分钟，诸神嘁哧咔嚓写完，差不多完全重写了一遍。

“真牛，师傅，你练到这步用了多少年啊？”花朵此时对诸神毕恭毕敬，无限崇敬。

“我啊，两三个月吧！”诸神抽着烟悠哉游哉。

“天！两三个月，你不是吹牛吧。”花朵觉得自己要到诸神这段位至少得一两年，最后还不见得能修成正果。

“真不骗你，我原来是广告那边的文案，干这个就……好像还不到两个月。写了三个案子，成了两个吧。”

“你原来干广告的？那为什么又干公关策划了。”

“公关有提成啊。”诸神的理由纯粹而简单。

花朵无语。

“案子先这么着，你先歇会，要不去会议室沙发躺会儿。”

“不回家么?”花朵比较奇怪，难道在这里过夜。

诸神手指设计部：“还得等他们的图出来呢，今天宝爷亲自指导他手下，省了咱们不少事。”

忽然，诸神又低头小声说：“你看出他那人了吧，性格肉得要死，完美主义者，磨磨唧唧，估计不到凌晨图做不完。倒是今天小白作图，也许能快点儿。”

“你们还没完事呢?”策划总监尚扬神秘现身。

“您怎么又回来啦?”花朵忙腾开座位，“我们完工了，就等着图出来呢。”

“别您您的，都是年轻人。”尚扬拉把椅子坐下，播放 PPT，“这是诸神的手笔吧? 看得出来，干净利落。”

“我也写了一个，被他 pass 了。要不您看看。”花朵还是有点不服气，希望得到哪怕丁点的肯定。

“不用了!”尚扬看完，转过身，笑着说，“过程不重要，看的是结果。案子不错，过! 第一页贴上公司 logo，把公司名字也加上。”

尚扬以客户的角度来看这个方案。客户注重的是结果，过程如何苦难，如何折磨，如何可歌可泣，对他们来说没有任何意义。这是甲方和乙方的矛盾，作为乙方只有让甲方看到满意的结果，才能得到认可。

花朵像晒蔫了的花朵，最后的一点生气也被尚扬的话在瞬间蒸发。

诸神让花朵加 logo 和公司名称，自己端着杯子去茶水间，尚扬拎着笔记本电脑走开

花朵垂头丧气，愁眉苦脸地坐到位子上，键盘敲得噼啪烂响。

“醒醒哎，我以为你干嘛呢，这么长时间没动窝儿。”诸神叫醒趴桌子睡觉的花朵。

花朵揉揉惺忪睡眼，不管发生了什么都能睡着，这是花朵的独家看门本领。

“图出来了，贴图!”诸神依旧精神抖擞，“看看，做得还挺牛!”

花朵哈欠连天地在设计部帮小白把打印出来的方案装订好，翻看着走过来。

“这个打印出来了，魏霄看了要改怎么办?”

“她是客户出身，懂个屁。方案咱们说了算，再说尚扬通过了。”诸神收拾背包，“你把一份放魏霄桌上，一份给尚扬，看他在办公室干嘛呢。准备走人!”

“哦，”花朵到尚扬办公室，尚扬正在浏览网页。

“弄完了，放这儿吧！快点儿回家吧。”

“哎，花朵，你家住哪儿啊？”尚扬叫住走到门口的花朵。

“通州。”

“那一块儿走吧，我开车送你一段！”尚扬说着关掉笔记本。

花朵对尚扬看都不看她的方案怀恨在心，不怎么说话，报上家门之后干脆就在车上睡大觉。尚扬一直把花朵送到小区楼下，花朵道别上楼。

“叮铃铃。”一阵电话铃声惊醒花朵，是客厅里的座机，花朵迷迷糊糊地去接。

“手机怎么关机了？我给你打了半天，从行政部那儿才找到你家里的电话。”话筒那头诸神似乎很急。

“你不是告我说公司前一天加班晚，第二天可以晚到么。你说 11 半点前到就可以了。”花朵看了一眼时间，刚过 10 点。

“少废话，快来公司，打车来。案子出问题了，魏霄暴怒，发飙！”

“啊？不挺好的么？”花朵一下清醒了，睁大眼睛。

“到公司再说吧！待会见！”诸神挂掉电话。

花朵扔下包，冲进会议室，策划部除了诸神人都在。

魏霄挨着 Sharon，面前放着打印的方案，一脸怒气。

诸神急匆匆地跑到会议室，说路上追尾，挨着花朵坐下。

魏霄放下搅动的咖啡，冷眼巡视大家一遍，举起方案扔给尚扬，语气冰冷地说，“看看！”

尚扬拿起方案，直接传给对面的诸神，然后转过脸，“魏总，案子我最后看的，没什么问题啊，写得也挺好。”

“没问题？真够呛！”魏霄翻白眼加撇嘴，“我第一天来就说过我要的是细节和品质，我要的是 perfect！你们都给我仔细看方案第一页。”

诸神赶紧翻开方案的塑料封皮，花朵、小昭、尚扬都凑过身子。

“丝薄公关！”魏霄声音飚到 high C，“你们告诉我丝薄是什么？”

“护舒宝。”Sharon 胸大没脑。

“各位，要不要弹力贴身啊！”魏霄声音从 High C 升到 High D。

大家沉默，诸神忍不住哈哈大笑，魏霄立刻将冒火的眼光射向诸神。

诸神止住笑，低头说了一句：“瑕不掩瑜。”

魏霄一拍桌子，咖啡飞溅，几个褐色斑点瞬间在魏霄白色的 maxmara 衬衫上晕开。魏霄低头看了一眼，大吼：“昨天这案子是你写的吧。我正式通知你，现在请你到 HR 办理离职手续。You are fired，right now！。”

Sharon 赶快抽出纸巾要去给魏霄擦，魏霄把她的手一推，气呼呼地走出会议室，门被摔得如山响。

花朵眼眶里打转的泪珠滚下来，起身要去追魏霄，一把被诸神拽住。

尚扬沉沉气，对 Sharon 说我们要开个会，Sharon 识趣地离开。

“都怪我……是我，是我不好……昨天打完字也没检查。”花朵已泣不成声。

“成啦，开什么会啊，我去办手续。此处不留爷，自有留爷处。”诸神一副玩世不恭样子，合上笔记本要走。

“你给我坐下。”小昭一把扯住诸神，按在椅子上。

向来泼辣的小昭怒气冲冲地问尚扬：“喜洋洋，你刚才怎么也不表个态。又不是诸神的错，花朵第一次写东西，难免。这有什么啊，她发那么大脾气，咱们可不能惯她这毛病。她刚来几天啊，就作威作福的。她是干客户的，她知道策划多辛苦么？昨天加班通宵的！那个 Sharon 更胸大没脑，气死我了。”

“花朵，别哭了！”尚扬皱着眉头，“魏霄说得没错！她不说，客户也得笑话咱们。诸神你是怎么当师傅的，跟你说了八百遍了，虽然你写东西不错，咱们这个方案也不错，魏霄也没说方案不好吧，但是最后就这两个字……最后仔细看一眼不行啊。”

“你怎么这么说啊？鄙视你！”小昭愤愤不平的。

“魏霄的态度是另一回事，而且客户有比她还浑的。咱们策划部我都是说直话，说最实际的，错了就是错了，没什么可辩驳的。”

“那诸神怎么办，就这样眼睁睁地看他离咱们而去？”小昭红着脸，转个话题。

“有才的都像你这么牛这工作就没法做了。”尚扬看了一眼诸神，“你先别动，该改的案子改了。魏霄说的那些我估计也是气话，她要是这么当领导，也不会到现在，等会儿我去找她。花朵，你真的不用太在意，但一定要当个教训。”

花朵以泪洗面，呜呜咽咽，湿透纸巾数张。

小昭决定自己劝花朵，让尚扬和诸神都出去。小昭把魏霄、尚扬、诸神一通骂，但并不见效果。不过花朵已经哭得七七八八，慢慢止住，抽泣着回自己的座位上。

中午大家拉花朵吃饭，她死活不去。

把打好的辞职信放在尚扬的桌上，从人事部回来收拾好东西，花朵匆匆出了利嘉大厦。

8 月，中午的艳阳照得人抬不起头，花朵本来也抬不起头。

CBD 林立的写字楼间到处是三三两两胸前挂着大公司名牌，一身职业装出来觅食的白领。他们谈笑风生，脸上洋溢着作为职场精英的那份高傲。

花朵忽然觉得自己与这里的世界格格不入，她不属于这里。劳累、责任、加班、呵斥……让她无所适从，但几天的相处让她觉得应该给诸神和小昭发个短信。

花朵在华贸星巴克咖啡门前停下，掏出手机。

“哎，你不是花朵么，怎么在这里?”邓建不知道从哪里冒出来的。

“啊，你是? 邓总!”花朵挤出一丝笑容。

“什么邓总啊，现在就是无业游民! 你在思博待得怎么样啊，怎么跑这儿来了?”邓建一脸兴奋。

“哎，别提了。”花朵郁闷之极，“您有事儿吧，我先走了。”

“别啊! 我下午约了个人，打算去他那儿混几天饭吃。我来了，他打电话说要晚一个小时。闲着也是闲着，陪我喝喝咖啡，聊聊天。”

“不了，您忙您的!”花朵笑笑。

“来吧，聊聊天。上次面试之后，还能碰上也算缘分，我对你的印象可超深刻!”

不知是邓建的话有说服力，还是什么原因，花朵停住了迈出的脚步。

星巴克咖啡是白领最爱。

谈客户，开会，聊天，甚至没事到这里上网摆气质，用半熟英文跟中国的服务员说句“Two cups of cappuccino”……如果说赌场、马会是富豪们的销金窟，那么星巴克绝对可以算得上白领阶层的名利场。

中午的星巴克人多，点完东西，等了一会儿才有人腾出座位。

“怎么啦? 被辞了还是辞职了。”邓建一语中的，毫不含糊。

“天! 你怎么知道。我自己辞职了。”

花朵觉得邓建已经不是思博公关的人，但说无妨。

没有上下级关系，怎么着都觉得轻松而简单。上司和下属的关系很微妙，即使关系很好也很难成为真正意义上的朋友。

“你脸上带着呢!”邓建一笑，低头翻看一张店里的宣传单页，又抬起头，“你最好去趟洗手间。”

“啊!”花朵估计是自己的妆花了，拎起包去洗手间。

几分钟后，花朵回到座位，一脸的愤怒。

“怎么不早说?”

“有个性，远处看还挺漂亮，开始以为是一种妆呢，近看才明白。”邓建把一杯冰拿铁推到花朵面前。

“邓总……算啦，那我直接叫你邓建了啊，你怎么老夸我？”

面试那天花朵对邓建印象超好，想到自己估计以后很难再见到邓建就颇觉遗憾，没想到第二次见面却来得这么快。邓建低沉磁性的语调加上常挂在脸上的笑，让人觉得有一种阳光感，花朵冰凉的心开始解冻。

邓建笑笑，抿了一口咖啡：“说说你吧，为什么辞职？”

“没劲，别提这个了。咱们都认识了，以后有时间再解释吧。”花朵不想再因为辞掉的工作影响自己的情绪。

“那你以后怎么打算？”邓建转移了话题。

“嗯，反正不干这种工作了。也许……”花朵瞥见对面书刊架上自己熟悉的那些时尚杂志，“也许看看时尚编辑有没有我的位置。”

“不靠谱！劝你还是放弃！”

“凭什么？”花朵没想到邓建会否定自己。

“怎么说呢，我觉得你还是挺纯真、很实在的一女孩。那些时尚杂志里的无病呻吟，闷骚文字也许你练练也可以模仿出来，但是你骨子里不是那种风格，早晚你得腻味了，受那罪干嘛？”

从国企制衣公司辞职以后，花朵一直想做时尚杂志编辑，用文字教唆时尚，用图片挑逗生活，但投了数份简历都石沉大海。花朵几个同学是时尚媒体人士，花朵大概了解那种生活：常与时尚人士为伍，大半个月闲着，经常漫游四海，发布会派对歌舞升平，似乎天天都是崭新的、时尚的、很有诱惑力。

“你怎么知道我不是！”所有人都不愿意自己被别人轻易看透，花朵也是。

“换个话题。”邓建看花朵较真，往座位上一靠，“有时间再解释吧。”

“切，学我。”花朵表示不屑，“那你说你打算怎么办？刚才我已经回答了。”

“我啊，这行干得久了，不会干别的了。凹美公关的人找我去他们那里，所以今天出来和人家谈谈。”

“凹美不是4A广告公司么？怎么还有公关啊？”花朵从没听说过。

“看来你还是底子薄，连这个都不知道，你没事上网查查看吧。凹美是全球十大公关公司。”

“是么！那岂不是得祝贺你。去凹美干嘛？当总经理？”

“你太高估我了。再说我也当官当腻味了，职业经理人又如何？我还是当我的策划，无官一身轻多好。”

"嗯，应该是。"花朵喝了口咖啡，有点犹豫地说，"我还是想问你个为什么。困扰我好久了。"

"为什么招你对吧?"邓建笑了。

"天！做创意策划的是不是都这么聪明，什么都被看透了。"花朵身子一抖，有点冷。她认真地点点头，眼睛不眨地看着邓建。

"其实很简单。面试的最后一刹那，我决定给你这个机会。因为你说了一句话，打动了我，你说'我叫花朵，我要怒放'，所以我要看你怒放的样子。"

花朵听完邓建的回答，愣了一会儿，忽然看到有个西装革履的男士向这边走来，花朵向邓建询问"那是找你的吧?"

邓建转眼看去，"只能和你说再见了。"

走出星巴克，花朵心情由雨转晴，走到地铁口，又犹豫起来。

手机响起郑钧的《怒放》，花朵看到是尚扬打来的电话，她没有立即接听，继续把歌听完。

"没有永远但还有明天"，明天真会改变么？要是总经理还是邓建多好，花朵胡思乱想着，接通了手机。

"你在哪儿呢？哦，限你10分钟出现在我面前。"电话那头尚扬命令道。

"是！尚总。"

六点快下班的时候，魏霄、Sharon、尚扬、诸神提案回来，面带笑容。

诸神放下包，拍了一下花朵肩膀，兴奋地说，"告诉你一好消息，那方案当即拍板咱们做了。有你的功劳，开发商尤其喜欢你说的那个'女主人'的形式。"

"是么。那得先祝贺你，4∶3！"花朵笑眯眯的。

"什么4∶3?"

"四个案子成了三个啊，你不是说你三个案子成了两个，现在4∶3了。"花朵左手四个手指，右手三个手指比划着，小声问："那你的事儿怎么解决的啊?"

诸神看一下左右，凑过来："尚扬替我摆平了。他说他跟魏霄讲，如果案子过了就请她收回她的话。"

"这么牛呢。看来尚扬也不弱啊，不过这事儿也挺悬呢。"花朵心有余悸。

"置死地而后生呗！对了，尚扬在车上说劝你半天，你不走了。"

"哎呀，"花朵大叫一声，"我忘了去人事部说我不辞职了。"

"哈，现在他们都下班了你才想起来，咱们朝九晚六，他们朝九晚五，明天再说吧。"

上午完成了剪报工作，又去执行部听了两个小时的新员工培训。花朵正要去看看人事部的主管是否来了，魏霄和Sharon归来。魏霄的身后跟着一个酷似主持人汪涵的小伙子，拿着一瓶红酒和一个手提袋。

花朵礼仪性地叫了一声魏总，低头想绕过去，被魏霄叫住。

魏霄虽然平常脸板着，但一笑，嘴里的虎牙会露出来，显着年轻好几岁，也颇妩媚。

"你去叫你们策划部的人，看看哪个会议室空着，咱们庆祝一下。"花朵疑惑之间，Sharon眉开眼笑起来，"合同咱们签了。"

第二会议室。

大家议论纷纷，魏霄和那个'假汪涵'进来了。

"这是韩骁，骁勇的骁，我的助理。"魏霄脸上依旧洋溢着笑容，指着正在熟练地用启瓶器开红酒的"假汪涵"。

"欢迎欢迎。"Sharon带头鼓掌。

韩骁"砰"地把瓶塞拔下，一边挨个往酒杯里倒一边说："各位好，我跟魏总两年了，前两天有些事情，所以今天才来。刚来就碰上了喜事——咱们的合同签了。原来在我们公司，魏总的习惯是签一个单子开一瓶红酒庆祝。原来的魏总是总监，现在是总经理。双喜合并，一块儿庆祝吧！"

虽然韩骁的话大有溜须拍马之嫌，但也许是他长得像汪涵，人又有点"自来熟"，并不惹人讨厌，最起码花朵感觉如此。

韩骁的话让魏霄更加开心，举起红酒杯："怎么说呢，这个小case拿下来也不算容易，Sharon作为AE很出色，当然，策划部也尽心了。听钟总说思博从来没接过房地产项目，那就是说，这次你们创造了历史！来，一起干杯！"

大家都没见过这阵势，觉得有些夸张，但确实是件好事，都举杯庆贺。

"不过……"魏霄轻摇酒杯，红酒在杯壁流转，"这也是思博接的最后一个房地产项目。房地产太不稳定，地产圈的客户素质又低得要命。我既然来了也会把自己以前的客户关系带来，让你们知道什么才是真正的大牌。"

魏霄说话又犯众怒，大家直翻白眼。韩骁放下酒杯，拿起文件夹，从中取出一张表格，递给魏霄。

魏霄拿在手上，举到花朵面前："以后不经我同意，不许去人事部填这种表格，填了也无效。"

说着魏霄微笑着把表格撕成两半，轻轻将纸片飘落进废纸篓。

花朵一脸尴尬加吃惊。

"还有，"魏霄继续训话，"虽然这个项目拿下来了，但花朵犯的错误仍然不可原谅，我决定扣你试用期薪水500块。诸神带花朵有相当的连带责任，正式员工扣1000！"

一盆冷水泼过来，大家都透心凉的沉默。

"不过话说又回来，有罚就有赏。合同既然已经签下来，花朵和诸神每人再奖励1000。"魏霄继续晃她的酒杯，对于自己的决定洋洋得意。

"那我呢？魏总！你把我忘了？"Sharon急忙问。

"噢，sorry，你奖励是加0.5的提成！"

"哇，谢谢魏总！"Sharon眉开眼笑，多0.5的提成，就是多几千块。

魏霄最后的举动和奖罚实在让花朵摸不着头脑。是应该感谢她呢，还是那只是魏霄的权力秀？

诸神让花朵别想那么多，外国叫"胡萝卜加大棒"，中国叫"扇一大嘴巴，给俩小甜枣"。

花朵默然。

魏霄说到做到，果然把她以前的两个客户成功拉来。其中一个是把总部设在上海的网游公司，准备做几场大型的玩家聚会。因为客户关系很熟，魏霄没亲自出马，直接让尚扬带着诸神，客户助理曾建玲去上海谈项目，行程三天。

"财富汇项目"正在进行中，小昭来带花朵。

项目签约后，就进入筹备执行阶段，主要是执行部的事，但策划要配合撰写一些活动相关的文字，像邀请函、主持人串词、新闻稿，等等。花朵的文字功底一般般，总也进入不了状态，天天在小昭的骂声中成长，一次还险些被骂哭。小昭说得很清楚，同事是同事，工作是工作，以前诸神带自己的时候骂得比这难听。而且看诸神带花朵的时候那副热情的样子就来气。花朵知道小昭这人刀子嘴豆腐心，也逐渐习惯。

在上海的诸神每天会给花朵发来几条彩信，都是在外滩、酒吧、南京路上拍的照片，看样子诸神在上海优哉游哉。花朵回彩信，自己加班的黑眼圈，小昭泡面，魏霄发飚……花朵觉得他们俩这样玩很有意思，小昭说他们俩有病。

中午，小昭拉花朵下楼吃饭。在电梯门口他俩又集结了客户部另外一位大美女 Ada，还有执行部的戴着红框眼镜老咋咋呼呼的 Ashura，四个人一起来到利嘉大厦附近的茶餐厅。

点完餐大家聊起执行总监 Vivian，这段时间 Vivian 一直请假没来公司。

“听你说，看来 Vivian 人挺好的啊，不过我还没见过呢。”花朵感觉说话咋咋呼呼的 Ashura 性格似乎跟自己一样，也很单纯，比较亲切。

“我就是她带出来的。知道她为什么请了这么多天假吗?”Ashura 做神秘状。

“不是病了?”Ada 点上一根烟，一扬眉，“难道另有隐情?”

“你们猜啊，直说多没意思！反正饭也没来呢！”

“如果我没猜错的话，怀孕了吧！”小昭语出惊人。

“哇噻，不愧是八卦总监啊，你怎么琢磨出来的?”Ashura 差点蹦起来。

小昭看自己的猜测被印证，两条细眉向上抖三抖：“要想成为八卦核心人物，要下工夫的，眼观六路耳听八方。上个月我至少观察到 Vivian 两次恶心呕吐，她说是吃减肥药吃的，你们也信。哎，不过到底怎么回事儿啊? 你怎么得到的消息?”

Ashura 的母亲是朝阳医院的医生，Vivian 去过 Ashura 的家，所以当她去妇产科检查的时候正被撞见。

“这消息你们得保密啊！Vivian 昨天给我打电话特别叮嘱我要保密。”

“你这叫保密啊！”小昭笑，“什么叫秘密? 自己知道的才叫秘密，但凡有另外一个人知道了，就不是秘密了。Vivian 也笨，竟然还让你保守秘密。”

“我也想忍着，可是……”Ashura 有点不好意思。

“你要能忍就不是‘八婆’了！”Ada 取笑道。

饭来了，大家开吃。

Ashura 用勺挖了一勺炒饭塞进嘴里：“这几天 Vivian 正烦呢。她从来没打算要孩子，一直说要和老夏当丁克，谁知道竟然中彩票了。”

“老夏? 是广告部的那个老夏?”花朵记得广告公司的美术指导叫老夏。

“啊！你不知道啊！看来你以后得多参加我们的八卦发布会。她老公就是老夏。”Ashura 搭茬。

“不是公司不允许办公室恋爱么? 那 Vivian 是不是得辞职啊?”花朵上班第一天就在员工手册上发现了这条。以前看了很多办公室恋情的电视剧，花朵也曾经憧憬过，但公司却明文规定同事之间不许谈恋爱。花朵问过诸神，如果有谈恋爱的怎么办，诸神说只能其中一个辞职。

小昭抬头说："你低估了 Vivian，她可不是一般人，你要是和她搞好了关系，在公司可就有了保障。别看魏霄现在很嚣张，她要是见了 Vivian，也得礼让三分。Ashura，你跟她解释解释，太复杂。"

说到 Vivian，就不得不说到利嘉传媒的历史和总裁钟柏的故事。利嘉传媒的创始人是钟柏的父亲钟先生。钟先生从一本《收藏》杂志开始起家，后来又办起了一本发行量非常高的高档家居生活类刊物《恋家》。有了这两本有名的杂志，钟先生的事业越做越大，收购一家出版公司，与人合办利嘉广告公司代理娱乐台的所有广告，最后成立利嘉传媒集团。

钟先生原本打算让钟柏直接掌管利嘉传媒，但是钟柏想自己先干出一番事业。经过调查分析，钟柏最终决定干公关，于是成立思博公关。之所以没用利嘉的名字就是想自己创出一番天地。而 Vivian 是当初和钟柏一同创业的五大元勋之一。另外三大元勋因为各种各样的原因离开，Vivian 属于硕果仅存，钟柏对其格外器重。

再后来，钟先生身体状况出了问题，钟柏这才执掌利嘉传媒大权，把思博公关并入利嘉传媒旗下。钟柏原本想提拔 Vivian 担任思博公关总经理的职务，但 Vivian 有自知之明，她只擅长执行方面，对谈客户不在行，策划更是一窍不通，就一直担任执行总监一职。

"所以呢，公司那个规定对 Vivian 不起什么作用，而且那个规定是人家恋爱之后定的。另外还有个有意思的解释：如果从字面上抠，那个规定是公司的规定，不是集团的规定，她们俩根本就不是一个公司，也不算同事。这个解释是钟少说的。好玩吧。我得喝口水了，嘴都说干了。"Ashura 端起杯子，咚咚咚灌了几口可乐。

花朵津津有味地听完，赞叹："真挺复杂。钟少还挺聪明，看来什么也阻挡不了爱情啊。"

"我倒是期盼着 Vivian 早点来上班，这样就会上演火星撞地球的好戏了！"小昭嘬着果珍，嘿嘿笑着。

Ada 到嘴边的筷子停住："小昭，你傻啊。到时候她们俩真火星撞地球了，对咱们有什么好处，还不把气撒在咱们身上，不懂什么叫城门失火，殃及池鱼啊？"

"我当然想到这个了，但这是早晚的事，与其担惊受怕，不如当个乐子。"小昭用纸巾擦擦嘴，"我算看出来了，千万别遇上女领导，尤其是魏霄那种有点能力还自以为是的女领导。公司就怕两种人，一个是女领导，一个是同性恋。"

“同性恋招你惹你了，你以前碰见过?” Ashura 抓住一个八卦的把柄。

“在原来公司有个同事，天天说话时给我比划兰花指，我天天想踹他！不过人品倒是没问题，反正我是过了很长一段时间才见怪不怪。”

花朵在一旁听着他们三个八卦，兴趣盎然，不时发笑。

小昭转过头来，面带严肃地说：“花朵我还真得多提醒你，在公司上班要注意两个方面！”

“哪两个方面?”

“第一，就是办公室人际，就指咱们草民而言啊，在座的各位都知根知底，其他人可就难说了，都有小帮派的。活要多干，话要少说。第二，就是领导层人际，其实换句话说应该叫做‘office 政治’，比如，即将发生的‘火星撞地球’就是办公室政治，更复杂。不过咱们都是打酱油的，只要别站错队就应该没事。”

花朵听了小昭的话，点点头。

虽然原来的制衣公司比较单纯，但也发生过“office 政治”事件。那时候花朵还没去站队，因此幸免。

今天下班算早的，8 点半到家，花朵心情一直很愉快。赵子慧早就做好晚饭，两个人挺高兴地吃着，每人还开了一听啤酒。

赵子慧举起啤酒，斜眼看了一下窗台上的日历：“继续坚持，再过一个星期你就发工资了，到时候再给你做好吃的。”

日历上 20 号的数字上被赵子慧画成了一个钱袋，钱袋上是美元符号。

“都过仨星期啦！”花朵才意识到，时间过得真快。

“皇上，你不在乎，臣妾可受不了。虽然咱们是姐妹吧……”

“成成成，朕知道啦！答应小姐。”花朵嬉笑着。

“答应？不是贵人么，过几天是不是成常在了。”

花朵和赵子慧相互之间的这种称呼始于大学时代，两个人是同班同宿舍同床上下铺。

有一次班里办了次搞笑的情景发布秀，花朵个子高扮皇上，赵子慧扮贵妃。她们的表演最受欢迎，俩人从此之后就“皇上”“贵妃”“朕”“爱妃”这样的互相称呼。

上大学的时候赵子慧没有现在这么成熟，比花朵还天真烂漫。但大学毕业后赵子慧签约一家总部在欧洲的时装公司，一年之内飞速成长。花朵则原地踏步，纯新人一样。

“呵呵，开玩笑了。”

“看你今天还挺高兴，魏霄没折磨你啊。”

“不是，就是今天下班早点，这段时间太忙，都没怎么跟爱妃你吃过饭。”

花朵说的是事实，据说很能写的小刘随邓建而去，策划部少了个主力。魏霄的客户多，策划部天天忙得团团转，几乎天天加班。

“哎，对了，周六你们不加班吧。”赵子慧开始收拾碗筷。

“怎么?”花朵一脸的疑问。

“你忘啦，前两天我让你看的那照片，是我们公司市场部的那个帅哥石磊。周末不是要带你去相亲么。你的终身大事哎，我都天天给你上心呢，你可倒好。”

花朵帮赵子慧把碗筷收拾到厨房，两人边洗碗边聊天。

“哎呀，我都忘了。”花朵叹口气，“这天天加班的，你说即使是谈上朋友了，也没时间在一起啊。我还得拼命给你打工赚钱。”

“去，少来！我基本上都跟人家约好了，你再忙也得腾出时间来，谁天天嚷着没人疼没人爱来着。还说什么我老跟程强在一起混，不爱搭理你了，哪次出去玩我们不叫你啊，是你觉得自己是灯泡。如果你要有男朋友了，四个人一块玩不就不是灯泡了?”

赵子慧的特点是说话絮絮叨叨，整个一事儿妈。从另外一个角度来说，是这个年代少有的热心肠。

“好，我听你的还不行。但愿不加班，快累散架了，昨天一称电子秤，又瘦了两斤。”花朵只好无奈地妥协。

身高一米七六的花朵去服装学院大一报到的时候，被好多人误以为是模特专业的学生。花朵属于板瘦那种类型，体重才 100 斤，所以显着至少有一米八。她们那届设计系也奇怪了，没一个男生比她高。花朵在大学时代极单纯，虽然有过一两个模特系的男生追她，但最后都被别的狐狸精抢走。按赵子慧的说法，花朵大学四年算白活，风花雪月是什么都不知道。

“你别刺激我了。我就是听了你说的减肥三大法宝，抽烟、喝咖啡，熬夜玩网游，体重一点没变，你再看看我这熊猫眼。”赵子慧伸手指着自己的黑眼圈。

“你得动脑子啊。抽烟、喝咖啡、熬夜是以动脑子为前提的，你把这三大法宝当成享受哪儿成。”

“去，拉倒吧。”

昨晚赵子慧不小心把可乐洒在花朵唯一一套正装上，花朵早就穿腻了正装，这下倒顺了她的心意。

时下已经进入北京最热的8月，虽然办公室的冷风够强劲，但上下班挤地铁还是热得要死。

一大早在镜子前晃了半个小时，花朵决定上身穿一件中性风格的T恤，下身则穿她上自己裁剪的白色短裤。花朵犹豫了一下，最后套上了买了好久一直没机会穿的粉色长筒丝袜。花朵配合自己的穿戴，在头上右侧梳起一个小辫子。

看着镜子里性感而又俏皮的自己，花朵右手在眼前作了个“V”，振臂高呼——“我要怒放！”

一出门，外面的天阴沉着，闷热闷热，叫人腻味。

下到地铁站台，快要启动的地铁死活没挤进去。

附近小区的没车上班族都靠地铁，每天挤地铁就是个力气活，根本不像网上说的有什么窍门可言。等下一列地铁时，花朵的第六感通知她有人在用手机偷拍。花朵意识到也许今天穿得太性感，一定要小心。可到华贸站挤下地铁，花朵的胸部和屁股还是不幸遭遇了咸猪手。

下车的人流太大，匆匆而过，找不到色狼，气也无从发泄。花朵心里抱怨，为什么就不能像日本一样有专门的女士车厢。地铁站口，一位小女孩递给她一瓶免费的新芦荟饮料，CBD的地铁站附近经常会有免费的试用品发放，花朵每次都不落。

花朵叼着吸管，喝着味道还不错的免费饮料，在Ashura吃惊的眼神和夸张的赞美中，电梯到达8层。

一出电梯间，就隐约听到魏霄办公室传出吵架声，对方是个女的。花朵往里面走，正撞见去茶水间接水的小昭。

“怎么啦？魏霄好像在发飙！”花朵小声问。

小昭一下把花朵拽到茶水间，四下无人，便凑到花朵耳边。

“不幸被我言中，正在上演‘火星撞地球’呢。Vivian来了，开始两个人还笑呢，没几分钟就吵起来了。听着好像是因为‘乐搞玩具’那个项目，Vivian坚持成本，魏霄为了舞台效果，非要用三连屏LED。你也知道，一般投影幕和LED的费用差得可不是一星半点儿。”

“那案子啊，其实我觉得要用三连屏LED效果也会好许多。咱们策划不也是希望自己的方案最后执行出彩吗？上次那个新车下线发布会，用三连屏LED效果多震撼！”花朵这一阵子爱和执行部的Ashura混，自己没事也去了几个活动现场，恶补灯光舞美知识，现在已经了解了个大概。

小昭一翻白眼，用手指点花朵，“看来你还是成长得有限。我开始做策划的时候也是怎么炫怎么来。但是后来我才明白一个道理，除非是新客户，否则成本能省则省，省下来的都是自己的利润，而且还能表现出为客户着想。都弄得花里胡哨的，咱们不赚钱喝西北风去啊。我说啊，魏霄现在是总经理了，作为一个职业经理人更应该明白这一点。”

花朵恍然大悟，点点头，看来以后要学的东西还很多。

“哎，”小昭忽然后退两步，两眼放光，“对了，你一进来我就发现了，你今天穿得怎么这样啊？我说怎么连广告部的男生都爱和你聊天呢，你这一捯饬还真跟个大模特似的。你没男朋友谁信啊！”

“哈哈，是么！Ashura也在电梯里夸我半天了。”花朵很得意，在小昭跟前转了一圈，双手一叉腰，“这个短裤是我自己做的呢！有性格吧！屁股后面和兜口的钻也是我自己粘的。”

“我正要问呢，你这个真是太好看了，啥时候给我也定制一套衣服吧。策划你不行，设计服装我不行。”

“好哇好哇，你教我写方案，我给你做衣服。诸神写案子是比较忽悠的那种，你写的方案比较细腻，我估计把你们俩的优点都学到手，合而为一，我就战无不胜了。”

“不过，”小昭喝了口水，皱起眉头，“我琢磨着你穿成这样，我们觉得养眼，就不知道正在发飙的魏霄看见了会有什么反应，劝你还是有点心理准备，以防万一。”

“你们俩干嘛呢，找你们半天，开例会了。”魏霄的助理韩骁歪头进来。

思博公关的周例会是周一早上，但魏霄要到海南出差，周二回来，所以安排在了今天。

“哎哟，我以为谁呢，美女，真跟花儿似的，不愧是服装学院毕业的，就是会穿衣服。”韩骁目光烁烁，上下打量花朵。

“切——”小昭端起杯子，“夸人也没有点新鲜词汇，你已经是第三个夸她的人了。”

“是吗！”韩骁“咕咚”一下单腿下跪，拉起花朵的左手就要吻，“花儿，嫁给我吧，我愿做你一辈子的粉条儿，你不答应，我就去死！”

花朵抽出手来，笑得花枝乱颤：“走啦，开会去，你又不着急了。”

花朵放下包，和小昭冲进大会议室。

一进门，二十多道目光向花朵射来。花朵自知效果太震撼，又准备溜边坐到她通常坐的那个角落。

“站住！出去！”魏霄大喝一声。

花朵转脸看，魏霄柳眉倒竖，杏眼圆睁。

“花朵，你这是上班么？穿的跟洗头妹似的！出去！”魏霄再次厉声大喝。

花朵在大家的目光中愣了足有5秒钟，抱着本子泪奔而出。

大街上，天空飘着淅淅沥沥的雨，街道上三三两两匆忙赶路的人。

这是魏霄第二次劈头盖脸的痛骂，虽然花朵并没有像上次那样冲动得一走了之，但心里也受到了极大伤害。Ada说得没错，城门失火，殃及池鱼，她就是那条倒霉的鱼。

花朵等了十分钟也没拦到一辆出租——北京这样的城市，天一下雨，一车难求。花朵已经三次拜倒于身手敏捷的劫车高手。

花朵头发上的雨水已经积累得够多，顺着刘海淌到她的腮帮，继而顺着脖子流下去。

该死的魏霄，该死的天气，该死的CBD，该死的出租车。

花朵正咒骂着，一辆大切诺基“哧溜”一声停到她跟前，溅起的水花险些撒落到她脚上的帆布鞋上。

花朵瞬间气爆了，疾步冲向车门。

车窗摇下来，邓建探出头：“需要出租么！”

真是巧，怎么一倒霉就碰到邓建。不过邓建的公司离利嘉大厦总共才三站地，还在同一条大街上，碰上也属于正常。花朵撇撇嘴，拉开门上车。

“就一套正装？怎么办？要不带你去买？”邓建看着撅嘴的花朵笑，顺手递上纸巾。

“要有钱买，我就不会只有一套正装了。你好笨啊！”花朵赌气加撒气。

“那我给你买不就得了，这里离商场就几步道儿。”

“别，心意我领了，还不知道能再待多久，也许明天就把我辞了！”

“不可能！”

“为什么？”

“明天星期六!”

“切——开车吧，奔朝阳门！我一个朋友是时装公司的，到她那儿也许能弄套衣服。”

花朵给赵子慧打电话要衣服，赵子彗说没问题。

华贸距离朝阳门只有不到20分钟车程。

事情很顺利，花朵换上正装，急匆匆地坐上邓建的车往回赶。

“你这套衣服不错啊，很适合你！也不嫌老气，掐腰儿很准!”邓建用欣赏的眼光看着后视镜中的花朵。

“是吗！不过还得还回去，这是从欧洲刚到他们公司新一季的款式，拍大片用的，片还没拍呢，我那朋友给我先偷出来穿了!”花朵很得意，女人一穿上新衣服，心情就大不一样。

“那你还真是赚到了。你个高，身材好，要不一般人也穿不了。不过胸部稍微有点不合身，不过无伤大雅。”邓建笑着扭开CD。

花朵皱眉头看了一眼后视镜中的邓建，把包横在并不饱满的胸前：“少废话！开您的车!”

车子行使到离利嘉大厦还有几百米的路口，正好赶上红灯。

邓建点上一根烟，把车窗摇下来，闷热的天气经过雨水的冲刷清新凉爽了许多。

“哎，你明天有空么?”邓建转脸问。

“不加班就有！干吗，约我?”

“对!”邓建说话向来很直接，“明天下午两点，华贸一茶一座，星光三越三楼!”

“凭什么？我要是不去呢。”花朵觉得邓建太突然。

“随你!”邓建拉开手刹，车一下飙出去。

花朵回到公司，例会已经开完，魏霄和韩骁去了机场。

诸神小昭见花朵回来了，拉她找了个会议室一边抽烟一边八卦。

议论过“洗头妹事件”和花朵现在穿的套装之后，小昭拉起花朵的手，面带悲哀表情：“告诉你一个不幸的消息，咱们以后得分开了!”

“啊!”花朵已经不能经受太大的刺激了，大叫，“为什么?”

魏霄在例会上发布了她的公司机构改革方案。

鉴于现在各部门各自为政，相互配合机制不完善，所以在不打破各部门建制的基础上，以客户经理AE为核心组成小组。每小组由客户经理带队，配备1名策划、1名设计、2名执行，一共分成了A、B、C三个小组。根据会上的分配，花朵分在C组，AE是Ada，设计是宝爷，执行分别是Ashura和曾建玲。下午4点之后，各组人员重新分排座位，每组一个办公区。

“天！我刚干几天啊？”花朵花容失色，“以后怎么办！”

诸神抽着烟，半死不活地说：“你不错啦，知道你能力差，所以你们组的客户经理和设计都是最强的。我倒霉，客户经理是Sharon，胸大没脑，只会拍魏霄马屁。”

小昭瞪了一眼诸神，见他吐了下舌头不再吭声，才指着白板上乱七八糟的分组图开始讲解。

“分组还有个原则就是总监主抓一个组，结果就是A组策划强，诸神在A组，魏霄主抓A组；B组尚扬主抓，策划能力一般，我在B组。你们C组Vivian主抓。不过这样分组我觉得还有更深一层意思。只不过她不能说而已。”

“什么啊？现在我就晕了已经！”花朵还在云里雾里。

“你看啊，根据各组的人员，特点，就已经能看出以后各组接的案子的性质了。诸神和魏霄都在A组，诸神写东西的特点是忽悠，所以我认为以后A组接的案子一般都应该是新客户或者比较难的案子；我们B组主要是一些可靠的客户，稳扎稳打，长期性的客户；你们C组鉴于你目前的能力，应该就是些小屁活了。而且Vivian等于已经被打入冷宫，这个不仔细分析还真看不出来。”小昭爱分析事情的内因，并且会毫不保留地揭露出来。

诸神开始没在意，听小昭这么一说，仔细看了一边白板上的分组图：“那不对啊，C组都是小屁活为什么还安排宝爷和Ada这种强人啊。”

小昭一笑，举起水笔在宝爷、Ada、Sharon三个人名上画了个圈，“我问你宝爷的特点是什么？是慢，做活儿是不错，但是太慢，那不温不火的性格谁都受不了，软硬不吃。再说Ada和Sharon，Sharon爱拍魏霄的马屁大家都清楚，魏霄当然很受用。而Ada在客户经理中客户公关能力最强，客户最多，所以魏霄故意要抹煞她。你们记住一点，我曾经说过千万别碰见女领导，为什么？因为女领导不是靠理性管理，而是感性。她喜欢谁，即使是庸才也没关系。”

“我靠！”诸神拍案而起，“太他妈深刻了！太他妈阴毒了！气得我都他妈想骂街了！”

“你已经在骂街了！”小昭笑着把水笔放进白板槽，“毛爷爷教导我们：与天斗其乐无穷，与地斗其乐无穷，与人斗其乐无穷。”

“汗！”花朵听得惊心动魄。

下班之前，大家把座位都调整完毕。

A组和C组的办公区在同一个大隔断，花朵和诸神的座位首尾相接，花朵心里稍微有了点底。

下班后，Ada作为C组组长请大家一起吃饭。

花朵先去朝阳门还了衣服，又去和大家会合吃饭，唱了两三个小时KTV，花朵身心疲惫地回到家。赵子慧竟然没回，只给花朵回了条短信说和男朋友看通宵电影不回家了。花朵洗漱完毕，躺在床上回想小昭的话，又想起邓建说的约会，迷迷糊糊进入梦乡。

听到手机铃声响，是邓建发来的短信：下午两点，华贸一茶一坐。

花朵看了一下时间，竟然已经11点半。花朵揉着眼睛去敲赵子慧卧室的门，赵子慧还没回来。

花朵站在一茶一坐茶餐厅门口往里张望，赵子慧打来手机。

“你在哪儿呢？”赵子慧的声音很焦急。

“华贸附近。”

“太好了太好了。昨天我忘了，不是跟你说了相亲了么？人家给我打电话了，他家就住在华贸。你在那儿正好，我在国贸附近呢，马上就到，你到华贸一茶一坐，待在那儿别动，我让他也到那儿！”

“哎，等……”

赵子慧已经挂断手机，花朵无奈地看了下时间“1:50”。

“花朵！”远处的邓建已经发现了她，冲她招手。花朵无可奈何，朝邓建走去。

“一壶冻顶乌龙，一壶洛神红茶，”邓建刚落座就问花朵，“吃饭了么？”

花朵摇摇头。

“来个牛腩面怎么样？”

“好吧！”花朵头脑混乱，没心思琢磨这个，顺口答应了。

“这个送给你，算是第一次约会的礼物！”邓建笑着双手递过来一个系着粉色丝带的白色纸盒。

花朵疑惑地接过来，轻轻地打开纸盒。

“天！不会吧！”花朵一脸惊讶地把纸盒中的套装拿出来左瞧右看，“赵子慧说每款只有一件！”

“没错！就是昨天你穿的那件！”邓建一脸的神秘加得意，“要是让公司的那帮人知道你只有一套正装，昨天穿的衣服被夸了半天，但却是借来的多没面子。小昭和 Ashura 那两张嘴可是了得。”

“这套衣服还没有定价，定了价也得上万块，你是怎么弄来的，不会是偷的吧？”花朵觉得这简直是个梦，使劲看了又看邓建。

“说了你也不一定信，那家公司的总经理 Peter 跟我熟得没法再熟，而且最重要的是他欠我一个人情，我一直留着没用，这会就用了吧。”邓建说得十分轻松。

“那也不行，我不能收。新款衣服是可以借出来，但拍完大片都得送回欧洲。即使你欠那人一个人情，但他无论如何也是没法交待的。”

虽然超喜欢这套衣服，但熟悉时装行业的花朵无法想象一套还没有正式上市的新款服装如果半路消失，那是一个什么样的后果。邓建竟然把衣服拿出来，Peter 得欠邓建多么大的一个人情值得用那件衣服还？

“这你不用管！那是我和他的事，你只要做高兴状就行了。”邓建见花朵推辞，有点不爽，但依然表现得不在乎。

“不行不行！退一万步说，这么贵重的礼物我也是不能收的。”花朵很坚持。

邓建默然。

花朵看邓建满脸无奈，嘿嘿一笑说，“这样吧，心我领了，然后我再给你个大台阶下。赵子慧，就是昨天给我衣服那个，是我最要好的朋友。她是佐丹娜的签约设计师，不过一年了，也没给她什么机会，现在还只是助理。其实她挺有天分的，所以就请你帮帮忙，让他们公司给她点机会，提拔提拔她。帮她就是帮我。你看行不。”

“这个……”邓建有些犹豫。

“随你，不过你给我的感觉都是挺直接的，既然你都犹豫了，那也不为难你了，就算了。”花朵用激将法。

“好吧！我尽力，剩下的就看她的造化了！”邓建这回说得斩钉截铁。

“哈”，花朵对邓建的答复很满意，立刻眉开眼笑，“不过这样的话，我就欠你一个超大的人情了。”

花朵从这个礼物已经看出邓建已经对她产生了追求的行动。但一开始就这样兴师动众，觉得自己有些招架不来。花朵是个很奇怪的人，她喜欢温暖而难适应热烈，这是她大学两次恋爱失败后的深刻总结。

花朵本打算找个理由就走，赶快相亲。但牛腩面端上来，花朵被香气引得满嘴的口水。花朵的消化能力天生超强，一顿不吃都不可以。民以食为天，填饱肚子才是硬道理。

邓建看花朵狼吞虎咽，急忙叫来服务员，又点了个糖醋排骨。

花朵呼噜了半碗面，伸手捻起小排骨，眯着眼睛细细地啃，流到手腕的肉汁直接伸出小舌头舔掉。

邓建看得入迷，花朵擦擦手：“你也吃啊。”

邓建摇摇头，笑道：“我喜欢看你吃，你的吃相太可爱了。”

“嘿，”花朵眯眼晃晃手，又捻起一块，“大学同学都说我吃东西像猫，特专注，还眯着眼。”

“嗯，超像！看你吃东西可真有食欲，不过我中午吃饱了已经。”

不好，赵子慧来电。花朵急忙擦擦手，掏出手机对邓建说：“我去接个电话，顺便去趟洗手间”，说着离席，往门口方向走。

“我都看见你了！皇上您可真行，偷摸在这儿约会。往门口这边看！”赵子慧说话捏声捏气。

赵子慧一把把花朵拽到门外，如同女特务：“注意隐蔽。”

透过玻璃墙，赵子慧伸手指着靠门口右面的一个卡座，卡座坐着个人，面向门外，不过正低着头翻看杂志。

“看书的那个？”花朵悄悄地问。

“没错！长得挺帅吧，一米八五，配你正合适。”

“看样子有点奶油啊！”

“屁，这叫俊美，正流行呢！”

“天，我又不是买衣服！”

“和你在一起的那个人是昨天的邓建么？”邓建脸冲里，是个背影。

“是。他昨天开车送我回去的时候约的我。你昨天不早说，我以为不安排相亲了呢。”

“我不是等着人家确定时间么？现在怎么办？以前一个没有，现在一有就两个。你是桃花吧？”赵子慧使劲瞪花朵。

花朵也犯了难，但一想赵子慧约的这个是目的很明确的相亲，无论如何都得见一面。

“要不你先跟我去见那个‘俊美’，然后你再去邓建那儿帮我把人稳住？”花朵觉得赵子慧这个计划可行。

“那我怎么说，跟邓建？”

“你说偶遇，我跟他说我去卫生间了。”花朵挠了挠头。

“只能这样了，不过你千万别两个都有感觉，脚踏两只船，现在这种情景也就电视里有。真服了你了。”虽然事情有点不靠谱，但赵子慧觉得挺好玩，够刺激，笑着点头同意。

赵子慧给花朵和“俊美”相互介绍之后，就托词看见熟人，去邓建那边稳住阵脚。

花朵开始和对面这个眉毛修得比自己还齐整的俊美男展开对话。

去过几次赵子慧的公司，发现那里像这种风格的男生不在少数，也许是职业特点。花朵偶尔也参加赵子慧的同事聚会，虽然已经见怪不怪，但也不太喜欢这种类型。赵子慧给花朵看的那张照片，是俊美男穿着沙滩短裤，打完排球浑身湿漉漉的拍的，现在中性风格的穿戴也没有一点点阳刚的感觉了。

俊美男说话不像花朵想象的那样娘娘腔，笑容也很阳光，他叫石磊，爱好是漫画和写网络小说。再继续聊，花朵小震惊一下，自己大学时代追着看的一本网络小说《大学四贱客》竟然出自石磊之笔下。

两人聊得正欢，赵子彗短信发过来：“这里还一人呢！我都没话说了。”

花朵急忙回短信：我给他发短信说我碰见了朋友，一会就过去好了。

赵 TO 花：OK！

花 TO 邓：门口遇见朋友，一会就回去。

邓 TO 花：好，我等你。

赵 TO 花：我聊什么？

花 TO 赵：在新公司如何？

“看你还挺忙的！倒是听赵子彗说你们天天加班。”石磊笑道。

“嗯，是啊。上个周末都没休息。”花朵歪头看了一眼最里面角落坐着的赵子彗，赵子彗冲她挤眉弄眼。

“啊，对不起，我传短信的朋友就在后面坐着，我先去一趟，等下啊。”

“这么长时间啊，我和你的这位闺蜜都混熟了！”邓建笑着，身子挪到里边，给花朵腾出座位。

“正好碰见一个多年不见的朋友就多聊了几句。”花朵撒了个小谎。

“你们聊吧，我先走了，我还有事儿！”赵子彗决定到石磊那里再探探口风。

花朵急忙给赵子彗使个眼色让她等等，但赵子彗似乎没看见，起身拎包走了。

“饭也吃了，茶也喝了，一会儿带你去我一朋友那里给他捧捧场，自由艺术家，在798艺术区有个展，一块去看看，挺有意思的。”邓建看了看腕表，“现在3点多，到那儿正好。”

“好啊！”

花朵出于服装学院四年的熏陶，她对各种门类的艺术展都挺感兴趣。现在做公关策划，更需要到处寻找一些创意的灵感。忙了这么多天，早应该出来轻松轻松，看看新鲜玩意儿。

“那现在就走？”邓建看花朵一口答应，忙问。

“啊！再坐一会儿吧！刚吃完东西，消化消化。”花朵捂捂肚子。

花朵顺口答应邓建使自己陷入两难，赶快找个理由拖延时间。

一个是聪慧、幽默、亲和的邓建，一个是大学时代崇拜了好久的网络写手。反正石磊是赵子慧的同事，了解的机会比较多，花朵决定还是和邓建去看艺术展。不过想什么办法支走石磊？虽然这两个人不知道自己正在两头忙活，但让他们碰上了谁知道会出什么岔子。

“也对，那么大一碗面吃下去真得消化一阵子呢！”邓建不知就里。

“对了，你知道Vivian的底细么？昨天她才来上班，我还不是很清楚。”花朵想了一个可以让邓建说半天的话题。

如花朵所愿，邓建娓娓道来。花朵趁着机会给赵子慧发短信说答应邓建去看艺术展，五秒不到，短信回复“天，这个人咋办？”花朵回了句“凉拌！”

晚上9点，花朵意兴阑珊地回家。

赵子慧坐在客厅沙发里看电视，脚放在茶几上，抱着半个西瓜用勺挖着吃。

“嘿，桃花小姐回来了！”赵子慧取笑花朵。

花朵把鞋一甩，包一扔，一屁股坐在赵子慧旁边。

“真累啊！又热，给朕先来两口！”花朵把大嘴凑过去，赵子慧挖了两勺塞到花朵嘴里。

“您当然累了！脚踩两只船，劈腿大行动，能不累？哎，怎么最后晚饭又跟石磊吃的啊？我还真佩服您。”

花朵洗完脸，做着面膜给赵子慧解释。

花朵和邓建去看展览，到6点，邓建接到电话有事。两个人只好分开，花朵等车的时候却又碰见了石磊，晚饭的时间，不蹭白不蹭，况且作为石磊的 fans 还有好多问题要问，于是又一起吃了晚餐。

“那最后呢?”赵子慧吐着瓜子问。

“什么最后，最后就回来啦！”

赵子慧把西瓜放在茶几上，转过身来问，“我说相亲的最后结果。一个是我提供的资源，一个是送货上门的资源，最后你决定选哪个？估计周一上班石磊还得问我你对他的印象如何。”

“印象挺好啊！我不给你发短信说了么，原来我爱看的那个小说《大学四贱客》就是他写的。即使第一次见面，通过那个小说我也大概了解他什么性格了，跟小说差不多，还不错。不过倒是没小说里的那么幽默，可能是闷骚吧。”

赵子慧点点头：“可能第一次见面，熟了就好了。那邓建呢？我总觉得他有点和你不协调，可能是他岁数大的原因。”

“是吗？我可没觉得！哎，对，有可能我能报答爱妃你给我寄简历之恩了！”

花朵把邓建给自己衣服被拒然后又求邓建让 Peter 给赵子慧一些机会的事儿说了一遍。

赵子慧听了欣喜若狂，给花朵来个瓷实的拥抱：“你就是邓建的了，过几天我把石磊发给邓虹。”

“什么人啊！”花朵哈哈大笑。

花朵把自己的 MSN 签名改成了“花开两朵，各表一枝。”——上班后花朵才发现大家都用 MSN 而非 QQ。

小昭说这应该算是白领和普通工薪族的区别之一。虽然 MSN 没有 QQ 功能多，速度快，但简洁、明快、国际化，让 MSN 成为白领阶层的必备的即时通讯工具。

MSN 昵称后面的签名可以随便改，从这些签名中可以琢磨出大家目前的状态。比如，小昭现在的签名是“问世间提成何物，直教人生死相许”；

诸神的签名则是“人不能与命争，但不争就真没命了。”

“叮”一声，八卦总监小昭第一时间发现了花朵的新签名。

你招不招：花开两朵什么意思？——!

大花朵：不招。

你招不招：我数到3！3！

大花朵：我招！

你招不招：招吧。

大花朵：昨天去798看了一个艺术展，一个树杈上两朵花，每朵花是一个表盘。作品的名字叫“花开两朵，各表一枝”，我觉得挺有意思的，就改成这个了，仅此而已！

你招不招：什么破展啊，这也叫艺术。汗！

大花朵：吼吼！

你招不招：你跟你们组的人处得怎么样？

大花朵：还可以吧。Vivian人倒是不错，也没有领导派头！宝爷很慢很慢，小白说以前同事都管他叫“虫子”，肉虫子，很肉很肉的意思。曾建玲说她受不了魏霄规定的客户经理的业务指标，所以跑执行部来了。

你招不招：哈，看来你锻炼出来了，什么消息还都有。不过提醒你一点，魏霄和Vivian现在是对头，所以也不能和Vivian太过亲密。而且你得明白一道理，在办公室和谁都亲，谁就都不和你亲。切记！

大花朵：不明白！

你招不招：早晚你会明白。

大花朵：……

大花朵：你帮我看看我新写的展板文字吧。客户说要温馨温暖的，我心里没底！我发给你！

花朵把word文件发给小昭，正等着答复，Vivian叫她过去捋一下活动的基本流程。

花朵和Vivian、Ashura、曾建玲到第二会议室开会。

经过两三个小活动的洗礼，花朵现在基本上已经掌握了策划、执行的基本流程。魏霄到公司以后工作也很卖力气，叫着几个总监制定完善了一些工作流程方面的制度和方式，大部分很有必要，不过一些行政上面的制度，被诸神评价为“苛政猛于虎”，比如“迟到扣钱”。

大家讨论着，Vivian就流程上的一个环节产生了疑义。

“这个歌应该在大奖之前就唱完了，应该换一下。”Vivian在白板上用水笔画了个互换的双箭头。

“但是，最后应该是唱歌，所有的演员，领导一块拍照呢还。”花朵发表自己的看法。

“错，错，你这个大奖颁完了之后，人就开始离场了，谁还看唱歌啊。”

“但是电视上的晚会不都是这样么?”花朵还是很迷惑。

“就像你说的，那是电视晚会。咱们这个不一样，底下的来宾就是为了抽奖来的，再说这个唱歌的歌手都过气了。你得明白，电视上的和咱们实际操作的活动还是有区别的。电视上为了好的效果，好多都是彩排的，包括鼓掌。策划不能什么都想当然!”Vivian不知为什么，今天说话有点不客气。

“但是我可以在串词里写出来后面还有歌曲以及大家合影留念。”花朵辩解道。

虽然花朵在公司的人际关系处得不错，但时间长了也发现客户部、策划部、执行部、甚至设计部之间也常常产生矛盾，大家出于自己的立场，有时候并不能够相互理解。比如，客户部把不靠谱的案子交给策划部，策划部绞尽脑汁想出来的创意执行部愣说实现不了。

“花朵，这是经验!我执行过多少场活动，应该比你更清楚!”

花朵显然说服不了经验丰富的Vivian，只好点点头，低头舔杯子里的凉茶。

Ashura和花朵是一组，混得很熟了，给花朵圆场:“花朵，你参加的活动不多，长了就知道了。没事儿，你还是个新人嘛。”

开完会，花朵和Ashura结伴去卫生间。

“没办法，现在两人正较劲呢，咱们也跟着倒霉。”Ashura用小梳子梳理着头发帘，继续刚才的话题。

“不过还可以了，Vivian还是对事不对人，我最后也觉得她说得对。”花朵在干手机前烘着湿手。

“哎，以前魏霄来过几天知道吧!”

“听说过，但怎么没待住呢?”

“就是因为Vivian，那时候魏霄是来当客户总监，她们俩平级。那时候两个人就掐，魏霄一甩手走了。现在钟少把魏霄提成总经理，很显然，是把 Vivian 舍出去了！所以现在 Vivian 郁闷呢，她也没想到魏霄会卷土重来。Vivian 说钟少是越来越会做老板了！这句话挺深刻，我琢磨了半天！”

“钟少我现在都不了解，从来都没说过话。不过我觉得从他的角度来说也应该挺郁闷的。一个是公司元老，一个是职业女强人，而且两个人水火不同炉，真不知道他怎么解决。一将功成万骨枯，生者都是踩着死者的尸体爬上城门楼的。”花朵看着烘干的双手像是在自语。

“震惊！这话不像你说的啊？”Ashura 一直觉得花朵虽然比自己高一头，但心智比自己还单纯，听了花朵这番话很吃惊。

“嘿，确实不是我说的，我是从诸神 MSN 空间看到的！”花朵嘿嘿一笑。

“是吗？那我也去看看！”Ashura 发现了新大陆。

“花朵，提案练得怎么样了？”俩人正往回走，尚扬半路杀出。

“啊，还可以吧。小昭教了我很多，受益匪浅。”

“那行，今天下午丝嘉 SPA 中心的方案就你提案吧！他们总经理要出差，所以提案提前了，咱们 2 点出发，你再仔细捋一遍。”尚扬说着要走。

“啊！”花朵倒吸一口凉气，“不会吧！”

“什么不会！小昭不病了么，这案子是你写的，你提最好！昨天听你提案还凑合，再简洁一点就好了。”

在思博，提案第一人是小昭。

即使再平淡的方案在小昭嘴里也会变得生动，有条理，处处显出思路的合理性和逻辑性。这不是盖的，花朵见识过小昭的一次提案，提案完毕，甲方领导曾如同听完音乐会带头鼓掌，时间长达一分钟之久。当魏霄发现小昭超强的提案天赋后，当即指定小昭为思博公关的提案专员，负责全公司的方案提报。小昭抱怨这是个累赘，况且现在分组了，自己的事情又多，没有精力替别的组提案。魏霄专门给她涨了 2000 块工资，小昭才满心欢喜地答应。

“哎……”花朵还要推辞，尚扬已经走开。

花朵三步并作两步，高跟鞋“噔噔”响着跑到 A 组那边，拍诸神肩膀一下。

“啊！”诸神吓了一跳，忙关掉 MSN 的对话框。

“江湖救急啊！”花朵拽起诸神，“快快，跟我来，帮我演习一遍怎么提案，2 点我就得去给客户提案了，要了我小命儿了，从来没提过呢。”

花朵把丝嘉 SPA 中心开业的案子拷到用于提案的笔记本电脑里，扯着诸神跑到会议室。

“那你不是昨天都练了么？还练啊？我又不擅长提案！”诸神听完花朵的解释。

“我紧张啊！毕竟那是在咱们自己人的面前。而且尚扬说让我再简洁一些，你知道我写案子的缺点就是啰嗦，老觉得自己写得不清楚。你的风格是简洁利索，所以我不找你找谁啊。我现在还是试用期呢，还没正式出师下山呢。”

“那好吧！”诸神得意洋洋，“为师就给你指点指点！”

“嗯，今天要提案成功了，请你到西边的 HOGO 吃越南菜！”花朵一脸的认真。

花朵和诸神的提案都有些问题，花朵的是长篇大论，很简单的环节说得很复杂；诸神则是另一个极端，很复杂的事说得过于简单，而且还爱跑题，往往提完案客户还没明白怎么回事。不过这次两个人一结合，思路捋得清晰了许多，话述也比较简洁。

经过两次演练，一看表，时间终于控制在 20 分钟之内了。本次提案有三家竞标，每家提案时间 20 分钟，10 分钟解答问题。

“有谱了么？”诸神点上一根烟，“也就这样了，提案还是小昭牛。她是电影学院导演系毕业的，提案跟说戏似的，现场感巨强，咱不行！”

“天，真的假的啊？”花朵简直不相信自己的耳朵。

“不过你别跟别人说啊，她上班就是为了体验生活，这事儿就我知道。”诸神一脸神秘。

“花朵，你在这儿呢！找你半天，快走了！”花朵刚要听诸神分解，Ada 开门探进头来。

“稳住稳住啊，记住为师的话，看到底下的人不注意你了就赶快翻到下一页。”诸神嘱咐着花朵，拍了一下花朵的小屁股，花朵笑着跑开。

“怎么样？有信心么？”Ada 看看后视镜里的花朵。

此次提案，魏霄、韩骁、尚扬、Ashura 一辆别克商务舱。花朵坐 Ada 的威驰，和 Ada 在一起还能放松点。

“诸神又帮我梳理梳理了，我觉得没问题！你到时候帮我补充啊！”花朵到此时不得不给自己打气。

“嗯，你别紧张，这个方案的思路不是你想出来的么？其实你就按咱们开创意会时你那么讲就行了，我觉得，当时你讲得激情澎湃的，很有感染力，要不在场的人就都一致认可这个创意呢。”

“噢，对！你说的这个办法太好了。”花朵眼睛一亮，兴奋地拽着 Ada 的胳膊晃，Ada 险些打偏方向盘。

“小心啊！”Ada 笑了笑，拿起一个扁铁盒，“吃颗糖，提案的时候说得甜蜜一点。”

“嘿嘿”，花朵拿出一颗糖含在嘴里，“我得找找开创意会那时候的感觉了！”

经过两个小时的长途奔波，来到京北一片自然景观优美的高尔夫球度假村，大家在丝嘉 SPA 中心的停车场下了车，往正门走。

忽然，魏霄指着停车场的一辆宝马 750，皱着眉对尚扬说，“三家提案，原来德利公关的人也来了。甲方够没品的，连他们都叫了。另一家不知道是谁。”

花朵瞟了一眼那辆宝马 7 系，跟大家进到大厅。Ada 打了电话，跟大家说第一家提案的是名奇传播机构，现在正在提，思博公关是第二家。

服务生端来咖啡，大家在一圈沙发坐下，不时看看大堂另一侧的一伙人，那是德利公关的项目组。

花朵喝着咖啡小声问 Ada：“魏霄说德利公关没品是怎么回事啊？”

Ada 看了一眼对面，把头凑过来，“跟你说，咱们这行你干多了也会认识一些竞争对手。每个公司的特点不一样。德利的老板人际关系搞得好，所以经常能看见他们。他们有自己的灯光舞美团队，自己就是自己的下家，他们公司的特点是成本低，但活干得很糙。所以魏霄说甲方没品，不过那是人家的生存策略。这次丝嘉 SPA 中心是高档的商业，不怕花钱，我觉得德利肯定没戏。”

“那名奇传播机构呢？据诸神和小昭说名奇传播机构很牛，有两次活动都被他们切过去了。”

“嗯。名奇的优势就是和媒体很熟，做活动不就是为了宣传么。业内传说名奇有一次去谈案子就拿了一张 A4 纸，纸上就写了两个字，后来还把案子拿下来了，被公关界传为佳话呢。不过后来得到消息，他们是拉着第一大报《青年商报》社长去的。”

“天！竟然还有这种事！”花朵差点把杯子碰倒，“那，那咱们集团不也有媒体么？”

“不一样，咱们那个是期刊，一本《收藏》，一本《恋家》，《恋家》有时候还能站点边。人家要的是新闻，咱们做的是‘事件营销’，报纸网络最重要。”

“也对！”花朵有所感悟，点点头，一皱眉，“哎呀，那我岂不是完蛋了。咱们第一个提案还有个新鲜劲儿，一会儿名奇提完了，不就把咱们盖了！”

“要相信自己，有常败将军但没有常胜将军。”魏霄嘴角含笑，突然说话，同时用一种坚定的眼神看着花朵。

花朵着实吃了一惊，魏霄虽然叫“微笑”，但从到公司第一天就经常板着脸，说话没有温度，也很少鼓励人。花朵从心底对魏霄就有一点恐惧症，从来不敢正眼看她，对面遇上她都低头绕着走。但是今天魏霄很反常，是不是那天的话起了作用？

上周四晚上加班，策划部一起吃饭，魏霄也来凑热闹。花朵无意识地跟魏霄说她擦的chanel cristalle香水不适合她，那款香水是少女香水，特点是洋溢着年轻纯净的甜美气质，轻巧的香味和略带侵略性的香调，最适合清纯少女，或是喜爱淡雅、个性温柔、略带羞涩的成熟女性，但……说到一半，小昭给花朵使眼色，花朵才意识到自己又走嘴了，赶快换了个别的话题。不过，从那天以后，花朵从魏霄身上再也没闻到过那种香水的味道。

难道香水和SPA有什么联系？花朵正胡思乱想，和他们对接的丝嘉SPA中心运营部经理李小姐送名奇传播机构的人出来。名奇传播机构项目组的人谈笑风生，似乎提案很成功。

李小姐和名奇的热门道别，走过来，冲魏霄点头微笑，“魏总，Ada，不好意思，本来约的是下周，但我们总经理要出差，提前了，辛苦啊。走吧，该你们了。”

“哎，名奇提的案子怎么样啊？”Ada边走向李小姐打听情况，已经接触过几次，两个人已经熟了。

“我们总经理觉得还行，不过董事长就点了点头，没看出好坏来。对，还忘告诉你们了，今天不知道哪阵风把我们集团的董事长吹来了，他听说有提案，也要跟着一块儿听。不过这样也好，要是你们真成了，以后集团的活少不了。”

GTR 集团董事长！花朵差点没摔倒。她从丝嘉 SPA 中心的宣传册上知道丝嘉 SPA 中心是 GTR 开发的项目，这里的高尔夫球度假村，还有离这里不远的一个马场都是他们旗下经营的项目。而 GTR 集团董事长张兆宇是中国百富榜榜上有名的人物。

魏霄笑着说好啊，花朵可差点哭了，双腿发沉走不动道。

尚扬看出花朵脸色不对，赶快凑到花朵的耳边嘀咕："别害怕，再牛的人你提案的时候就当丫是木头桩子！"

坐电梯上到 3 层，进入一个一面满是落地窗的空旷房间。

古典而巨大的实木椭圆形会议桌前坐着七八个人。花朵一眼就认出 GTR 集团董事长张兆宇，他比想象中要高大许多，食指和中指之间夹着一根粗大的雪茄，一幅标准的大老板形象。

魏霄向甲方介绍了一下思博公关的人员，问张兆宇是不是需要看一下公司的简介。

"算啦！不就 30 分钟么，听完第三家我就走了！"大富豪张兆宇虽然笑着说话，但语气并不客气。

"那好，咱们赶快开始！"魏霄命令。

花朵习惯性地去帮 Ashura 拿投影仪连接线路，但被 Ada 挡住，冲她使个眼色。花朵会意，老老实实坐着，在桌子底下搓着冒汗的手。

"谁提案？去前面说去！"张兆宇冲房间左侧的墙壁一挥手。

李小姐急忙起身，从靠墙的实木柜子上拿起一个胸麦和投影仪的遥控器。

花朵头皮发木地站起身。

李小姐走墙壁前，微笑着做示范："你别上这个说，遥控器看到了吧，可以当激光笔用。"

花朵已经参加过几次提案，但每次看小昭都是坐在桌子前用激光笔指着 PPT 的投影提案，让提案者带着胸麦提案这还是第一次。

不光花朵，整个思博都是第一次遇上这样的提案方式。尚扬看着花朵紧绷的面部表情，急忙对魏霄小声说，"要不我提吧，有点悬。"

魏霄看花朵转过身面朝墙壁，轻轻摇了摇头。

花朵已经没有退路，心里默念着"冷静冷静"走到前面，接过胸麦和遥控器。

"那开始吧！"丝嘉 SPA 中心总经理王峰看了一眼腕表。

“喂……喂……”花朵紧张地试了试胸麦，张兆宇哈哈一笑，注视着她。花朵赶快把扭头看着墙上 PPT 的思博公关 logo 页，心里喊着：“加油！”

花朵扭过头，冲操作笔记本电脑的 Ada 一点头，Ada 翻开第一页——方案的首页。

“大家好，首先感谢 GTR 集团和嘉丝 SPA 中心给了思博公关的这次宝贵的提案机会。根据贵方的要求，我们做了这个方案。我们的活动主题叫做‘丝路幻想’，主题的具体阐述在后面，让我们一同开始对嘉丝 SPA 中心丝路幻想的旅程。”

花朵开场白后，转头发现在座的人脸上都显出一种惊讶的表情。坐在最后的 Ada 一个劲地冲她挤眼睛。花朵一头雾水，立刻就慌了，急忙转头看 PPT，但并没有发现什么异常。

“继续继续！”富豪张兆宇的声音。

花朵依旧没在 PPT 上发现什么错误，继续提案。

“为什么叫丝路呢？中国古代的丝绸之路世界闻名，蕴含了丰富的历史、文化、经济、风俗等元素，而我们此次提出的以‘丝路幻想’为活动主线更被赋予了浪漫、幻想的色彩。这个灵感其实来源于嘉丝 SPA 中心的构建规划，嘉丝 SPA 中心分为中国盛唐风格、波斯土耳其的西域风格、爱琴海的雅典风格、意大利罗马风格，而大家通过这张图就不难看出，其实这正是中国古代丝绸之路的连缀……在现场氛围的装饰上我们会在各个风格浴室之间的通道铺上丝绸，盛唐这段使用金色丝绸，阿拉伯风格的这段使用白色或银色，雅典用蓝色，罗马用红色。当天所有的来宾可以沿着这条我们铺设的‘丝路’参观所有的浴室。”

花朵按照 Ada 的建议按照创意会时自己的思路展开提案，说到三分之一后进入了忘我的状态，时而洋洋洒洒，时而娓娓道来，连自己都沉醉在“丝路幻想”之中。

18 分钟后，花朵心潮澎湃地回到座位，喝几口水润完嗓子，小心地环视大家。

Ashura 低着头；尚扬表情很复杂，嘴角带着笑容，但又皱着眉头；魏霄一脸礼仪性的微笑看着张兆宇。

张兆宇不动声色地点点头，凝视着前方墙壁上 PPT 最后的亮点总结页，最后把手中的大雪茄往水晶烟灰缸里一戳，站起身冲着总经理王峰说：“下一家我就不看了，你们看吧。我先走了！”

回来的路上，花朵依旧坐 Ada 的车。

“啊……天！我一点都没意识到！”花朵震惊加哀鸣，“那怎么办？我说他们董事长怎么都不听了。让我气的吧。完了，完了，我算彻底完蛋了。我怎么能犯这种低级的错误呢！魏霄绝饶不了我。上次写错公司名称，魏霄就大发雷霆。Ada，我可怎么办啊！”

“我都给你使眼色了，你还是把丝嘉 SPA 说成了嘉丝 SPA，说了不下十次。”Ada 摇开车窗，点了根大卫杜夫，蹙着眉头，把“十次”两个字说得铿锵有力。

花朵双手捂着脸：“我看到了，但没明白，我真笨。”

“开始我还给你使眼色，后来你说的次数太多了，改也没用了，就没使眼色了。”

“给我也来一根烟。”花朵点上烟深深地吸了一口，“提案的时候我就是想着你说我开创意会那时的状态，所以其实我提的时候，基本上都没看墙上 PPT 的文字，顺着感觉说的。到后来我不紧张了，觉得自己状态还不错呢，哪想到人家的名字我都说错了。”

“唉，回去再说吧！其实要是你不说错名字，这次提案挺 prefect 的，你说得比创意会时说得还好。也许是你开始太紧张了，第一次提案，而且居然让你带着胸麦在前面提，我估计也就这种集团大公司干得出来，以后还真不见得再遇上这种情况。”

“Ada 姐姐，你别说了，我真是对不起你，维护整整一年好不容易谈到的客户。”花朵说着眼泪夺眶而出。

Ada 一开始就知道丝嘉 SPA 中心的背景，因此，对丝嘉 SPA 中心倾注了不少的心血，在这个项目还没有动工之前就和甲方进行对接。开始的对接人是另一个人，Ada 为了切到这个客户生生和那人成了无话不谈的好友。但那人上个月辞掉了工作，Ada 只能和李小姐重新对接。丝嘉 SPA 中心现在终于要正式营业了，提案却出现了这样大的失误。

Ada 从纸巾盒里抽出纸巾，递给花朵：“我冥冥中觉得这事儿还没完。”

花朵通过后视镜看到 Ada 正用一种坚定的眼神目视着前方。

回到公司，魏霄并没有来找花朵的麻烦。

尚扬带着策划部的诸神和小昭去看一个装置艺术展。花朵哪有那心思，独自无精打采地坐在座位上愣神。Ada 通过 MSN 安慰花朵，花朵更觉得过意不去，跑到顶楼的楼顶，一个人靠着护栏看着远方发呆。

忽然，花朵听见楼梯口一阵言语声和脚步声，她转回头。Vivian 和光头老夏出现在门口，看到她愣了。Vivian 停住脚步，跟老夏说了一句话，老夏转身下楼。

花朵冲 Vivian 尴尬地笑了笑："对不起，打搅你们了。"

"没事儿！" Vivian 走过来，"我听 Ashura 说了。"

Vivian 走到护栏前，双手扶着护栏，看着前方："其实啊，我觉得你特像我最开始和钟柏创业时的样子，也是大大咧咧的，闹过不少笑话。"

"是吗？"花朵吃惊的看着 Vivian。

Vivian 笑笑："嗯，特别像。思博刚开张那会我和钟柏什么都不懂，就自己琢磨着干。那时候钟柏负责跑客户，你也知道我不善于创意，但方案我照样得写，当然没你们写得好了。没办法，只能硬着头皮写。开始公司才 5 个人，连前台都没有，谁听见前台电话响了就去接。我记得当时我们每个月还拿出 150 块钱来买零食当福利，呵呵，不过不到一个星期就吃光了。以前办公室还有张床，加班累了就睡那张床。我还和钟柏他们一块睡过觉呢。还有就是，如果谁犯错误了，就象征性地做个检讨，然后包一个星期的办公室卫生。"

"是吗，感觉好好啊。"花朵曾经幻想期待过类似这样的情景，没想到思博真实地发生过。

"真是挺怀念当初的那段时光，大家都是朋友，虽然也有职务，但都互相叫名字，不像现在我叫他钟总。"

花朵突然想起 Ashura 提起 Vivian 说钟柏现在越来越会当老板。

"现在呢，公司大了反而没有当初那种幸福感和成就感，没有时间留给你成长，不允许你犯错误，公司要的是利润，大家之间充满的是竞争。说实话，我有时候真的很累，不想干了。但早晨一起床，想到我为这个公司曾经付出的那么多日日夜夜，那么多汗水和泪水，还是咬咬牙微笑着来上班。这也许就是一个职场白领的宿命吧！"

Vivian 低头叹气，然后又仰起头微笑，"呵呵，说得太多了。花朵，你真的不必太在意。你的名字多好啊，花朵，迟早要怒放的。"

"嗯！"花朵使劲地点点头，面向就要落下的夕阳举起双臂，高呼，"我是花朵，我要怒放！"

一早，策划部开每周一次的信息发布会。这次是花朵主持，但花朵又开始"肚子疼"，趴在桌子上打开自己整理的 PPT。

"花朵你还不行啊。"小昭看花朵的样子挺痛苦。

“嗯，没关系，比昨天好点了。”花朵端起带来的保温杯，捏着鼻子喝了一口，“我带着中药呢，喝这个管用。”

小昭曾开玩笑说忙得月经不调，昨天花朵被言中。

花朵昨天一大早起来就“肚子疼”，疼得直不起来腰。赵子慧给花朵和自己都请了假，死活拉着花朵去他妈妈的医院找了一个老中医瞧了瞧。老中医嘱咐要注意休息，不要吃凉东西，最后给花朵开了几幅中药汤剂。回到家花朵喝了药感觉好多了，晚上赵子慧又把熬好的药汤给花朵装进保温杯。

“你怎么了?”诸神不明就里。

“你不懂。”尚扬一笑，“要不今天你就别提了，要是再不行就先回家待着。”

诸神何等聪明，一下恍然大悟：“嘿，来亲戚了！对了，尚总你赶快招人啊，现在就我们仨策划，魏霄又拉来那么多客户，看，花朵都‘不调’了。”

“淫贱！你个贫嘴龟！”小昭打诸神一粉拳。

“我跟人事部说了，招聘用的文字早给他们了，谁知道到现在也没登出来。那帮人工作最清闲，工作效率最低。”尚扬一脸无奈，“你们谁认识合适的也介绍一下啊。这年头执行客户经理一抓一把，就是策划太难找了。”

尚扬开始叙说思博公关的策划部革命家史。

策划部是公司的大脑，好的方案是制胜的关键。虽然思博公关已经运作了几年，但策划部好似落花流水，好不容易培养出的几个好的策划都另谋高就。老员工就尚扬一个，小昭和诸神都刚干不久。尚扬曾经接收钟柏的指派挖了德利公关顶梁扛鼎的策划小强，但没多久竟然又被名奇挖了过去。尚扬气不过，给名奇传播机构还算熟识的策划总监打了个电话。尚扬说小强就是“三姓家奴”的吕布，能力强但见利忘义，你看着办。没多久传出小强被名奇辞掉，后来听说离开了北京。这么一个牛人就被废了，三个公司的策划总监都感叹，不仅要业务牛，思想品德教育也很重要，老跳槽说明你很有问题。

“所以说，一个员工的忠诚度很重要，你得对我们好点。喜洋洋。”小昭笑着接茬。

“我够意思了，不过也不能宠着你们。邓建以前多宠着策划部啊，不是也被钟少废了？你们也得为我着想，为我着想就是为你们自己着想。”

尚扬说得神乎其神，花朵听得五迷三道，基本上忘了疼痛，端着中药当茶喝。

“唉，不扯淡了。花朵你还是下次再说吧。我说几件正事。”

尚扬打开他的笔记本电脑，一手拿着咖啡杯，一手点着键盘。尚扬是少有的帅哥，举止优雅，为人亲和。要不是年纪轻轻就成家，早被公司的单身女性作为暗中追求的第一号对象了。也许也是这个原因，一向霸道嚣张的魏霄对他也有礼有节，不失身份。

尚扬首先表扬了一下花朵最近的工作，虽然据 Ada 说丝嘉 SPA 中心的方案那边的总经理已经把活儿交给了名奇传播机构，但花朵快速的成长仍然不可抹杀。

接着尚扬提出了策划部目前的问题：分组之后，诸神和小昭有点各自为政，有一次开花朵的创意会，打卡机铃一响，两个人拍屁股就走了。

“这个你们得注意，虽然我知道你们俩都有事，但也得多担待点。毕竟花朵还属于含苞待放的阶段。你不帮人家想创意，到时候人家也不帮你想创意，咱们人心就散了。”

诸神和小昭点点头。

尚扬继续说，“第三点，Vivian 那边的意见。虽然咱们是策划，不负责具体的执行，但是在现场客户要是问到‘这是怎么回事儿’‘那个找谁’，咱们不能直接就对客户说不知道，应该告诉人家不清楚，应该找谁谁谁。明白吧，几句话的事，别让别的部门和客户因为这点小事对咱们不满。行了，就这么多了。”

“魏霄没有什么不满的？”小昭问，因为每次魏霄都会给大家挑点毛病。

“这回还真没有。”尚扬看着趴着的花朵，“对，花朵，我觉得我得告诉你一个内幕。至于魏霄怎么想的你自己去理解。”

花朵一听，支起身子，睁大眼睛，“什么内幕？不是要把我辞了吧！”

尚扬一笑，“别老想辞职辞职的，要不工作没法干了。我就告诉你这次丝嘉 SPA 让你提案其实是魏霄的意思。好了，不多说了。我有事得先走了，你们继续聊会就回去赶快给我写东西。”

尚扬走了，留下一头雾水的花朵。

“哎，小昭，你给我分析分析呗。”花朵请教大师。

“原来如此，所以魏霄没找你的茬，谁让是她叫你提的案呢，总不能自己打自己嘴巴。”诸神抢话。

“你闭嘴，花朵问我的，再说你说的也不对。”小昭厉声道。

“那你说你说！”

创意层出不穷的诸神对于办公室的人情世故确实没有一点发言权，公司有名的人际关系白痴。

“这事你得放在大的环境背景下来分析。就像分析一个电影里的人物，要结合时代的背景。同一个人在不同的时代背景下的命运绝对是不同的。”

花朵想起诸神提到小昭是电影学院导演系毕业，看来似乎八九不离十。

小昭习惯性地走到白板前举起水笔在上面分别写上了“W”、“客户部”、“执行部”、“设计部”。

“这个代表魏霄，”小昭在“W”上画了个圈，“魏霄是总经理，从她的职务来讲，必须管好每个部门。客户部不用说了，除了Ada外应该都是‘她的人’。尤其是那个Sharon。大家一定要小心她，她没事就爱找人聊天，估计就是在捕风捉影。”小昭端起杯子喝了口凉水，在执行部和设计部上分别画圈，“设计部甭说了，一帮大脑单纯的人，给谁干都无所谓。执行部呢，是魏霄的工作重点，死对头。执行部在Vivian的带领下又那么团结，当然不排除有的人是抱着‘大树好乘凉’的贼心。”

诸神听得起劲，掏出烟点上，也扔给花朵一根，花朵摇摇手。

“剩下就是咱们策划部了。”小昭擦掉刚才的字，写上“花朵”、“诸神”和“我”。

“至于诸神，魏霄和你死不对眼。其实魏霄是最喜欢你写案子的风格，干净利落，这个是尚扬嘴里吐出的象牙，应该不用怀疑。总之，她不会也不能把你发展成为她的人。而我更不可能，这个我也可以向你们保证。那最后就剩下了花朵，花朵你和魏霄同一天来上班的，新手而又单纯，所以她最终选择了你。”

“牛！太精辟了！我都想亲你一口了。”诸神恶搞气质又爆发，冲过去要搂住小昭，被小昭一脚踢开。

“原来是这样啊，我开始听尚扬说，还挺感激她呢。”花朵恍然大悟，但又觉得小昭说的好像有漏洞。

“你啊，就是太单纯！单纯得可爱。”小昭拿起自己的笔记本，“走了，散会。”

花朵一直琢磨着“问题的所在”，吃午饭的时候也没说什么话，大家以为是因为她的生理期，也没多问。直到吃完饭，电梯到办公室开门的一刹那，花朵终于想明白了。

问题在于如果真如小昭所说，魏霄为什么不直接面对面说让她来提案，那样效果岂不是更好？再说即使魏霄想借尚扬之口来传话，小昭都能明白的道理，聪明的尚扬会意识不到？按尚扬的智商和性格是绝对不会干这种傻事的。花朵想明白了，又晕了。她脑袋中的那个大大咧咧的“傻大姐”跑出来，给她来了一句“爱咋咋地。”

老中医的妙药确实管用，花朵午饭后恢复了正常。

“宝爷，图做得怎么样了？我的案子昨天就写完了，就等你们图出来了。”下午没什么案子要写，花朵就跑设计部来盯着作图。

正在拿着笔发短信的宝爷抬头，皱起一对浓眉：“没瞧鸭梨正做着呢么？”

设计部新来一个女设计师叫张雅丽，大家都管她叫“鸭梨”。设计部一共5个人，分别是宝爷、赵广敏、孙权、小白和鸭梨。宝爷的设计最精美，但速度超慢；小赵PS、3Dmax、Flash、网站设计什么都会，但做的设计一般；孙权精通3D建模，不做PS；小白特点是超快，做得不精，自称“麻利大糙活儿”；鸭梨只会PS，但作出来的图很时尚前卫。

“噢，”花朵忙跑到鸭梨旁边，“不安排的是小白做么，怎么又换人了。不过我喜欢鸭梨做的，有品位，很炫。”

鸭梨扭过头一笑：“你们策划部就你嘴甜，你看着颜色还可以吧？”

花朵仔细端详一下鸭梨Apple电脑屏幕上的主背景板设计：“嗯，非常不错！我特喜欢你用的这个底纹。不过怎么没有主题啊？主设计还没出来么？”

“没呢！”鸭梨转向宝爷，“宝爷，你联系上他们没有啊，这叫什么事儿啊，罢工也不叫上我。”

“天！罢工了？我说怎么就你们俩啊。”花朵大惊，忙问宝爷，“怎么回事儿啊？”

宝爷一脸无奈，叹口气：“妈的活儿太多了，干不过来了。孙权生病，小赵和小白昨天都熬一个通宵，今天都不接电话。你不看到了么，现在鸭梨给你作图呢。”

“谁的案子啊？加通宵！”

“小昭的呗，还有谁。给你和诸神作图都不怎么费劲，就给她做麻烦，改了一遍又一遍。”

思博的工作流程是这样的：客户经理谈好项目后，小组开创意会，创意会完毕，客户经理给策划部和设计部下工作单。策划写方案与设计作图同时进行，最后把作好的图贴到方案里，然后打印。

基本流程是这样，但每个策划又各有特点。诸神喜欢自己想好所有的设计形式，然后给设计画简单的示意图照着做，因此，诸神喜欢找小白做设计，两个人配合超快。花朵是服装设计出身，因此，比较理解设计的思路，善于和设计沟通着做，配合得很好。小昭则每次只跟设计说大体的风格，让设计自己去发挥，做出来不行再重做，这有点像王家卫拍戏——小昭说她的偶像正是王家卫。

“小昭是要求很高，但是方案的成功率也很高啊，案子成了大家才能赚到钱啊。”花朵解释。

“就怕有命赚没命花！反正我得跟领导说说了，过几天人真辞职了。”鸭梨又转过身跟宝爷说，“我拜托您就别发短信了，直接打电话呗，我又不会3D，他们明天就提案，做不完怎么办啊，这都快3点了。”

“打电话不接啊，没办法。”宝爷继续慢悠悠地发短信。

“那你帮我把主形象，主体字弄出来吧，我做其他的先，”鸭梨翻出设计工作单，“请柬、舞台、两块展板、一个签到，你主形象要能下班前出来，我估计我这儿8点就能完事。”

“那个我还没想成熟呢，估计下班前悬。”

“那我也不干了！”鸭梨既烦给别人帮忙，又烦宝爷太磨叽，把键盘一推。

“那我现在就去找魏霄！”宝爷郁闷到爆发，站起身要走。

鸭梨站起来一把拽住宝爷：“你现在找她有屁用，关键是现在没人。你赶快弄吧，弄完了踏实了你再去找！”

宝爷想想也对，叹着气又坐下。

一旁的花朵郁闷得够呛，走过去坐到小白的电脑前，“要不我来，这样快点儿！”

“你？”宝爷和鸭梨同时惊讶。

“嘿，大学四年的服装设计不是白学的。”花朵笑着打开电源，“不过得烦你们俩指导一下我，虽然软件我都会用，但是做舞台什么的可是头一次。”

花朵去会议室饮水机接凉水的时候被诸神拦住。

“我瞧你自己作图呢？”

“是啊！”花朵把杯子放下，顺手从桌子上拿了一根诸神的烟点上，兴奋地说，“我觉得还挺有意思，面试的时候我还想过做设计呢。”

“我劝你还是别揽这闲事！多一事不如少一事。”

“你没看他们设计部好几个人都没来么，据宝爷说小赵和小白不接电话罢工了。现在就鸭梨一个人，我要是不做图，不定得等到什么时候。而且明天下午就得去提案，还不能晚来。”

“这你就错了！”诸神把窗户打开，靠在窗前，“给你讲一故事。”

“老师请讲！”花朵有几天没听诸神发表高论了，来了兴趣。

“话说古代打仗，一个士兵腿上中了一箭，被抬到医院。医生看了看他腿上的箭，拿出一把锯，‘咔咔’把箭锯断，然后说行了。士兵就问那我腿里的箭头怎么办啊？你猜医生怎么说？”

“怎么说啊？”花朵不思考，直接问。

“医生捋了捋胡子说，我这里是外科，你腿里的箭去找内科解决吧。”

“汗！”花朵觉得这是个冷笑话。

诸神一笑：“估计你这岁数的人不太知道，上个世纪八九十年代曾经流行过一本书叫《厚黑学》，我讲的故事就是里面写的。你没事可以找来看看。我的意思是，如果你这次作图了，下次没人你还做不做？如果你还有别的事干你做不做？如果你做得好，就像小昭提案，以后都让你做，你做不做？如果你做得不好，最后的责任谁负？还有如果你做得比他们设计部的人做得还好的话，那些设计会怎么想？”

“没那么复杂吧？你说的像绕口令。”花朵被诸神的一大串话说得云山雾罩，不知道怎么辩解才好。

“你听我的没错，这是经验。策划之外的才能最好藏着。这也是策划部法则之一。”

“多学一点不好么？艺不压身啊！”花朵开始整理思路和诸神辩论。

“花朵，这是公司，不是学校。学没问题，别显出来，再说你作图了也不发你设计的工资。”

“没这么现实吧，都是公司同事，大家互相帮助呗！”

“那我问你，他们设计部的人给你出过创意么？”

“你不能这么说，我觉得就应该取长补短，况且那个方案是我的，也应该算我分内的事情！”

“那你要这么说，到时候活动你也去负责总执行？兴趣和工作是两回事儿，你混为一谈了，你现在还是把工作当成兴趣呢，等你干烦了你就知道了。”

“我不认为……你说别的都有道理，但这个我觉得不对！没有兴趣就没有动力，没有动力就没有好的方案，没有好的方案就没有成就感。”花朵仍然坚持，也说了个绕口令。

“你又错了。什么是动力？什么是成就感？是钱！就这么简单！”诸神很不屑地说。

“难道工作全为了钱？”

“不光是钱，但钱是最主要也是最重要的。否则上班来干什么啊。得了，听不听随你，时间长了你就知道了。我以前也走过弯路，但不走弯路也许就找不到直路！”诸神捻灭烟头。

花朵被诸神的一番话说得心里很别扭，印象中诸神是个很有干劲冲劲的人，很难想象他能说出这么让自己泄气的话。

来思博公关时间不长，花朵就深刻感受到公司的复杂，大家似乎都有两张面孔，表现的和心里想的完全不一样。魏霄和 Vivian 大吵过两次，但是见面还是互相“亲爱的”、“亲爱的”。Sharon 在魏霄面前一口一个“魏总”叫得那叫一个亲，但背后却说魏霄是个更年期提前的变态妇女。难道公司职场就是个一个化装舞会，都得带个假面？花朵实在想不明白。

端着杯子回到设计部，小白竟然来了。花朵和小白交代一下，回到自己的座位。肚子又开始疼，但不厉害，不过花朵还是跟尚扬请假回了家。

6 点多，赵子慧打电话问花朵能不能下楼，请她在小区底下的饭店吃饭。花朵问为什么，赵子慧说下来就知道了。反正家里也没什么吃的，花朵换了件 T 恤，没化妆就下了楼。饭店里人还不多，花朵在二楼靠窗的位置找到了赵子慧，惊讶的是邓建竟然也坐在旁边。

“你们俩怎么会在一起？”花朵坐下惊讶的问。

赵子慧探过身子，很兴奋地笑着说：“你们俩都是我的贵人，我升了！”

“升了？升设计师啦？”

“是啊！哈哈！为我欢呼吧！这一天终于到了！”赵子慧端起啤酒杯，“来，干一杯。哦，对了，你现在不能喝酒。”

赵子慧招呼服务员点饮料，点完就去了洗手间，留下花朵和邓建。

花朵问邓建：“你们俩怎么勾搭上了？”

“这可不是勾搭啊。我下午去他们公司找 Peter 谈点资源置换的事，巧的是中午他们公司提升的她，所以她要感谢我，请我吃饭，就一块过来了。”

“那还真巧！你还真帮上了大忙！慧慧算是熬出了头。唉，想当年我也是设计师啊，现在却不务正业。惭愧惭愧。”

“怎么了？遇上什么麻烦了？我听尚扬说你干得还可以啊，大错不犯，小错不断。”邓建笑。

“啊？他这么评价的我啊？你和他关系很好么？”

“他是我带出来的啊，原来是我的左膀右臂。不过他的综合能力其实已经超越了我，他比较会为人处世。”邓建喝了一口啤酒，表情忽然变得很认真，“说白了就是让上下级都比较高兴的状态下成就他的成就感。”

“你说话怎么也这么深了？听你这意思……不是很喜欢他？”花朵发现邓建话里有话。正说着，赵子慧回到座位，也跟着听。

“也不是不喜欢。就是某些方式方法不认同。我觉得你在思博上班也有一个月了吧，应该明白一个道理了，就是同事是同事，朋友是朋友。同事从字面就能看出来，是共同做一件事，没有任何感情色彩。以前叫什么？叫工友，一块工作的朋友。我想原来大家应该都是朋友。现在这个词已经废了，都是同事，很说明一些问题。”

“那你的意思就是同事不太可能成为真正意义上的朋友？”赵子慧插话。

“可以这么说，应该很罕见，至少我还没发现。我觉得顶多是工作意义上的朋友，算是志同道合吧。话说回来，现在我和尚扬不在一个公司了，反而觉得是朋友了。”

“你解释这个‘同事’和‘工友’还挺有意思，我今天晚上写我博客里。”赵子慧最近迷上了写博客。

花朵琢磨了一会儿邓建的话，“那，你说我能和公司的那几个人中的谁成为朋友？”

邓建笑笑，“怎么？你还不死心啊。不过你真想在公司有真正的朋友的话，可以告诉你一个原则！”

“什么？”花朵和赵子慧都问。

“说起来很简单，做起来很难，就是——无论这个人做什么，不管对错你都支持。这就是朋友！先别反驳我，仔细琢磨琢磨再说话！最好1分钟以后。”邓建带上塑料手套，开始大啃羊蝎子。

“你明白么？不管对错都支持岂不是没有原则了。”花朵问赵子慧。

“有点明白，但是我解释不清楚！”

“那就是不明白，别装！”花朵对赵子慧很了解。

“别吃了，快说！我就讨厌话说一半儿。”花朵冲邓建伸出手做鹰爪状。

邓建啃着羊蝎子嘟囔："这羊蝎子不好，肉太少！请客还不找好点的馆子。"

"你少废话！找我挠你呢？"花朵爆发。

邓建嘿嘿一笑，把吃剩的骨头扔进盆子，擦擦嘴上的油："好，我就跟你们讲讲。这样说吧，最好的朋友是什么？反正我认为最好的朋友就是你觉得他是欠你的，这个是基础。比如，你生病了，他就得第一时间照顾你，无论他有什么事，这是不讲道理的。对于你们女孩来讲，就像撒娇，没有道理可言，谁让你丫爱我。"

"嗯，我这回真有点明白了！"赵子慧点着头。

"不过这还只是初级阶段，再往高级了讲就是我说的不管对错都支持。这个更难理解，再做个比喻。一般来说，如果一个人像另外一个人介绍他真正的朋友，一般都会说起他们以前一起干过的坏事，比如，砸人家玻璃，偷人家地里的西瓜。你们想想是不是这样？为什么呢？这其实就是不管对错都支持的一个比较合适的解释了。对的谁都支持，但如果错的也支持，人家绝对会把你当成朋友。再用一个反证，看过黑帮电影吧，干的都是坏事，但表现出来的却是最令人感动的义气。总而言之有认同感才会有朋友！"

邓建知道花朵有点不舒服，吃完羊蝎子在她家待了一会儿就走了。送走邓建，花朵横坐在大沙发上，一起边欣赏赵子慧正追着看的美剧，一边聊天。

晚上 10 点，花朵想早点睡觉，洗漱完毕，刚上床，接到 Ada 的电话。

喜讯传来，丝嘉 SPA 中心的案子决定让思博公关做。Ada 述说缘由。

其实董事长张兆宇是个喜怒无常琢磨不透的人。当花朵提完案，张兆宇就已经决定活动由思博来做，因此不听德利的提案就走了。但是总经理王峰，包括在场所有的人都领会错了。后来名奇传播机构去提执行方案被张兆宇看到，痛批王峰一顿，险些让他辞职。王峰这才明白，张兆宇是想让思博来做。

花朵听了百感交集，说张兆宇看来比魏霄还难伺候。

Ada 在电话那头笑了笑："魏霄才修炼到什么地步啊。我觉得张兆宇确实是个很牛的老板，因为他懂得成大事不拘小节的道理。而且让人琢磨不透才是做领导的最高境界，什么都让手下猜到了，那就不称其为领导了。"

"成大事不拘小节？猜不透？"

"是啊，不过咱们不行，咱们是服务供应商，还是得注意细节。"

"是啊，哎，我记得咱们提案回来的时候，你说过'这事还没完'，真被你说中了。哈哈。"花朵对Ada有点佩服。

"这是职业敏感，客户经理如果连客户都看不透就完了。你明天上班吧，时间不早了，你赶快休息吧，明天再说，要出执行方案了。"

花朵放下电话，对Ada所说的"职业敏感"产生了兴趣。

花朵上大学的时候，老师强调的是"设计师的嗅觉"。花朵一直没找到流行的感觉，自己守着自己的审美不能自拔，因此成绩平平。看来自己和Ada差得还很远，要学的东西很多，要走的路很长。不过丝嘉SPA中心的方案成功了，绝对是对自己感觉的肯定。花朵兴奋得不想睡觉，抱着笔记本电脑看起了自己最热爱的日剧。

花朵钟情于日剧，而赵子慧是美剧的忠实粉丝。赵子慧曾说从这个就可以看出来她比花朵成熟。因为日剧好多都是漫画改编，不切实际的浪漫幻想；而美剧都是按季播出，大投入大制作，会根据大家的反映及时作出调整；看日剧的都是天真的小孩，看美剧的都是白领阶层云云。花朵不以为然，但最近发现公司里大家聊得都是《Desperate Housewives/绝望的主妇》《Gossip Girl/绯闻女孩》《Lost/迷失》《Prison Break/越狱》。花朵在赵子慧的感染下也看过一些剧集，但是实在受不了每个星期才一集，而且还会因为棒球赛、大选而停播的美剧。

大会议室里。

魏霄也许是因为丝嘉SPA中心的方案起死回生，今天的面部表情比较柔和，听着花朵阐述方案也不时点头。

"哎，这个签到方式有点意思！"魏霄眼睛一亮。

这个方案是一个很大牌的新款牛仔服品牌发布会暨登陆中国市场十周年的方案。由于活动中邀请名人占了很大一笔费用，活动本身并没多少预算，钱不多的话亮点就很难体现。

花朵策划的签到方式很特别。主会场门口摆放一个穿着整套牛仔的模特架子，参加活动的贵宾直接用笔在牛仔服上签名。

"不过，在客户最新款的衣服上签名，不知道甲方会不会同意，你觉得呢，尚扬？"魏霄征求意见。

"我也有这个顾虑，所以让花朵在后面又写了普通的签到板签到。不过这个牛仔服品牌风格就是前卫野性，这样考虑也合乎情理。”尚扬回答。

“这样，那就先这样吧。”魏霄点点头，“哎，这图小白做的？这回倒挺精致。”

“是我做的。”花朵刚说完，想起诸神的话就后悔了。

“你做的？”魏霄面露疑惑。

“不过就这张签到示意图是我做的，其他的还是小白。”花朵话已出口，只得解释。

“哦！我说看着不太一样呢。”魏霄没再说什么，让花朵继续。

阐述完方案，魏霄没有什么意见，让大家散会。

花朵从魏霄身边经过的时候，魏霄叫住她，板起脸：“以后别自己作图了，除非万不得已。公司要的是团队，而不是个人英雄主义。”

“啊，记住了！”花朵吐着舌头离开会议室。

小昭眉开眼笑地从行政部回来，喊花朵去领工资。花朵惊呼着朝电梯跑。今天是花朵第二次领工资，也就是说花朵已经度过试用期的三分之二。

一进财务室的门，花朵就冲公司财务海霞一个甜美的微笑：“海霞姐姐我来了。”

海霞虽然看着骨瘦如柴，但有着东北女人那种传统泼辣剽悍的气势，说话很冲。小昭早就给花朵做过“培训”，第一，总经理魏霄不好惹；第二，行政部的人惹不起，迟到早退违反公司规章制度真敢扣钱。不过海霞说喜欢花朵直来直去大大咧咧的性格，和她关系反而最好。

海霞看是花朵，笑着露出两排小碎牙：“来签字，对，你们家是住通县那边吧。”

“是啊，怎么啦？”

“我家要搬到通县了，以后能一块走了。”

“是么，太好了。全公司就我住通县，就我穷。”花朵拿过签字笔，看着收据单，“哎，我怎么是8000啊，难道我转正了？”

“你不知道啊？魏霄月初就跟我说你转正了，转正是8000。你得请客啊。”

“啊！天，我真不知道。哈哈，太好了！我也熬出头了。”花朵欣喜若狂，签名的手都在抖。

海霞笑着把收据本拿开，开始给花朵数钱：“你知道么，我在公司工作两年，你是第一个提前结束试用期的，而且魏霄月初跟我说的，也就是说你一个月就转正了。看来魏霄很喜欢你啊。”

“是吗?”花朵觉得不可思议，“她每次骂我最凶了。比骂他们客户部的人还凶呢！骂哭我不只四五次了。”花朵做出一副可怜相。

“棍棒底下出孝子。给你钱，数数吧。”海霞哈哈大笑。

“你这是什么语言啊，你要是干策划不仅挨骂，还得挨打。”花朵接过钱直接放进信封，“数什么，我还信不过你?”

“先别走，跟我聊聊，反正工资到你这儿就都发完了。”海霞往里坐一个座位，腾出把椅子。

“好啊，海霞姐姐，你帮我分析分析为什么魏霄喜欢我吧。”

“这我哪儿知道啊，可能对脾气吧，就像咱们俩。”

“也是，那聊点别的吧。”

花朵的“也是”一语双关，一是肯定海霞什么也不知道，二是觉得既然海霞和她对脾气，性格差不多，她不明白，海霞当然也不明白。

“听说你前几天给客户提案把人家公司名字说颠倒了，但最后还定咱们做了，挺牛啊。”

“你听谁说的啊？我的糗事你怎么都知道?”

花朵从来不跟海霞说公司的事，因为她觉得说海霞也听不明白。行政部应该是公司最稳定而单纯的部门了，真正的朝 9 晚 5。

“阿修罗啊！”海霞英语很差，把好多人的英文名字说成中文。

“Ashura 她最八卦了。典型的长舌妇，”花朵笑着吐出舌头，“从策划部到这里有多少米你觉得?”

“差一层楼呢，大概得有一百米。”

“她的舌头就有一百米。哈哈。”

两个人笑成一团。

花朵回到自己座位，想起小昭转正请大家吃饭，虽然是尚扬出的钱，自己是不是也应该请请大家。但一转念算了，外边还下着雨，晚上估计也停不了。最后，花朵花了两个小时的时间，在 MSN 上给每个人写了一封感谢信，大家接到信都很感动。甚至魏霄都在 MSN 给花朵回了“谢谢，继续加油！”。

尚扬笑呵呵地走过来，扔给花朵和诸神各一叠纸：“标书，策划部每人一份，一会儿开会。”

诸神"哗哗"地翻着标书："这个有提成么？"

"公司年会有个屁的提成！你们俩，还有小昭都得写，竞标，谁写得好用谁的，虽然没提成，但也别糊弄我！这也算公司员工绩效评定的一个内容。"

2007年10月23日是思博公关成立5周年，公司要组织自己的庆祝活动，尚扬写的标书。

"费用10万，其中奖品6万，那活动费用才4万啊，这能写什么啊？不过奖品的金额还挺高，我们自己写奖品建议行吗？"花朵看着标书，很兴奋。

"4万还不够，场地费没算在里面，灯光舞美什么的都让咱们下家友情赞助。再说自己公司的活动，好玩有意思就行，4万块钱足够了。上次我们一共才花了6万块钱。啥时候集团的活动，集团出钱，那活动大。成了，5分钟之后大会议室开会，全体大会，会上再详细说。"

尚扬说完就走了，花朵急忙转过椅子问诸神："你觉得这案子好写么？"

"开会听听再说吧，我觉得有意思，毕竟是咱们自己的活动，想怎么玩怎么玩。不过就是写这个方案也不给钱，手里还一大堆案子呢。"诸神无论接到有意思没意思的项目都一副百无聊赖的德行，花朵已经见怪不怪。

"也是，离活动日期还剩不到俩星期，但话说回来我觉得这个活动发挥余地大，写起来应该很爽，天马行空，不像客户的活动还得分析客户人群档次兴趣什么的。但是这个案子是钟少、魏霄和几个总监拍板，我对钟少一点都不了解。"

"你问Vivian呗，她不是负责你们C组么，你和她关系也不错，她是一个骨灰级的员工，应该什么都了解。走吧，接杯水，先去会议室等着，省得魏霄又说咱们慢。"

大会议室思博公关的人陆续到齐，魏霄先把公司要办五周年庆的事说了一遍。听说公司要组织年会，而且此次年会的奖品金额高达6万，个个欢欣鼓舞。

"不过，年会是年会，咱们客户经理注意了，如果新接case，尽量避开10月22日、23日，别发生冲突。咱们这次年会我跟钟总争取了比上次年会将近多一倍的钱，五年一大庆。咱们10月22日出发，到怀柔的星云度假村，那里可以拓展、采摘、骑马，还有男生喜欢的真人CS什么的，第二天，10 月 23 日晚上咱们举行正式的庆典晚会。"

说着，魏霄的表情又变严肃，"不过既然咱们是公关公司，大家都是这方面的专家，我对这次年会提出三条要求，大家一定要记好：好的创意，完美的执行和最佳的效果。"

魏霄环视会场一圈，"这次年会咱们就不烦人事部和行政部了，由咱们 3 个项目组竞标，然后其他两个组一组负责第一天现场的执行，另一组负责第二天现场的执行。那接下来就请尚总讲一下标书。"

尚扬讲的标书上都写得清清楚楚，五分钟后散会。

"那咱们几个不开创意会啊？"花朵忙问。

"花朵，你脑袋进水啦？竞标哎。"小昭用笔记本轻轻拍了一下花朵的脑袋。

"真够呛！"魏霄白了一眼花朵，走了。

"噢！嘿嘿！"

要不要去找一下魏霄呢，花朵犹豫着。

从海霞那领完工资，花朵就一直在心里琢磨这事。她还从来没有和魏霄单独谈过话，心里有点恐惧，但觉得魏霄对她好像很器重，即使是单单看在提前转正这件事上，也应该去说声谢谢。花朵一口气把半杯水喝光，朝魏霄的办公室走去。

"魏总，我想跟您说几句话！"花朵敲门之后探进头。

正在补妆的魏霄急忙把镜子合上放下，看了一眼花朵，扭头看自己的笔记本屏幕，作优雅状，"进来吧，要是辞职的话免谈啊。"

看来魏霄的心情还不错，开起玩笑。花朵悬着的心放下一半，小心翼翼地关上门，笔直地坐到魏霄办公桌斜对面的红沙发上。两个月，这还是花朵第一次进魏霄的办公室。花朵观察，除了助理韩骁，没有几个员工能从魏霄办公室笑着出来。

和外面以黑灰红为主色调的大开间比起来，魏霄的办公室简约时尚，让花朵感觉豁然开朗。红色的办公椅，白色的办公桌，桌上有一尊琉璃菩萨像和一个时尚电子钟。左面是白色的衣柜和书架，右面整面墙的隔板架，摆放着魏霄自己的和别人合影的照片，几个水晶奖杯，架子下面是一套白红相间的高尔夫球具包。

"怎么有事么？"魏霄没看花朵，但语气比平常柔和。

"嗯，其实也没什么。"花朵沉沉气，"就是今天我领工资才知道自己已经转正了，所以，所以我想对您表示感谢，谢谢您对我的肯定和鼓励。"

"嗯!"魏霄点点头，瞟了花朵一眼，"然后呢?"

"然后……没啦!"花朵不知道还能跟魏霄说什么，尴尬地一笑。

魏霄转过头来，问，"你和邓建认识?"

"啊，"花朵不知道魏霄怎么突然问这个，"面试的时候是邓总面试的我，后来碰巧见过两面。"

花朵不知虚实，不想透露更多。

"噢，知道了。"魏霄在键盘上敲了几下，转过头，"还有别的事么?"

"没有了。"花朵站起身，"那我工作去了。"

"去吧，对，把韩骁给我叫来，倒杯咖啡这么长时间!"

"好的!"

花朵一身轻松，退出办公室，关好门，一转身，韩骁端着的咖啡差点洒在她身上。

花朵急忙闪开。

"魏总正好叫你呢。"

韩骁哦了一声，推门进办公室。

花朵忽然发现自己的裤脚卷着，蹲下身整理，忽然听见办公室里，魏霄似乎在笑着跟韩骁说，"这花朵，今天才来，我等了这么久。"

花朵站起身，往魏霄办公室瞥了一眼，急忙走开。

回到策划部，曾建玲凑过来，挤眉弄眼地问，"魏霄找你干吗?"

"没什么，是我找她。"

"找她? 干什么?"曾建玲的八卦潜质不比公司任何一个女的差，但特点是分析得歪七扭八。

花朵自豪地笑着说:"给我转正了，我去跟魏霄说了声谢谢。就这些。"

"你，转正啦?"曾建玲推了一下鼻梁上的眼睛，简直不相信自己的耳朵。

"是啊。我比较幸运吧。外边下雨呢，要不晚上请全组吃饭了。"

曾建玲看见 Ashura 回来了，赶快招呼:"快过来，出大事了!"

Ashura 两眼放光，急忙跑过来:"咋啦咋啦?"

曾建玲一努嘴:"花朵转正了! 奇怪吧!"

"奇怪个屁! 你个大乌鸦!"Ashura 拉住花朵的手，怒着的脸马上变成笑容，"你别听她的，感觉多不应该似的。你早就应该转正了，我觉得你特牛，开创意会你好多想法我觉得都特别好，我就想不出来。"

“嘿嘿！”花朵抿着嘴笑。

“反正我觉得不正常！”曾建玲扭头走了。

消息传得太快，一拨一拨的人来祝贺花朵，花朵应接不暇，幸福得一阵一阵眩晕。

下了班，花朵接到邓建的电话，约她去吃饭，她正好没事就应承下来，临了电话花朵喊了一声，“对了，我请客，我转正了！”

“贵的我请不起，就这个了。”花朵带邓建来到东直门外的一个爆肚老店。

“你不是转正了么，还穷啊?”邓建看着菜单，嘴角露出笑。

花朵往前一凑，激动地伸出手指头，一边掰着一边说：“你知道吗，我和赵子慧租那房子太大，一个月要 2000 块。我来思博之前三个月没工作，欠房租就 2000，第一个月工资 5000，3000 块房租钱，就剩下 2000，然后又 800 买了一套衣服，就 1200 块钱我能活到现在都是奇迹。”

“那我是不是还得感恩戴德啊，你这么一个穷人还请我吃饭，罪过！”

“得了吧。我今天难得的清闲，还发了工资，心情好，好长时间没怎么吃爱吃的东西了，今天你算作陪。”

“那我很荣幸。没想到你还爱吃这口。”

“哎，对了，我问你一事儿！”花朵笑了一下，话入正题。

“说。”

花朵把今天去魏霄办公室还有魏霄问她是否认识邓建的事说了一遍。

“你说，她问我这个干吗？你们俩认识?”

“这个嘛……”

“别编，看着我的眼睛说！约你来是有目的的！”花朵紧盯着邓建。

邓建哈哈大笑：“你还真有意思。魏霄不是以前来过公司几天么？你不知道？所以当然认识了。”

“噢，我跟你说过魏霄好像很器重我，而且你们还认识，这很奇怪。”

“你有能力呗，有能力谁不器重。作为一个领导总不能和所有人都对着干吧，又不是奴隶社会，就这么简单。”

“那比我有能力的多了去了！这个说不通，重新讲。”

邓建咳嗽了一声，貌似很认真地说：“花朵，你是个很单纯的女孩，单纯挺好，干吗弄得那么复杂。我喜欢你也是因为你很单纯，很清澈，这很难得。这是你的个性，我想大家喜欢你也是这个原因吧，千万不要蹚浑水。只要你努力就行了，努力谁都会看得到。而且你越是简单，反而最安全。”

“你的意思是说走自己的路，让别人去说?”花朵若有感悟。

“也不是，”邓建点上一根烟，“是走自己的路，让别人没的说。我觉得你应该没问题。”

“不懂哎，”花朵伸手指着脑袋，“我发现你们说话都够深刻。”

“哈哈，其实你就是这样做的，不懂也没关系。”

“我有那么特别么?人都是有好奇心的，说说呗。”花朵还是希望邓建把谜底揭开。

“这样说吧，人为什么要防御或进攻?防御是怕别人欺负自己，进攻其实也一样。但是如果你对别人一点威胁都没有，人家也不会进攻你，你也用不着防御。那么接下来，怎么让别人觉得你没有威胁感呢?单纯，因为你单纯谁都不会把你当成盟友，也不会把你当成敌人。”

“哎呀，你这么说到底是夸我还是损我?我就当个大傻蛋就行了?”花朵听明白了，但感觉怎么这么别扭。

“看你好像明白了，最后给你来个点题总结。既然你性格如此，你就没必要什么都明白。有的人是大愚若智，聪明人是大智若愚。但你是天生的难得糊涂。真正的聪明人是让别人看不出来你聪明，这才是最高境界。你虽然不是这个层面上的，但实际效果也差不多。”

花朵终于恍然大悟，嚼着满嘴爆肚，笑着说：“舒坦，你夸人也这么深刻，把我分析得还挺透彻。没想到我一不留神险些成就最高境界。”

“哈哈，快吃吧，每次一见你就聊这些无聊的。咱们俩就不能谈谈情，说说爱?吃完了请你去看电影吧。”

吃得沟满壕平，邓建开车带着花朵到枫华园汽车影院看电影。

汽车电影院是在汽车里通过调频收听和观看露天电影，花朵第一次看，非常兴奋。两个人把座位放得很平，近乎躺着。

今天放映的影片略带恐怖情节，花朵不由自主地抓着邓建的胳膊，气氛有些暧昧。但邓建一副正人君子的样子，没有把花朵搂过去，只是把胳膊往花朵身边凑了凑。

接连看了两部电影，时候不早了，两人准备回家。

邓建发动汽车，往后倒车的时候，突然停下，朝右边的侧试镜观看。

“怎么啦?”

“那边那辆黄色宝马跑车我认识是，原来一个客户的车，哎，你看那是不是 Sharon 啊?”

“哪儿呢?”花朵急忙转头往右面瞧，“是，没错！这是她男朋友吧，真有钱啊。”

“什么男朋友啊，那男的是李含玉，干房地产的，有名的花花公子。估计是看上 Sharon 的 35D 了。不过，我也不在思博了，也管不了这事。你要怕她认出来低点头，咱们绕过去。”

花朵急忙低头：“魏霄说了，财富汇是公司最后一个房地产项目，上周末做完的活动。那方案的主线还是我想的呢，不过我没去现场。”

“不接房地产？我支持。”

邓建利索地把车倒出来，一踩油门，快速驶离现场。

花朵重新调整好坐姿：“你说他俩为什么在一起?”

“你管那个干吗，不跟你说了么，单纯，你只要知道咱们俩为什么在一起就行了。”

“为什么?”花朵笑着明知故问。

“不是吃饭的时候跟你说了么?”

“人家想再听一遍不行啊!”花朵撒娇。

“喜欢你!”

“谁?”

“我!”

“连在一起!”

“我喜欢你!”邓建大叫一声。

花朵大笑。

邓建看着后视镜里的花朵，阴笑：“本以为你很单纯呢！结果被骗了。”

“讨厌!”

“女孩一恋爱，胆子比男的还大!”

“再胡说挠你了啊!”花朵举起双手，成爪状。

“还有暴力倾向啊！哈哈!”

第二篇　我要怒放 ····

C组讨论完丝嘉SPA中心的几个执行细节，继续开公司年会的创意会。由于这个活动三个项目组竞标，所以各小组自己讨论。经过推举，Ada让花朵作为主持人主持会议。

花朵走到白板前，Ashura笑着高呼，“花朵加油！”大家跟着鼓掌。

花朵受宠若惊，“谢谢大家支持，多谢多谢。那咱们就开始吧。”

花朵按照尚扬平常开创意会的思路，首先在白板上列了几个问题。

尚扬曾经数次跟策划部的人强调，写方案不能想当然，自以为是。首先要以甲方的身份，甲方消费者客户的身份，新闻媒体的身份，多问几个问题，如果这些问题基本解决了，就已经是一个成型的可执行的思路，然后在以此为基础进行拔高。反之，创意再好，如果不能满足所有人的要求也是白纸一张。

开始的时候，花朵也是先有个创意点，然后再往回进行联系，被尚扬批评过好几次。现在花朵学乖了，一且先按尚扬教的方法依葫芦画瓢，明白了其中的奥妙，成长得很快。

会开到中午也没有什么太好的创意。Ada提议吃完饭再接着开，散会。

吃完午饭，Ada接到一个客户打来的电话，要去看活动场地。C组看场地回来已经下午4点半。大家刚要往会议室集中，在客户那里的Sharon打电话给Vivian求救。

A组负责的一个世界著名的运动服装品牌的体验活动进入执行阶段，邀请函从印厂出来直接送到了公司总部。邀请函设计的比较复杂，对折开的两页边缘上打了孔，需要用鞋带串好系在一起，这样就像一双球鞋的鞋面。邀请函第二天就要开始寄送，但2000份要串好鞋带的工作量实在太大。A组Sharon和两个执行串了一上午才弄了100多份。Vivian只得带着所有没有事的员工执行部去救场。

花朵决定自己一个人先好好想想，Ada和宝爷各自归去。

小昭的B组从客户那里回来，一块去会议室开年会的创意会，花朵去隔壁偷听，被小昭发现轰出来。花朵百无聊赖地翻着网页，寻找灵感。

快6点下班了，魏霄和韩骁从办公室里急急忙忙地出来，韩骁通知没有紧急工作的员工都集合，A组的人和执行部的人还是不够，大家分组行动，都去客户那里帮忙。Ada开车拉着花朵和鸭梨一辆车往客户那里赶。

一到客户公司总部的大会议室，大家傻眼了。会议桌上的邀请函和鞋带堆积如山，会议室另一边的地上还堆放着数十个成捆没开封的纸包。公司十多个人坐在椅子正上流水作业，有的拆封把邀请函拿出来一个个折好，有的串，有的系，有的往里面插邀请函内页卡片。

诸神正闷头串鞋带，花朵走到他身边拉把椅子坐下。

“这么多啊。”花朵拿起一个串好鞋带的邀请函，看了看，“不错啊，比效果图上看着好，怪不得客户特别喜欢这个创意呢。这个有富余的吧，我得留一个收藏！”

“那有屁用，”诸神把头凑过来凑到花朵耳边，“你瞧执行部那帮人的表情，说不定多恨我呢。”

“为什么啊，全公司不是都来帮忙了么？应该感谢才对。”花朵看到执行部的几个人愁眉苦脸。

“嘿，”诸神苦笑一声，“要都是你这么想就好了。你看着都快7点了，刚完成不到三分之一。”

“是这样吧！”花朵系好一个鞋带，拿起来给诸神看。

“嗯，没错。不过你不用这么认真。我都串仨了，你才弄完一个。人家公司的人都全下班了。”

“我这不是完美实现你的创意么。”花朵笑着欣赏一番自己的成品，接着穿另外一个。

斜对面的Vivian停下手中的活，按摩了一下胳膊，巡视了一下完成的工作，对Ashura说：“Ashura，统计一下人数，叫丽华快餐吧。”

“又吃丽华啊，我都快吃吐了。”Ashura抱怨。

魏霄跟客户寒暄归来，正听见Vivian让Ashura叫快餐，看了看大家：“叫麦当劳或者肯德基吧，别叫丽华了。”

大家都嚷着说好。

Sharon抬起头，“那多贵啊，吃饱怎么也得每人20多块，还得买水！”

大家一起怒视胸大没脑的Sharon。

Sharon看自己犯众怒了忙怯怯地说：“这活动本身成本就高，得控制成本。”

诸神瞪了一眼 Sharon，侧过脸来对花朵悄悄说：“我都想抽她！”

魏霄似乎没听到 Sharon 说话，接着说：“Ashura，按每人 30 块钱标准，带饮料的。Vivian，咱们公司规定工作日晚上加班餐费是 15 块钱标准，但今天的从 Sharon 工资里扣。”

此话一出，大家都停住手中的工作，看着魏霄，Sharon 更是呆若木鸡。

花朵看着 Sharon 心里暗笑，更佩服魏霄的言行。

“你别跟着干这个了，咱们还有事，”魏霄面无表情跟韩骁说，然后又转过身，“Vivian，我们先走了，今天晚上约了《风尚周刊》的主编，这里就靠你了。”魏霄刚要走又转过身问花朵，“花朵，你怎么也来了？手里没工作？”

花朵愣了一下，急忙说：“嗯，没什么事，手里就公司年会那个案子，现在还没有什么好的思路，待着也是待着，过来换换脑子。”

魏霄“哦”了一声，和韩骁在大家惊讶的目光中离去。

“这叫什么事儿啊！妈的！”Sharon 把手中的一沓邀请函往会议桌上一摔。

对面的 Vivian 见此情景，拨开掉在腿上的邀请函，忽地站起来，厉声道：“你摔谁呢？”

“我，我，”Sharon 无论如何也是惹不起 Vivian 的，情急之下，转头瞪着诸神，“谁出的这个馊主意我就摔谁。”

二十多道目光齐刷刷地汇聚于诸神的身上。

诸神慢条斯理地从屁股兜里掏出打火机，点上一根烟，斜着眼看着 Sharon，忽然声音高亢地说：“这案子是我写的，没有我写的这个方案，咱们公司就也不会中标，没中标也就不会有今天这个事儿……”说着，诸神忽然一拍桌子，大吼，“没有这个活动我问问你，你他妈吃什么！”

Sharon 被怒发冲冠的诸神吓得一哆嗦，眼睛眨来眨去，张口结舌。

谁也没见过诸神发这么大的火，花朵急忙拉诸神坐下：“你干嘛呀，都是同事。”

Vivian 气愤地指着 Sharon：“你客户经理怎么当的，全公司这么多人来帮忙，你还唧唧歪歪。你给我闭嘴，不想干走人！你以为你是谁啊！”

Sharon 被骂得狗血喷头，不敢吭气，低头哆嗦着从自己包里掏出烟，点上。

“你必须向诸神赔礼道歉！”Vivian 命令道。

Sharon 抬头怯怯地看了看 Vivian，站起身，一百个不乐意地嘟囔，“诸神，对不起！"

"切，免了！"诸神不屑地一笑。

"我去趟卫生间。"Sharon 转身跑出了大会议室。

大家交头接耳，议论纷纷。

Ashura 问 Vivian："那还订餐么？"

"订啊。大家别影响情绪，快接着干。"Vivian 语气恢复平和，"诸神你也别在意，她就那德行。"

诸神一笑："气撒到我头上了，不给她点厉害，以为我很好欺负呢。"

花朵胳膊肘碰了一下诸神："赶紧干活儿。"

大家又开始紧张的流水作业，Vivian 忽然问 A 组的执行小戴："你们开始就没想到这么多请柬，工作量这么大，这执行怎么当的。"

小戴停下手："我当时跟印厂说了，让他们的工人做好了以后在发过来。但印厂的刘老板说工作量太大，要加 1000 块钱劳务。我就跟 Sharon 说了，Sharon 说钱太多，给人家 200，人家死活不干。后来我又跟 Sharon 商量雇几个清洁大妈小时工干行不行，她说算了，不行就发动公司的人帮忙，这个客户是公司的大客户，都得帮忙，一分钱也不用花。"

此话一出，大家气得抓狂，纷纷臭骂 Sharon。

Vivian 点点头："成了，明白了。你做得没错，开始我以为你们执行部没想到呢，还给 Sharon 留了面子。"

听了小戴的解释，花朵也气得义愤填膺，跟诸神唠叨："这人怎么这样啊！"

"你以为呢，你太单纯了。她以为魏霄能罩着她，这回傻了吧。不过今天魏霄还算有点风格，这事儿做得，解气！"

过了一会儿，小昭给诸神发来短信，问他怎么还没完。诸神出去给小昭回了个电话。

诸神刚回来，花朵就笑着逗趣："最近你跟小昭挺密切啊，这大晚上的怎么就给你发短信呢？这两天你们俩还一起走。"

"爱上我啦！烦着呢！"诸神一脸的不屑，摇晃着脑袋。

"得了吧！"花朵哈哈大笑，"小昭怎么会看上你，她就喜欢倪震那样的青年才俊。"

"倪震那是她心里的白马王子，我是她的黑马王子，半路给她劫色了。"诸神开始神侃。

“别逗了，傻子才信。反正我不信！嘿嘿。”花朵撇着大嘴笑。

诸神瞥了一眼花朵：“算了，我告诉你吧，这几天下班为什么在一起啊，因为小昭对地下乐队感兴趣了，我认识一堆玩摇滚的狐朋狗友，她非拉着我去开开眼。”

“我说的吧，就知道刚才你是瞎编。”花朵面露得意，“不过，有时间我也想看看，见识见识什么叫地下音乐。”

“成啊，省得又有某些人捕风捉影。哎，你知道招你进公司那个邓建吧，他也算‘圈里人’，他们原来还有一个乐队呢，以前很出名，现在不怎么玩了。不过我去看演出也偶尔能见到他。他跟非地下的音乐人好像也挺熟，前几天我还看见他跟丽田音乐的总监张雅冬，还有刚出道的女歌手，叫什么阿艳，在酒吧喝酒呢。”

“是吗？我挺喜欢阿艳的。”花朵很吃惊。

“说起这个，我们俩第一次见面特别好玩。有一次，我一朋友酒吧开业，让我去捧捧场，到那儿发现邓建也在，后来朋友就撺掇我们几个一块唱几首歌。我唱歌不好，弹琴，邓建主唱。效果特轰动，唱完了，台下一穿的特别少，还算挺漂亮的女的，穿金戴银，浓妆艳抹，歪歪斜斜地走过来从钱包里拿出一大沓钞票，就往邓建皮背心里塞。”诸神弹弹烟灰，一手比划着，“那钱有这么厚，估摸着得有三四千。当时我们都惊了，可邓建‘啪’地就给那女的一嘴巴。后来才知道，那女的喝晕了，我们最后分析那女的是一个失宠二奶。”

“啊！太有戏剧性了吧，不过邓建也够牛的，金钱、女色，两道门槛都过去了。”

通常，第三者的评价最客观也最有说服力。花朵暗暗佩服邓建的人品，确实是个正人君子，对他的好感又提升了一大截。

“这样的男人应该绝种了吧。”过来凑热闹的 Ashura 接了一句。

“还有后来呢。后来我们俩就聊起来，他问我当策划有兴趣没有，我说我已经找到了一个广告文案的工作了，周一上班。到了周一，我俩一见面才发现就在一块办公。这不，最后给我鼓捣到公关这里来了，丫倒跑了。”

“那你跟他关系这么好，为什么你没跟他走呢？”八卦 Ashura 问。

“这年头到哪儿还不都是一样，去了新公司还得重新熟悉环境。再说，以前我们俩在工作上也没少发生争执，目前这样还能是朋友。”

花朵点点头，若有所得。

活儿干到凌晨3点半，才全部完工。花朵已经双臂发麻，举着最后一个串好的邀请函，哈欠连天地说，“有谁能想到，这光鲜的邀请函背后有着多少辛酸和苦楚呢！”

周围几个同事被逗得哈哈大笑。

Vivian发动大家把所有的邀请函打捆包装，整整齐齐地在墙根码放好，下令回家。

上午魏霄开全体大会，行政部除外，会上点名批评Sharon，又破天荒地赞扬大家的团队精神。

魏霄瞧了一眼坐在最后面的花朵，手里拿着笔点了点，“再告诉C组一个好消息，维莱牛仔的case咱们拿下来了，接下来我会进一步和他们大中华区的CEO谈全程的公关合作。如果谈得成功的话，那么C组也有了全程公关的客户。”

“哇，太好了！”花朵激动得手舞足蹈，花枝乱颤。

维莱牛仔的策划案当时是寄送过去的，都没正式的提案，没想到竟然拿下来了。C组以前只有一个全程公关的客户，但花朵刚来一个月，客户合同就到期了，而且没有续约，换了另外一家更有名的公关公司。那个客户是在思博的专业有效的公关推广下迅速发展起来的，公司上市了，反而一脚把思博踹开。店大欺客，客大欺店，Ada对此叹息良久。

C组目前负责的项目都不是全程，也就是说不是收月费的，仅靠单个活动赚钱，这是公关的最低形式。现在维莱牛仔已经燃起了希望，花朵当然喜出望外。

花朵满面桃花地朝Ada看去，奇怪地发现Ada脸上竟然没有一丝笑容，皱眉沉思状。

魏霄也发现了Ada的异常，啜了一小口咖啡，问：“Ada，怎么不高兴啊，你不是抱怨没有给你几个全程的客户么？我是觉得你的能力强，所以给你们组配的最好的设计和执行，现在希望就在眼前，我怎么没看出你笑模样啊。”

“啊，”Ada不自然地用手捋了一下额前的长发，露出一丝笑容，“没有，心里挺高兴的，可能昨天没睡好觉吧，头有点疼。”

“哦，”魏霄瞟了一眼Ada，“身体是自己的事，自己要多care。”

魏霄的话说得不疼不痒，Ada点点头。

“那，散会！”魏霄站起来，“今天时尚杂志对我有个专访，我得赶紧去先做做头发。”

客户部和执行部的人各自散去，尚扬叫策划部的留下来开个小会。

“首先恭喜花朵的案子拿下来了！”尚扬带头鼓掌。

花朵嘿嘿地傻笑。

尚扬等大家安静下来，接着说：“刚才魏霄没说清楚，不过她本来就不爱夸人。花朵，知道为什么客户喜欢你那案子吗?”

“不知道，也没提案。”花朵莫名其妙。

“魏霄跟我详细叙述了一遍。客户特别喜欢你那个在模特衣服上签名的 Idea。可能你都没想到，咱们以为这个活动预算很少，但客户大笔的预算都用在了请明星上。而最后确定的明星是好莱坞的一男一女两位获得终身成就奖的老牌影星。”尚扬说着站起身，用水笔在白板上写了“终身成就”四个字。

“明白么? 客户联想到两个终身成就的影星在一身衣服上签名。明白了吧，这里有微妙的对应关系。老影星的‘终身’，对应衣服的‘终身’，老影星‘成就’对应这个老品牌的‘成就’。哈，这叫什么，这就叫天造地设，不谋而合。客户让咱们把方案再完善一下，翻译成英文，递交总部提案。”

“高！花朵你已经修炼到策划的最高境界了。”诸神嬉皮笑脸。

花朵知道诸神又在搞笑，“请教师傅，此话怎讲?”

诸神站起来，背着手在屋子里来回晃悠着说，“为师一直以来都想修炼到这个地步，没想到一代新人换旧人，长江后浪推前浪。策划的最高境界是什么? 策划的最高境界就是：案子上没写，但创意已然传达到客户心中。”

“我去！”花朵端着杯子，差点笑喷。

尚扬吐了一个烟圈，笑着说，“诸神说话的特点是，他说一句话，你都不知道他是夸你还是骂你。这也是最高境界。”

“一个猪，一只羊，猪羊组合你们俩太淫贱了。互相吹捧很爽吧。哎，那俩影星是谁啊? 这个活动我说什么也得去，我找 Vivian 让我负责明星接待工作。后悔了，当初不应该把这个案子甩给你们 C 组啊，没想到他们这么有钱。我以为是一个小屁活呢。”小昭一会儿激动一会叹气。

“活该！”花朵朝小昭做了个鬼脸，向上舒展双臂，“我的花季王朝开启了！”

“哎，”小昭手拄着脸，看着白板上的四个字，眼珠一转，“花朵，你进一步写案子的时候，除了尚扬说的，还可以有第三种对应。终身成就奖的意思你们知道是什么么? 其实奥斯卡终生成就奖是颁发给对电影有着卓越贡献但一直没有亲吻到‘小金人’的电影人。这个公司的牌子虽大，历史悠久，但还算不上顶级的，他们的理念不是就是一生不停地超越么，这个应该也能对应上。”

“不愧是电影学院导演系毕业的啊！小昭，你说得太有道理了！”花朵埋头用笔记下小昭说的话。

小昭急忙看了一眼诸神，诸神把头歪向一边。

“花朵，什么电影学院，什么导演系啊？”小昭装蒜。

花朵停住笔，才想起来诸神曾经跟她嘱咐千万别透露小昭是电影学院导演系毕业的。

花朵曾经问诸神为什么小昭隐瞒自己这么牛的身世。

诸神解释，小昭根本就找不到合适的地方，导演是个职业，但根本不能说是一个工作。小昭毕业的时候，曾经被导师介绍到某儿童剧院上班，但小昭待了两天就烦了。她之所以隐瞒这段经历，是不想让大家知道是因为作为导演系科班出身的她混迹于民间体验生活觉得很丢人。

“啊，我说着玩的。我有时候觉得你像导演，提案，分析人什么的。”花朵以前很少撒谎，无奈混入社会，这是很需要掌握的生存技能。

小昭又斜眼瞥了一下诸神，诸神依然低着头，在本子上画小人。

小昭没理诸神，把话题扯开，提出可以把签到用的牛仔服的其中一件在酒会的最后时段进行现场慈善拍卖，拍卖的善款捐献给西部上不起学的孩子。大家七嘴八舌的把方案的进一步思路全部捋清。

“今天开会的效率很高，花朵都记下来了吧？”尚扬很满意大家今天的状态，用板擦擦干净白板，又写上“公司年会”四个字。

“这个，都琢磨得怎么样了？谁有成型的方案啦？”尚扬用水笔敲敲白板。

“怎们都不吭声了，刚才气氛挺热烈的啊。”尚扬挨个看策划部的三大策划。

小昭抬起头，一脸坏笑：“尚总不是小组竞标么，用不着讨论吧，再说表述上写的是周一下午提案。现在刚什么时候，你这个提前问，有失商业道德，咋能随便改时间呢？作为策划，我们最烦这样的客户了，你当过策划你应该很清楚。是不是啊，大家说。”

“是！”花朵和诸神异口同声。

“成成成，我错了还不行！”尚扬碰了一鼻子灰，面带无奈，“不过到时候出不来的东西我可要发飙啊！听说诸神昨天晚上发飚了。我自从当了领导之后，连发飙的权力都没有了。”

“是我们太优秀了么?”花朵用一种很傻很天真的语调说。

“我服了！花朵，你确实成长了，得，我不跟你们贫了。有本上奏，无本退朝。”

会散了，花朵端着杯子，抱着本子从第3会议室经过的时候，通过半开着的门，看到坐在里面抽烟的Ada。

花朵愣了一下，拱开门，径直走进第3会议室。

Ada依然一脸苦闷的样子，烟灰缸里已经有两支大卫杜夫的烟蒂。

Ada看是花朵，忙给她拉开一把椅子。

花朵看着Ada，轻声细语地问：“怎么了，头还疼啊，要不要紧啊，你头疼就别抽烟了呗。”

Ada微笑一下，也柔柔地说：“花朵，你真好。我其实不是头疼，是心烦。”

“心烦？哦，心烦就别待在这里了，这屋本来就小，又一屋子烟，我带你去一地方！”花朵胳膊夹着笔节本，一手端杯子，一手拉起Ada，“跟我走。”

到座位把东西放下，花朵带着Ada来到利嘉大厦顶楼的平台。

“这个地方不错吧！我发现的，给我支烟，我陪你会儿。”

Ada给花朵和自己都点上，吸了一口，环视四周：“这地方你怎么发现的，确实不错啊，天高云淡，豁然开朗。”

Ada身高和花朵差不多，是公司第二高，平常Ada爱穿细跟高跟鞋，显着比花朵稍微高点。

花朵看着Ada被微风吹拂着的鬓角青丝，赞叹：“我觉得公司所有女生里你最有气质，魏霄也有气质，不过她是那种‘时尚女魔头’的气质，总是一副趾高气扬的样子。”

“那我呢?”Ada转过身微笑着问。

“你啊，你给我的感觉是大气，干练，又有一丝野性，野性不太确切，应该是一股不服输的劲儿。”

“哈哈，是么！第一次听到这样的赞美，不过我知道这不是虚的，应该是你发自内心的，让人听着很舒服。你给我的感觉很清澈，纤尘不染，现在很难遇到你这样的女孩了。”

“那当然了。”花朵也笑了。

两个人沉默了一会儿，花朵问："为什么看你一脸郁闷啊。你还跟魏霄说是头疼?"

Ada双手扶着栏板，看着远方，淡然一笑："说实话不太想跟你说，还让你保持你那份难得的纯净。不过你既然想知道，我就对你敞开心扉了。怎么说呢，维莱牛仔的案子成功了，我当然高兴。但你知道么，那个客户是我很不容易拿下来的。但会上你也听到了吧，魏霄说她要跟维莱的大中国区总裁谈全程公关……"Ada的话戛然而止。

花朵仍然一头雾水："全程公关不是挺好的么?我记得你跟我说，如果没有全程公关，只做单个活动就是'活动公司'，不算公关公司。"

"呵呵，"Ada笑了，"说你单纯吧。你没听清楚我最后一句话的主语么?魏霄说她要跟维莱的大中国区总裁谈全程公关。主语是魏霄，而不是我。如果这样的话，我还算什么客户经理呢?魏霄把公司的重要客户都分给了A组和B组，好不容易咱们组拿下了这个他们都没在意的维莱，现在成了，魏霄又要抢过去了。"

花朵顿时恍然大悟，沉思了一会儿，说，"那你就跟魏霄说让你来谈呗。其实我觉得，如果你要是跟她好好谈的话，也不是没可能。她是有时候不通情，但还是达理的。比如，昨天我们去客户那里串鞋带，Sharon那事你也知道吧。Sharon跟她关系多好啊，照样罚。"

花朵本来还想说魏霄给自己提前转正的事，但一琢磨这不太好说，就没开口。

"嗯，好吧。"Ada转过身去，没让花朵看到自己的冷笑，"说点别的吧，发现跟你说话轻松了很多。"

两个人谈起了各自以前的学习工作经历。

Ada原来竟然是工业大学工业设计专业毕业的，学的课程都是力学、电工学、机械设计、工业美术、造型设计、工程材料，等等，与公关毫不沾边。大学毕业后，Ada成绩很突出，被一家合资的汽车制造公司看中，签约为汽车外观设计师。不过，虽然年薪很让人垂涎，但Ada怎么也提不起兴趣。后来经朋友介绍到一个活动公司干了一年多，又通过应聘来到思博公关。

Ada的经历和花朵差不多，两个人最后都有点惺惺相惜。

"我其实干长了，挺喜欢公关行业的。虽然按他们说的公关也算服务业，但会接触到各行各业，形形色色的人。干公关长知识，拓展眼界，也锻炼了为人处事的能力。如果有一个完美的团队，一个好的领导，就太完美了!"

“唉，岂能尽如人意，但求无愧我心吧。”花朵叹息。

Ada指着远处一座玻璃幕墙最高的大楼说：“你知道我心里的目标么？就是在那座5A级写字楼里工作。”

花朵顺着方向看去，“是凹美公关么？”

Ada转过脸，惊讶的问，“你怎么知道？”

“啊，我听人家说的，凹美公关在那栋大楼里。”邓建就在那里上班，花朵怎么会不知道。

“噢，那你呢，你工作方面的理想是什么？”

花朵挠了挠头，不好意思地笑了笑：“我还真没想过那么多，就想着能把每个案子做好。要不然，我也跟你学吧，理想就是在那栋楼上班。”

Ada哈哈大笑，又很认真地说：“你可别跟我学啊，忠于自己的内心才好。你说的把每个案子都做好，我觉得这句话真是挺好的。一般人都是好高骛远，不着眼脚下。你真的启发了我，花朵你很不简单啊，也许正是这样，脚踏实地，你的进步才这样快！”

“是吗？”花朵眨眨眼睛，“我一不留神说了一句至理名言？”

“嗯，至理名言！咱们一起加油吧！”Ada双手扶着花朵的肩膀，很认真地说。

“Fighting！为C组的胜利和荣誉而战！”花朵举起拳头，振臂高呼。

“为C组的胜利和荣誉而战！”Ada双手拢在嘴前，朝着玻璃幕墙大楼的方向高喊着。

空中一群飞鸽盘旋而过，天空中回荡起鸽哨发出的“赢赢”的声音。

周六晚上是丝嘉SPA中心的开业酒会暨体验派对。

活动成功举办完，大家收工的时候已经夜里11点多。穿着高跟鞋跑来跑去一整天的花朵累得直不起来腰，直接躺在公司租来接送员工和礼仪人员的大巴最后的长排座上。今天一天的天气都很闷热，大工作量加出汗，大家已经没有力气说话，躺在座位里眯着。

进过一个小时的奔波，大巴车在利嘉大厦门口停下。进入市区，一部分人已经在沿途下车，最后车上只剩下花朵、曾建玲和五个礼仪。

曾建玲自己有车，开车先走了。花朵问剩下的五个女孩谁往通县走，自己打车可以捎上一段。其中有两个礼仪是广播学院的学生，她们留了下来。

花朵在路边打车，回公司放完东西的Ada开车从停车场出来，要送花朵回家。

正在这时，一辆宝马 Mini 停在花朵面前。车窗摇下，花朵仔细一看伸出来的脑袋，竟然是石磊。

“你们这是刚下班?”石磊看了看花朵，又看了看后面的两个女生。

“是啊！你开这么牛叉的车呢！”花朵从没想到年纪轻轻的石磊如此拉风。

“嘿，家里有点糟钱。我送你回家呗”

花朵看了一眼边上 Ada 的车：“不用了吧，我同事送我。”

石磊往前看了一眼：“她和你顺道？我正要去通县一哥们那里救场呢，三缺一。我顺道，比较方便。”

花朵犹豫了一下，问身后的两个女生：“你们想坐 Mini 还是 Vios?”

两个女生兴奋地说：“当然是 Mini 了。你男朋友真有钱啊！”

“哈哈！”花朵也没解释，走到 Ada 车窗前，“Ada，我一朋友，正好要去通县，你送我也不顺道，一天够累的了，就不麻烦你了。”

Ada 看了一眼后面的宝马 Mini，心领神会：“你小心啊，那我就先走了。”

Ada 向花朵摆了摆手，驱车而去。

Mini 没有后门，三个女孩从前门钻进车厢，石磊发动汽车上路。

“你真顺道假顺道啊?”花朵打着哈欠问。

“骗你干嘛？后面这两位美女也是你们公司的？公关公司盛产美女么?”

“小心开你的车，没见过美女啊。她们是礼仪，给她们在广院停一下，她们是学生。”花朵看着车的前仪表盘，“放个音乐听听吧。今天忙了一天，快累死了。”

石磊打开 CD，放出音乐：“你人还挺好。”

“那是……”花朵说话的声音含糊起来。

“今天什么活动啊，累成这样?”

石磊等了一会儿，花朵没反应，通过后视镜一看，花朵已经睡着了。石磊郁闷地笑了笑，整个路途也没跟花朵说超过十句话，就实实在在的充当了一次免费的交通工具。

赵子慧“咣咣”地砸花朵的房门：“起床啦，太阳晒屁股啦！”

花朵被敲门声吵醒，揉着眼睛一看手机，已经 11 点了。花朵噌地蹿起来，一把扯开窗帘，迷迷糊糊地去卫生间。

“你怎么才叫我啊，这都快中午了！”

“才叫你？叫了你第三遍了！洗你的脸吧，早餐和午餐都给你准备好了。”赵子慧把烤好的面包片和一大杯牛奶端到客厅的茶几上。

花朵从卫生间洗漱出来，一脸精神地走到茶几前，伸手拿起半个切好的红苹果，张大嘴一口咬掉一半。

“这苹果挺好吃，哎，爱妃，你非要找男朋友么，跟朕永结同心，白头偕老不好么？”

赵子慧用餐刀往面包片上抹着果酱，娇嗔，“不好，你还想我伺候你一辈子啊。拜托，那也不是苹果，是蛇果，很贵。看网上说比苹果减肥效果好。”

“我知道，但其实就是美国苹果呗，中国人取了莫名其妙的名字骗自己人。挺好吃的东西，弄这么一危险的名字。”

“不会吧，你翻翻你屁股边上的那本杂志。”赵子慧手指着，“以前我记得你想去时尚杂志当编辑那会儿，咱们家的时尚杂志你溜边溜缝都看了。这本杂志买了快一个星期了，你都没看啊。这期里面有个专栏专门介绍外国水果的。”

花朵吃着赵子慧给她抹好果酱的面包片，翻着杂志，找到那个专栏仔细看起来。

专栏上清清楚楚的写着：

蛇果的得名和蛇这种动物并不相干。此果原产美国华盛顿州，美国人本来也想叫它“Apple”，但是这种果比苹果好吃，美国人就叫它“red delicious Apple.”传到香港，粤语音译成红地厘蛇果。接着以讹传讹，简化成“蛇果”。

“原来是deliscious音译成地厘蛇啊，这翻译有够抽象。”花朵笑着又接着看车厘子的解释，原来就是樱桃cheries的音译。

“以前都是皇上给我讲哎，现在你什么都不知道了。忙成这样了，天天也不按时回家了。我不能老独守空房，便宜了程强那小子。”赵子慧默默叨叨。

花朵看完了杂志，扔到一边，眼露淫光：“我不在家，你们俩没干好事吧？”

“去，管好你自己吧！你到底和邓建呢，还是和石磊呢，现在。”

花朵一叹气，“天天忙，哪有时间谈情说爱啊。都没谱呢。就像你说的，连时尚杂志都没时间看了。”

花朵忽然意识到这是个很大的问题，因为作为策划需要掌握方方面面的时尚流行资讯。尚扬曾经说过：好的策划要成为一个杂家。花朵的工作和时尚息息相关，但却因为忙为借口忽略了对于时尚流行趋势的追逐与掌握。虽然花朵做简报的时候必须翻阅各种时尚杂志，但都是找寻有关活动的资料时，其他看都不看的页面就被剪得支离破碎。

吃完午餐，花朵开始一件件地对着穿衣镜换衣服。周末不用穿得太正式，是难得的魅力秀时段，服装设计科班出身的花朵当然马虎不得。

“又臭美呢，你就穿你上次新买的那个短裙呗。”赵子慧端着新手机过来打岔。

“今天的天气不适合，阴天得穿亮点的衣服。”花朵对着镜子左顾右盼，搔首弄姿。

“就你的理论怪，穿衣服还得配合天气。一会儿要是晴天了，你找路边厕所换啊。怨不得咱们班导师不太喜欢你的设计风格呢，总是一些怪理论。”

忽然，赵子慧的手机发出欢乐悦耳的游戏声音。

“我装了个游戏。PDA 手机就是强大。”赵子慧最近喜事连连，先是自己被提升为正式设计师，接着干医疗器材推销业务的男友程强签了一笔 500 万的大单。程强给她买了最新款的智能 PDA 手机，赵子慧回来之后炫了一晚上。

“什么游戏啊？我听着音乐怎么这么耳熟？”花朵伸脖子过来看。

“大富翁，经典游戏，没事儿重温一下。”赵子慧眉开眼笑地正选人。

“大、富、翁！”花朵一字一顿地重复着。

“对，大富翁啊？你不会没玩过吧？”赵子慧抬头看花朵，花朵愣着，若有所思。

“啊！”仅穿着内衣的花朵大叫一声，上来抱着赵子慧，在嘴上猛亲了一口，“爱妃，我太喜欢你了！”

赵子慧急忙把花朵推开，用手背蹭了蹭嘴，嘴里啐着：“呸！呸！你疯啦，小浪蹄子，还有这种趋向啊。”

花朵笑着在沙发上随便抄起一条牛仔裤穿上，又套上一件 T 恤衫。

“你真是朕的贤内助，你启发了我。我们那个年会就用大富翁的形式了。想了好几天，终于有灵感了。”花朵两眼放光。

“切，我以为你发春了呢，差点把我糟践了！”赵子慧对着镜子捋捋凌乱的头发，“把纸巾给我，我唇彩都被你亲花了。千防万防，自己家里出了个女流氓！”

花朵把纸巾递给赵子慧，自己也擦了擦，咂咂嘴："草莓味的。"

"我吐！"赵子慧做干呕状，"你自打干了策划之后，就越来越品行不端了。难道我当初给你寄简历错啦？"

思博公关年会的方案标书上写的是周一下午提案，C组约好今天下午2点开创意会。花朵终于在离创意会还有两个小时的时候，从赵子慧那里得到了宝贵的灵感。

小区门口，花朵和赵子慧分道扬镳，一个不施粉黛地奔赴职场，一个色彩纷呈地奔赴情场。

周末加班一整天都可以打车的，不到30分钟出租车已经停在利嘉大厦的楼下。花朵心情愉快的往电梯走，随后的小昭叫住了她。

"你们也加班啊？"花朵按了下电梯的按钮。

"年会那破事儿呗。你们C组也没写完？"微胖的小昭烦躁地闪着小扇子。

"没有，今天中午我才有了点想法。今天晚上又得加班了。"

小昭吃惊地一笑："不会吧，刚有想法？我今天来就差图了，贴上图就完事儿了。诸神那小子据他说昨天他把小白叫他们家去，一下午整个案子都搞定了，也不知道写的什么，那么快。"

"他俩不是说他俩的风格是'麻利大糙活儿'么。"

花朵和小昭出了电梯，刷门禁卡进到办公区。

"反正我今天贴完图就走人，他们设计上午就来作图了，打电话听小赵说图做的差不多我才来的，争取一个小时搞定。"小昭一脸轻松。

"唉，我写东西还是慢。"花朵慨叹。

走到座位上，花朵巡视了一圈，发现Ada、Ashura、鸭梨都在，唯独不见曾建玲。

Ada招呼大家先进会议室开会，自己去茶水间冰箱里拎来一大塑料袋冰激淋、雪糕放在桌子上："边吃边说。"

大家一阵哄抢之后，花朵挖着冰激淋说："我中午终于有了一个想法，说给大家听听。"

"快说快说，"Ashura咋呼。

花朵把大富翁的想法说了一遍，Ashura拍手赞同，鸭梨也说有点意思。

Ada抽着烟卷琢磨了一下，语气平静地说："我觉得也还可以，但有两个问题，第一是费用问题，按‘大富翁’的思路必然要制作很多道具景片，咱们几万的预算够不够。虽说让下家可以友情赞助一下，但人家赞助其实就是给你个成本价。第二呢，这个思路对于咱们没有多大问题，参与性强，娱乐性强，但是对于魏霄来说，她会不会喜欢。”

鸭梨举着勺子晃悠，“Ada说这个太对了。以前是给客户提案，连魏霄都得服从客户的意见，这次不同，说是咱们自己的事，但她又是总经理。从这个意义上说，跟给客户提案没什么区别。”

花朵一下意识到确实有这个问题，转头问鸭梨，“你平常不怎么说话，一说还一阵见血。鸭梨，那你说怎么办？”

“嘿嘿，这我就不知道了。我可没有什么策划能力，胡说八道还可以。你们继续，我有想法了就说。”鸭梨又重新趴在桌子上。

大家沉默了一会，Ada问Ashura给曾建玲打电话了没，为什么她没来。Ashura说她电话里讲学车呢，今天好不容易约到的车，报班一个月，因为工作忙，刚碰过两次方向盘。

Ada有点生气，把烟头捻灭，“一点团队精神都没有，什么事都躲。开始因为怕魏霄，从客户部跑到执行部，到执行部还不好好干。我看她也差不多了。”

“这你们就错了！”诸神不知道什么时候推门进来。

花朵一看是诸神，两眼放光，“师傅，你怎么来了？快快快，听说你的方案完了，帮我们出出主意吧。”

诸神嬉皮笑脸的拿起Ada的烟盒，点了一支，又拿了一支别在耳朵上，接着顺手拿起一根冰棍，“什么叫完了啊。把‘写’字加上成不。”

“不帮忙就闪，吃着，抽着，看着！”鸭梨和诸神都是传统的“老北京”，最爱一起逗贫。

“哎，刚才你说你们错了是啥意思啊？”Ashura不放过任何的八卦信息。

“这个呀，”诸神一屁股坐在桌子上，吐了个烟圈，“存在即是合理，在这个公司每个人有每个人存在的道理，比如曾建玲，虽然人有点滑，但是执行部的资源都是她负责，哪个组写方案不得找她碰资源啊。明白了吧。如果哪天大家都掌握资源了，她也就不存在了。你们那个‘大富翁’的想法也是一种存在，只要把它更合理就行了。”

“你不出主意，蹭吃蹭喝，还窃取我们的商业机密，出去出去！”鸭梨站起来就把诸神往门外推。

“是啊，轰走这个捣乱的。”Ashura和鸭梨笑闹着一起把诸神推出去，把门锁上。

Ada 看了看手机上的时间，“大家都说正事吧，半个小时过去了，刚才诸神说的也有道理。咱们现在时间急迫，再想别的也来不及，先把‘大富翁’这思路深化一下，尽量进行合理化。”

花朵快步走到白板前，“那我现在就先安排一下工作，这样的话，大家讨论思考的时候就更有针对性。Ashura 记清楚各个细节，用笔记本电脑连着网，找一些示意性的图片，能用示意图的就不做设计图了。Ada，咱们一边说，你就一边算下成本。会后，我写方案，鸭梨作图，Ada 和 Ashura 先制作出示意性的道具。咱们这次的提案，大家一起上，我讲，你们仨表演。”

创意会开了一个半小时结束，大家撤离会议室，分头行动。此时，小昭的方案已经完成，B 组收拾走人。诸神也不跟广告那边的人打 CS 了，拍屁股走了。

Ashura 靠着窗户往外看，忽然神神秘秘地呼唤花朵过去。花朵凑过去一瞧，只见小昭从大堂出来，一猫腰钻进了诸神的车。

“有点儿新闻价值吧？” Ashura 笑着。

“切，赶快干活儿吧！” 花朵没时间琢磨这种八卦事件。

晚上 7 点半，天还没黑。

大家围在 Ada 的身旁一起看最后完成的方案 PPT。

“你这个错别字也太多了，每次我都得给你改半天。害得我每次看你的方案都得来回看至少三遍。” Ada 边看，边不时的停下来修改错别字。

“嘿，诸神说话了，瑕不掩瑜。这次是我历史上写得最快的一个案子了。”

“屁，你就忘了你那个‘丝薄公关’了。”

花朵吐吐舌头不说话。

Ada 看完了方案，转过脸，用肯定的眼神看着花朵，“大概也就这样了，开始讨论的时候我还觉得想法一般，你写完了我觉得心里有点谱了。”

Ashura 蹭过来，“要我是老板就选你的。”

鸭梨看了一下手机的时间，拍拍桌子，“回去吃饭也麻烦，要不咱们去 KTV 吧，连唱歌带吃饭，昨天活动，今天又加了一下午班，怎么着也得放松放松啊。”

“好哇好哇！这个创意太好了！”

本来已经疲惫的四个女孩立刻来了精神。

打电话定了个小包间，四个人直奔麦乐迪。

Ada 留守包间看包点歌，Ashura、鸭梨和花朵三个人去取自助餐。

忽然，Ashura 一把拦住正津津有味谈论日剧的花朵和鸭梨，“看那边!”

两个人朝取餐处望去，小昭端着托盘正在舀汤，不远处的诸神正在夹面条。

“嘿，这俩人不会在这儿幽会吧。”鸭梨惊呼。

Ashura 急忙一拽鸭梨，手指比在嘴巴前，“你小声点儿，发现你比我还咋呼。”

“怪不得在公司从窗户看到两人开车一块儿走了，没想到他们跑这里来幽会。”花朵一下明白了。

“走，过去，吓他们一跳。我和鸭梨奔诸神，Ashura 你去吓唬小昭。”

“好。”

三个女孩主意已定，蹑手蹑脚地走过去。

“嘿!”花朵和鸭梨一左一右拍诸神的肩膀，诸神吓了一跳，慌张地不知道先看左边还是右边。

“被我们抓个正着，老实交代吧。什么时候给我弄了个师娘啊?”花朵一下蹦到诸神的面前。

此时 Ashura 也把小昭吓了一大跳，两拨人目光对到了一起。

小昭把托盘放下，甩甩洒在手上的汤，看着诸神这边，一仰脸，“成啊，诸神，你竟然和花朵、鸭梨跑这约会。”

“我倒!”Ashura 差点没被小昭噎死。

诸神做出惊恐状，“啊，你和 Ashura 跟踪我? 太不像话了。”

“拜托，你们俩别装了好不好，观察你们很久了，今天终于捉奸……哦，这个词不合适，抓了个现行。”Ashura 手舞足蹈，如获至宝。

诸神和小昭把包间退了，和花朵他们并在一起。虽然小昭死不承认，但是别人都比较放心，就是 Ashura 这个八卦达人没有办法。最后小昭答应用自己收藏的所有电影光碟的借阅权收买 Ashura 的八卦发布权，两个人最终达成一致并击掌宣誓。

周一上午例行的例会，没有什么新鲜内容。

中午吃完饭，C 组找了个小会议进行了一次封闭内部提案。大家鼓足信心，准备下午的公司竞标大 PK。4 点，韩骁通知 ABC 三组人员向公司大会议室集结。

魏霄、尚扬、Vivian 三个人作为主评审团在会议桌一侧正襟危坐。韩骁把打印好的方案评分表交给他们，连好投影仪连线。

ABC 三组人员并排坐在另一侧靠墙的座位上。韩骁又拿过三个纸条，请三位 AE 抽选。最后的提案顺序是：B 组第一；C 组第二；A 组第三。

韩骁在魏霄旁边坐下，拿起一份方案评分表，“标书大家都看过了，我再给大家简要介绍一下今天的评标规则和评选办法。”

评分表上的评分标准有四个，每个以 5 分制计分，每个标准大致内容为：

1. 创意性：方案富有创意性，充满趣味，符合公司员工的特点、年龄。

2. 参与性：参与性强，通过活动能够表现员工积极合作、团结协作的精神。

3. 操作性：流程简洁，活动易实施，不占用太多正常工作时间。

4. 亲和力：活动让人能够让人能够有心灵上的震撼，成为一种难忘的回忆。

“好了，介绍完评标规则和评选办法，咱们就正式开始提案。首先请 B 组先开始，请到前排就座。”

小昭面带笑容，信心满满地点开 PPT 方案，开始正式提报。

“尊敬的各位领导大家好，我是来自思博公关 B 项目组的刘昭静。我们今天提报的方案主题是——‘年会，不如跳舞’……”

思博提案第一人小昭，如长江之水滔滔不绝，又如黄河溃堤一发不可收拾，洋洋洒洒说了 20 分钟。小昭志得意满，B 组其他人洋洋得意。

韩骁看着三位评委问，“请问几位有什么问题要问么？可以有 5 分钟的 Q&A。”

魏霄听的时候不动声色，此时微笑一下，“我问个问题啊，你们觉得最后的邀请大家一起跳舞这个环节会玩的起来么？也就是怎么调动大家的参与性？如果调动不起来就会冷场，这是公关活动最不愿看到的场景。”

小昭自信地一笑，“关于这个我们已经想到了，方案里也稍微提了一下，可能您刚才没有留意。”

小昭把 PPT 切换到相关的那一页，“群舞之前，我们首先会邀请专业的舞蹈演员跳舞，并且示范动作，几个简简单单的动作就足够了，然后舞蹈演员领舞，先分别拉着咱们的员工起舞，最后再大融合。本身大家都穿着纱裙，即使随便扭扭，也跟跳舞一样。”

魏霄听了小昭的解释点点头，拿起笔在评分表上记分。

尚扬和微微安对视了一下，没有其他问题，示意韩骁可以请下一组了。

接下来，花朵提案。

刚才听小昭提案的时候，花朵就不禁暗暗地叫好。她非常喜欢小昭的那种活动形式，但对于自己的案子仍旧怀着打平的信心。

“各位领导大家好，我是来自思博公关C项目组的花朵。希望我们的方案能够在大家心中绽放美丽，在当天的活动现场为大家绽放欢乐。我们今天提报的方案主题是——‘玩赚2007’……”

“还真能炫，什么时候学会这手了。”诸神小声跟旁边的小昭嘟囔。

小昭白了一眼诸神，“你少废话，老实听着，反正你也没戏了。”

花朵的方案主要形式是模仿大富翁游戏，所以主要照着游戏图讲解。提案的杀手锏是她们昨天就做好了一张简单的游戏路线示意图，Ada、鸭梨和Ashura三个人每人头上戴着一个卡通形象的面具，扮演游戏中的三个人掷骰子走步。

Ada、鸭梨和Ashura一起上阵，花朵边讲解，三个女孩边表演，声情并茂，逗得大家前仰后合，气氛相当活跃。平常很少见到笑容的魏霄都忍不住用积分表挡着嘴笑起来。大家的笑声几次把花朵的提案打断。

花朵讲完了，全屋子的人交头接耳议论纷纷。

“你刚才说的那个惩罚我没明白，请你再说一下。”Vivian首先发问。

“这个啊，这个不是惩罚，咱们这个不是全国地图么，这是到了云南赶上泼水节了。所以如果有人走到这步的话，就会被泼水。”

“哦，明白了。不过，我想因为这是咱们公司自己的活动，所有的同事基本都在。现在你把主要的环节形式都讲了，那到时候真要按你们这个方案执行的话，是不是大家就没有新鲜感了？”

“啊，”花朵没想到Vivian会提出这样一个难题。

虽然下午练习提案的时候，专门模拟提问了各种能想到的问题，但就是没想到这一点。

“这个大家放心，这个性是比如就是个瓶子，但可以装不同的酒。装啤酒就是啤酒，装红酒就是红酒，味道会不同的。所以说，如果我们的方案最后被采纳了，绝对也不会是今天喝的这瓶。”关键时刻，Ada 挺身救场。

花朵感激地冲 Ada 点点头。Vivian 露出满意的神情，提笔评分。

最后轮到了诸神的 A 组。两论提案以后，开始看着还挺有信心的 A 组成员已经惊慌失措，看着诸神都紧张地攥着拳头。

诸神不慌不忙地坐下，大声咳嗽一声，清清嗓子，“各位领导大家好，我是来自思博公关重案组 A 组的策划诸神。刚才听了前两轮的提案，我们 A 组决定作出一个重要的决定，就是——弃权！”

“你疯啦？”Sharon 差点没跳起来。

现场氛围瞬间变冷，全场哗然，所有人齐刷刷地将目光射向诸神。

韩骁吃惊地看看诸神，转头问评审团，“各位评审接受这个决定么？”

魏霄刚才听诸神的差点气晕，厉声道，“不能接受，提也得提，不提也得提。”

Vivian 歪着头看着诸神，“方案既然写了，就提吧。哪有临阵脱逃的道理。”

尚扬倒是嘿嘿一笑，“诸神，别跟我们来这套。大家都静一静，他就这意思，好好听他讲，都别说话了。”

诸神冲尚扬一挑大指，大家恍然大悟。魏霄痛苦地摇头。

诸神正起身子，恢复严肃的语调，“刚才给大家开了个小玩笑，现在正式提案。我们今天提报的方案主题是——‘不抛弃，不放弃’。我一提这个大家都知道……”

诸神的方案简洁利索，不到 15 分钟提案完毕。

韩骁让大家安静下来，问，“评审团有什么问题么？”

尚扬看着前面墙上的投影，问，“看了三个方案，觉得你的这个方案的特点是直接强调的团队精神，但是你开始是怎么想到的这一点呢？”

诸神把 PPT 翻到第二页前言，站起来，走到前面，“这个怎么说呢，先说句题外话。大家对我已经比较了解了，以前我老是说，‘都说历史是人民创造的，但历史上的人民只有两个——陈胜和吴广，所以我觉得历史是英雄创造的’。但是经过‘串鞋带’事件之后，我终于领悟到了这个道理。也许穿鞋带背后的人很平凡，但当花朵跟我说‘这个邀请函真不错，留一个我收藏’的时候，我当时刹那间的感觉是花朵在收藏一段历史，她不仅仅是收藏了一个精致的邀请函，更是收藏了大家那一夜的辛勤和汗水。因为那一夜，我们干到凌晨 3 点半，12 个同事，完成了 2000 个邀请函，而这 2000 个邀请函将会带给 2000 人，甚至更多人难以忘怀的快乐记忆。我记得最后花朵举着一个邀请函说，‘有谁能想到，这光鲜的邀请函背后有着多少辛酸和苦楚’。就在那一刻，我懂了，‘不抛弃，不放弃’。”

大会议室死一般的沉寂，继而所有的人报以热烈的掌声。

诸神巡视了一下大家，又转变为平常嬉皮笑脸的样子，“我的提案完了。”

诸神起身回到花朵身边坐下，猛然看到花朵的脸上竟然有一滴泪水划过。

“干嘛呢？我这是走情感路线，玩一技巧，你别当真啊。”诸神阴笑着凑在花朵耳边小声嘟囔。

韩骁看了看大家，“现在三组人都已经提完案了，那么就先请大家出去回避一下，评审团需要用 5 分钟的时间作出最后的评价，请大家先撤场。一会儿我叫你们进来。”

大家乌央乌央地鱼贯而出，各组的人围成一圈，议论纷纷。

花朵本来想找诸神说几句话，诸神屁颠屁颠地上厕所了。

5 分钟之后，大家重新回到大会议室。

韩骁站在前面的白板前，指着上面的记分统计说，结果在这里，大家先看一下。大家注意，这里每个组的单项标准的分数已经是三位评审团成员的总分之和。

“最后我们统计了一下，A 组 48 分，B 组和 C 组都是 49 分，也就是说 A 组已经出局，虽然诸神给我们上了一堂很生动，很感人的思想教育课，我看到花朵好像还落泪了。”韩骁笑着拿起水笔，指着白板，“那现在就出现了一个平局，B 组和 C 组。”

“不会让我们再写一个方案竞标吧！”小昭咋呼起来。

韩骁一笑，“听我说完啊，后来经过评审团最终讨论决定，由 A 组的成员再给 B 组和 C 组投一下票。正好咱们的项目组是 5 个人，怎么投都不会再产生平局。你们 A 组每人一票权利，先给你们 1 分钟考虑时间，然后开始投票。”

韩骁说完，现场气氛又紧张起来。B 组和 C 组两拨人拽着 A 组的人拉票，现场一团乱。

正在这时候，会议室外面有人敲门，韩骁过去开门。

走进来的竟然是利嘉集团总裁钟柏。大家立刻安静下来。

"还挺热闹啊，"钟柏看着大家笑了笑，转向魏霄，"魏总，富丽集团的 CEO 我给你请来了，去我办公室聊聊啊。"

魏霄站起来，"太好了，不过，咱们这儿正在进行思博公关年会的方案竞标，都提完方案了，但是有两个组的积分不相上下，我们最后投一下票，你先等等可以吧，几分钟。"

"是吗？我说这么多人呢。敢情是这事啊。这个重要，这个重要。哎，我现在太忙，基本上没参加过公关的会了。"钟柏看着白板上的积分表，眼睛一亮，反倒拉把椅子坐下，"怎么投啊？"

魏霄向钟柏大概说了一下。

钟柏摸着下巴的青胡茬，兴趣盎然地说，"这样吧，也给我一个参与的机会。得罪 A 组的各位了。你们不用投了，我来投。现在剩下的两组每组再花 1 分钟的时间给我讲一下你们的方案，就 1 分钟啊，好案子 1 分钟见分晓。讲完了我就作决定了，好不好。"

"那当然好了，平常请都请不到的人。"魏霄也跟着坐下，"那小昭和花朵就再提一遍吧。谁先来？"

小昭先来，花朵后来。

2 分钟以后，钟柏看着花朵问，"你叫花朵？名字挺有意思。"

花朵被钟柏问得莫名其妙，"啊"了一声。大家都以为花朵中标了。

没想到钟柏看着花朵点点头，站起来，"用小昭的方案吧！"

"这什么路子啊，怎么跟我一个风格——净放烟雾弹。"诸神戏谑道。

B 组笑到了最后。竞标失败的两个组要负责方案的执行，Vivian 指派 A 组负责年会第一天和第二天白天的拓展，C 组则负责年会活动第二天的晚会。魏霄当初让各组接单子尽量避开年会这一周，因此，大家都不是很忙，主要精力全放在年会的筹备上来。

周四下午 2 点，C 组全体人员采买完大件的数码产品后，又开车直奔宜家，采购年会的小件奖品。

Ada 简单分了一下组：Ada、鸭梨、曾建玲一组，主要负责买小件的家具用品，花朵、Ashura 一组，负责寻找一些时尚的、有艺术气息的小物件，两组分头行动。

宜家家居是来自瑞典的家具用品卖场，在北京时尚人群中很有名。花朵曾经一度很喜欢到宜家来逛逛，买一些喜欢的小家具。但是后来屋子里堆放得多了，忽然觉得宜家的东西放在家里不像过日子。宜家的东西属于北欧风格，过于简洁，可以很快地拆装，感觉是为经常搬来搬去，居无定所的都市打拼族设计的。因为有名，家家都是，千篇一律，反而没了风格，花朵觉得，已经体现不出主人的审美情趣。

花朵逛着，和 Ashura 闲扯。

“你知道昨天我和 Ada 分析小昭他们这个方案，发现了一个什么秘密吗?”

“啥?” Ashura 正仔细挑选一个艺术像框，转过脸问。

“年会的活动预算不是 10 万么，6 万的奖品么，但是他们这个活动的成本也就 3 万，所以说，奖品可以花 7 万块钱。”

“啊?” Ashura 吃惊不小，“那岂不是就多了 1 万块钱!”

“是啊!”花朵睫毛一闪一闪，“你还记得么，小昭他们组的方案参与性和操作性得分数都是最高的。我琢磨着也是她那个方案获胜的原因。我觉得 Vivian 和魏霄应该大概能够算出来成本，估计也差不多能知道奖品的费用能多出来不少。你觉得呢?”

Ashura 仰着头回想了一下，“你这么一说还真是，我算算也差不多 3 万块能搞定。不过听你的意思是……”

花朵嘿嘿一笑，“其实也没什么，就是我现在正在练以客户的身份思考问题，除了创意本身的问题。这也就是为什么前一阵子咱们出的那个 5 人篮球争霸赛客户特别肯定咱们的方案，但最后却选择了另一家公关的原因，我觉得。咱们的方案创意最好，最后也不是没选上么。”

Ashura 先是愣了一下，继而笑着拍拍花朵的肩膀，“行啊，花朵，我觉得你又成长了，你是我的偶像。你说的确实……”

花朵和 Ashura 饶有兴致地聊起客户竞标的几种结果和最后成功的因素。比如，有的竞标方给甲方的回扣多，所以成功；有的是因为竞标方里有甲方的亲友参与；有的是竞标的公司创意虽好，但甲方担心竞标公司的执行能力，等等。诸如此类，不一而足。

“这其实还不算什么，你知道去年么，咱们接了一个方案，第一轮竞标成功了。第二轮就刷下来了。后来尚扬去了活动现场，发现竟然一点没变地照搬咱们的方案。气得尚扬发疯，钟少最后都出面了。但是人家客户就是耍无赖，咱们也没办法，顶多就是再也不接那个客户的活了。那个活儿咱们公司鼓捣了小半年呢。” Ashura 说得义愤填膺。

“啊? 竟然还有这种事! 咱们方案后边不都贴着一篇版权页么? 是要负法律责任的。”花朵咬牙切齿的。

“那个就是唬人的，一点用没有。人家客户就说，你们去告吧，告赢了我就赔你们钱。”

“天！还有没有王法了！”花朵大叫起来，引得路人侧目。

Ashura急忙把花朵拽到一边，“你别激动，这就是社会。所以，我有一段时间还想整个客户经理当当，后来想，算了，受不了那刺激。”

“那也不能让这种人这么嚣张啊！气死人不偿命啊。”

“钟少都没有办法，难道你有办法？”

“我也没有。”花朵蔫了。

“那不结了。接着买东西吧，这种事说说也就算了。”

C组大队人马回公司，楼上的同事帮忙把东西都抬到第3会议室。

小昭兴冲冲地跑进来，抓住花朵大叫，“我要的DV买了么？”

花朵从墙角一大堆物品里翻出一个纸箱子，抱着放在桌子上，“是这个型号吧。我开始以为就几千块钱，后来到了中关村一问，吓了我一跳。这破玩意比笔记本电脑还有等离子电视都贵呢。”

小昭双眼放光地举起纸箱子，眉开眼笑地说，“那当然，这是非专业摄像机的顶级DV，当然贵了。我拆开看看啊。”

“不好吧，还说不定是谁的呢。”花朵笑着想拦小昭。

“哎，没事。拆开看看而已，你们买的时候不也拆开看了么。花朵，你可别乌鸦嘴啊，这个就是我的，一定是我的，势在必得，到时候抽奖，要不是我，我就骂街。”

四周的同事立刻都寒了。

小昭凑到花朵耳边，“知道么，为了这个，我节省了年会多少成本。”

“天！”花朵差点没晕倒，自己跟Ashura分析半天，原来谜底这么简单。

花朵努力使自己恢复平静，拉着小昭走到墙角，小声问，“你不会想作弊吧？”

小昭端着DV，冲着花朵露出阴笑，“你有什么办法？晚会不是你们组负责么？”

“你真的想作弊啊？”

“我确实想得到这个DV，在网上和百脑汇看了好几遍了。”

“我看你还是休想！”

“想想不行啊。”

“我以前还真不知道能作弊，那天去帮A组忙那个大型医疗器械制造商的招待会才知道。”

小昭一听这个，把 DV 显示屏合上，追问花朵怎么回事。

花朵前些日子真正见识了什么叫作弊。

那是在 A 组负责的一个从事大型医疗器械制造的外企客户招待会上发生的事。进行分销商订货会后，当天晚上举行文艺演出加互动抽奖的晚会。花朵去帮忙，和小戴一起负责台侧。小戴拿着奖品设置的单子和花朵一个一个地对，最后的特等奖是一辆价值十几万的轿车。

花朵从物料堆里翻出塑料泡沫制作的大钥匙，感叹，“这个客户真有钱，竟送得起汽车。”

小戴解释，“客户是干医疗的当然有钱，要不然有点病怎么能花那么多钱。这个特等奖是发给全年销售量最高的分销商的，已经内定了。”

花朵很纳闷，“不是抽奖么?”

小戴说，“你太单纯了，三、二、一等奖确实是抽奖。不过特等奖是要作弊的。”

“怎么还作弊?”

“作弊太正常了。你干长了也就见怪不怪了。其实很多活动抽奖都作弊，包括电视上演的。好多评奖颁奖其实都是假的，每个奖都有订好了金额，你出多少钱就得什么奖。一般办评奖的都是权威部门或者媒体，主办方得钱，参与方得名，你情我愿，还在社会上树立了良好形象。”

“真的假的啊?”花朵太单纯，不相信。

“那一会儿你看着，我给你揭秘怎么作弊。”小戴冲花朵神秘一笑。

三等奖、二等奖、一等奖都抽完了，再抽特等奖之前是个魔术表演。

花朵看到甲方的对接领导急匆匆地跑过来，递给正在跟某大牌主持人说话的诸神一个抽奖卡。

神采奕奕的主持人笑着和那位领导说着，“明白明白，放心放心。”

小戴凑到花朵身边，小声说，“看到了吧，那个抽奖卡上的号码就是内定好的。”

花朵转头瞧着礼仪小姐端着的抽奖箱，“抽奖卡放在抽奖箱里，主持人怎么能知道是哪个啊?”

小戴一笑，“你真傻，不把抽奖卡放进去不就行了。”

“我还是不明白!”

“等着看。”

小戴看到魔术师已经鞠躬谢场，主持人快步上台，急忙催端抽奖箱的和大钥匙的礼仪上场。

“注意啊！”小戴拉过花朵，两个人藏在舞台侧背板后面，正好可以看到舞台上主持人和领导的侧面。

花朵瞪大眼睛，仔细盯着主持人的一举一动。从她这个角度正好能真且的看到主持人右手下藏着的抽奖卡。主持人说完串词，手背朝着观众把右手放进抽奖箱，假装搅和着，嘴里还念叨“最后的特等奖是一辆轿车，这咱们得多搅和搅和，搅和匀实了。”

随后，主持人把抽奖箱中的右手拿出来，高举一下，交给颁奖领导。领导公布获奖号码，获奖者貌似喜出望外地跑上来和主持人、颁奖领导握手。

“我觉得这个主持人比刚才那个魔术师还会变魔术！”花朵看到这里恍然大悟，大发感慨。

小戴一笑，“不然怎么叫著名主持人呢，得会表演，而且让他抽奖底下的观众根本不会怀疑他。”

单纯的花朵默然。

听完了花朵的叙述，小昭认真地把DV装进泡沫袋子，掀开箱子盖放好。

“开玩笑了。我没有那么不堪吧。我那么说是为我这只幸运之手制造声势，凝聚气场，哈哈！”小昭拍拍箱子，说“乖，过几天就把你带回家。”

小昭的举动逗得全场人哈哈大笑。

这几天工作比较清闲，快下班的时候，花朵想起了邓建。

花朵独自一人跑到利嘉大厦顶楼的平台，打电话过去。花朵承认以前约会都是自己说自己的事，这回邓建可以敞开心扉。邓建显然很高兴，笑言花朵又成长了，终于意识到对方是自己的情人而非职业策划师或者心理咨询师。

最后，两个人约好在远洋天地的吉野家见面，这样吃完饭可以去邓建的家里坐坐。邓建说让花朵自己打车过去，车费报销，因为自己在东边游荡，不顺路。

花朵打车顺路捎了Ashura一段，19:30到达吉野家。吉野家人不多，花朵找了个一个靠窗的位置坐下。等了足有15分钟，邓建才现身。

“你怎么能迟到呢？这可是约会的大忌——让女孩等着。反了你了。”花朵噘着大嘴嗔怪。

“实在不好意思啊。”邓建笑笑，“我先去点餐，你吃什么？”

邓建拿了一大托盘东西回来。

“你想撑死我啊？叫了这么多东西。”花朵张着大嘴，看着满桌子的饭菜、甜点、饮料。

“我请你吃海鲜你不去，非要吃这个。你要想吃日本的东西，我请你吃日本料理啊。这么一大堆东西也没花出去多少钱。”

“我跟你不一样。我就是普通人家的小丫头片子，没你那么生猛，吃不惯大餐，也吃不起。”花朵笑着撕开茶碗蒸的塑料膜，挖了一勺放在嘴里，眯着眼，很陶醉的样子。

“嘿，就爱看你吃东西。看你喝豆汁，我都有食欲！”邓建一看花朵吃东西的样子就意乱情迷。

“是吧，嘿嘿。东西不在贵，在于得意这口。”花朵把茶碗蒸举到邓建面前，“你也来一勺。”

邓建笑呵呵地挖了一勺，放在嘴里，学着花朵的样子，眯着眼慢慢地咂摸滋味。

“哈哈哈！”花朵忍不住大笑，“我这样是可爱，你这样就太恶心了，一个大男人的。”

邓建皱眉头，“讨厌。”

花朵正在嘬着吸管喝可乐，险些呛着。

邓建夹了一筷子蔬菜沙拉，边嚼边说，“幸亏你今天约我了，再过几天就没戏了。”

“怎么？”花朵看着邓建。

邓建放下筷子，擦擦嘴，“过几天我要出国了，可能得半年才能回来。”

“啊？上哪儿，干吗去？”花朵瞪大眼睛。

邓建详细地说了一遍。

邓建自打进了凹美公关，便如鱼得水。迅速得到了上司的赏识，提升为策划副总监。但凹美的客户大多都是国际性大客户，邓建的外语水平着实有限，因此，公司决定送他到美国某分公司去进修一段时间，一是锻炼英语口语，二是感受国际化理念。目前邓建正在办理签证护照，签证一下来就飞美国。

“天！大公司就是不一样啊！”花朵惊羡不已。

“什么大公司不一样，大公司都一样，不一样的是我，是我的能力征服了他们好不好，你就不能夸我两句么?”邓建急扯白脸。

“好，你牛，我对你佩服得上蹿下跳。怪不得你要请我吃海鲜呢，辜负了你的一番心意。”

“花朵，”邓建郁闷地看着花朵，“我上当了，一直以来以为你很单纯呢。”

“单纯可不是什么好字眼，我不单纯，我是清纯。”花朵用手捋了一下鬓角的长发，举起可乐，“来吧，为了你的美国之行，干杯！”

两个人撑着，拎着打包的剩饭菜出了吉野家。

“你车呢?”花朵问。

“车停家车库了，这里不好停车，所以停里面了。”

花朵斜眼盯着邓建，转着眼珠问，“你是回家收拾屋子了吧，所以让我等了半天。”

邓建挠挠脑袋笑道，“你咋知道的。”

一进邓建的家，花朵就高呼太漂亮了。

邓建的家在楼体的顶层，复式结构，一层是客厅，厨房，还有一间书房。客厅四面墙上贴的是墨竹山水书法纹样的墙纸，室内陈设更是古典与现代完美结合。客厅的巨大的红的沙发前，摆着一个古代的汉白玉鱼缸，鱼缸上面放玻璃板作为茶几。

最让花朵感兴趣的是，书房的整扇门和左面的墙体被设计成一个整面的浮雕佛头。打开门的时候，佛头从正中分开，人进去就像进入了佛的大脑。

邓建得意洋洋地说，“进来吧，进来看看，和外面风格不一样。”

花朵吃惊地张着大嘴跟邓建走进佛的“大脑”。

这里本来是一间书房，但被邓建设计得除了木地板，上下左右都包了隔音材料，成为一个影音室。这个影音室特别的是，东侧的墙上挂满了吉他，屋子靠西的地方摆放着一套架子鼓。

邓建拿起一把电吉他，随手弹了个高亢的solo，震得花朵直捂耳朵。

花朵左瞧右看，满脸惊讶地问，“你每天吃饱了，就在如来佛脑袋里生产噪音啊。”

花朵参观完了一层，随着邓建上到二层。

二层上去有两个门，邓建带花朵进了左边的门。这是一个很大的卧室，不过令花朵奇怪的是，这个卧室似乎不是邓建的，因为从墙纸到衣橱，从床上到窗帘，全是绿色的小碎花风格。

花朵饶有兴致地走过去，像发现了新大陆一般，叫着，“天，还有这么大一个露台啊，办个 party 都没问题。”

花朵感叹着有钱人真好，从阳台回来，走到门口的时候，突然停下。花朵走到巨大双人床的床头，用手摸了摸上面的墙纸，转身问，“这里原来有像框?”

床头之上的墙纸上，有一个不太明显的大概 20 寸的像框大小的长方形。这个长方形的颜色比四周的墙纸颜色稍浅。

“原来有一个我的照片来着，后来重新摆放家具，不小心碰掉了，玻璃也碎了。后来就没挂。而且我那对朋友们说我那张照片有点太自恋，就没重新挂。”

“让我看看呗，看你怎么自恋。”花朵来了精神。

“看屁啊，早不知道扔哪儿了。走吧。”

两个人走下楼。

邓建从电冰箱里拿出两罐啤酒，打开等离子电视教花朵玩 wii 游戏。

两个多钟头过去，花朵累得不行，一屁股坐在沙发里。

邓建也累得气喘吁吁，最后一挥拳头，把游戏里的“花朵”打倒，把手柄往沙发上一扔，四仰八叉地往沙发上躺。但就在邓建躺下的一刻，花朵正凑过来要拿茶几上的第四罐啤酒，邓建粗壮坚实的胳膊正横过来，手背不偏不倚地放在花朵的胸部上。

花朵感觉一股电流从胸部传到全身，激灵一下。邓建急忙坐正，把手臂挪开，转头看去，花朵满面桃花。邓建眼睛死死盯着花朵迷离的双眼，身子慢慢地凑过去……

当花朵从激烈的爱情眩晕中清醒过来，看到对面墙上的时钟已过午夜 12 点。

“我得走了!”花朵满面娇羞地穿着内衣。

“多晚了都，走什么走!”邓建一把抱住花朵，拉坐在他的腿上。

“不行，多晚我都得走。”花朵轻轻地挣脱邓建，继续穿外衣。

今天，确实已经超越了花朵的底线。

在花朵对自己的理解和幻想中，绝对不应该这么快的跨越雷池。环境应该是浪漫的，唯美的，令人陶醉的，应该撒满鲜花，有红酒，有钢琴或者小提琴。而现在，客厅，沙发上，青岛啤酒，电视上是游戏的通关画面，最要命的是，刚才开始的那一刻，两个人玩游戏玩得一身臭汗。

花朵心里开始有点恨邓建，本该美好的初夜竟然如此不堪。

“你真要走啊？你全身都是汗，都是粘的。”邓建也急忙穿好衣服。

花朵没理邓建，直奔洗手间，关上门。

邓建对花朵的行为难以理解，点根烟抽上，眼睛盯着洗手间毛玻璃上花朵忽闪斑驳的人影。

花朵洗脸梳头从洗手间出来，披肩发改成用一支长柄细木梳当簪子盘起来的发型。

“现在刚12点，还不算晚。我得回去，要不然赵子慧该担心了。”花朵努力地露出一丝微笑。

“嗯，我开车送你。”邓建去拿车钥匙。

“酒后驾车要扣本的。”花朵提醒邓建。

“唉，没事。你打车我不放心。”

车在楼前停下，花朵拿起包说声“再见”，转身要下车。

“等等！”邓建一把拽住花朵的手。

邓建伸手从手边的塑料袋里翻出一个药盒，“我路边停了一下说是买醒酒药，其实是给你买这个。一会儿上去吃一粒，过12小时再吃一粒，千万别忘了。”

花朵接过药盒看了一眼，身子凑到邓建面前，飞快地吻了一下邓建的脸，迅速下车关门，朝楼梯口跑去。

邓建一直在楼下，看着楼上花朵房间的灯亮了又灭。他把座椅放下，听着午夜收音机。

一大清早，吃着邓建买来的油条豆浆，听着收音机里放着的轻松音乐，坐着邓建的车上班，花朵昨天对邓建的小怨念烟消云散，无影无踪。

赶上就要关门的电梯，花朵和诸神、小昭相视一笑，崭新的一天又开始了。

Ada、Ashura和B组的人去怀柔看年会现场去，花朵无事，拉着诸神到会议室去做剪报。

现在的简报工作已经被花朵升级，以前都是靠剪子剪的，现在则用标签纸需要的页面做标记，然后到设计部扫描。这样一来很好做成 PPT，二来书刊不再被损坏。魏霄曾在例会上做点评，公关应该从小事做起。

花朵翻着今天的报纸，自从上次“蛇果”事件后，花朵看报刊一直很认真。

忽然花朵被一则新闻吸引。

新闻上写的是服装学院的一个大三女生金静子，父亲早亡，家里很穷，母亲又体弱多病。后来母亲查出得了肾炎，但一直都没有告诉这个金静子，还一直摊煎饼拼命赚钱，直到有一天病倒在大街上。金静子家里根本没钱看病，学校知道了这件事，学生会组织设计系学生弄了个学生设计作品发布，发布会完了，将作品进行拍卖，最后拍卖的钱加上全校师生的捐款，凑了将近 10 万块钱，都捐给了金静子的母亲。现在金静子的母亲在医院里正在接受治疗。不过手术费住院费可能还不够。

“哎，诸神你看，这是我们学校的事儿哎。”花朵把报纸拿给诸神。

诸神看完了，问，“你们服装学院学费是不是挺贵的啊?”

“艺术院校都贵，我们艺术专业的一年 1 万多吧。我们学校名下还有个国际学院，就是为了留学的，服装设计专业三年要 20 多万呢。我家穷，父母都是普通工人，没敢上。我上学那阵父母也是辛辛苦苦供着的。这我现在一个月挣 8000 块钱，我妈到处跟你人家说，好像我挺有钱似的。”

“哇，20 多万? 20 多万上三年? 看这新闻，治病得花将近 10 万，有那 20 多万能救两条人命了。”诸神很气愤。

“是啊，”花朵又把那张报纸拿过来，“我怎么看着这个女孩眼熟啊……哦，我想起来了，我上学那阵，好像这个女孩得了学校卡拉 OK 比赛冠军。对了，我在学校当组织部干事的时候，她也是，不过我就干了俩月，没怎么和她接触过，只是有印象。”

“那你还不捐点钱帮帮她，怎么着你也算学姐呢。”诸神撺掇花朵。

“你说得很有道理，交钱!”花朵一拍桌子，伸出手。

“你没开玩笑吧?”

“谁给你开玩笑了，兜里有多少钱，都交出来。我也捐。”

“好吧，”诸神不情愿地一摸裤兜，掏出一把钞票。

花朵挑出那张 100 的，把剩下的几毛钱领票还给诸神，“剩下的自己留着卖冰棍吧。”

"诸神，你在这儿啊！"Sharon推门进来，"找你半天，那什么，我又接了一个新客户，大客户，是一个慈善基金会，可能要写一个全年的公关整合推广方案。"

"你没搞错吧？魏霄都说了，年会期间尽量别接活动，今年是五周年大庆。"诸神撇着嘴，声音高了八度。

"你别着急，听我说完啊，我跟他们领导约的是这个月底，因为他们领导在外地出差月底才能回来。"Sharon急忙解释。

"那，那还差不多！"诸神松了口气，"这几天刚闲点儿。"

Sharon没事干，坐下翻看桌子上的杂志。

花朵灵机一动，冲Sharon一笑，把报纸递过去，"Sharon，你看这新闻。"

Sharon接过报纸仔细地看了一会儿，"这个牌子的衣服还算有名，但一般般，这个靛蓝针织吊带衫看着还可以啊，880，挺便宜啊。不过跟我的品味还差一个档次。这是什么报纸啊？"

Sharon把报纸合上，看了一眼报名，"这破报纸咱们还订哪，这都是给一般小白领或者在西单混的小孩看的报纸。"

Sharon的话把花朵气晕，刚要说话，诸神插嘴，"哎哟喂，昨天晚上是谁在西单晃悠来着？穿一黑色超短超低胸迷你裙，还挎着一男的，我看那个男的还挺眼熟。"

诸神把两个"超"字说的铿锵有力。

"你！"Sharon昨天和李含玉逛街被诸神戳穿，张口闭口，哑口无言。

"你们俩是一组的怎么还老掐啊。"花朵善意地解围。

"切，不跟你这没品的人说话。"Sharon转身左摇右摆地走了。

"她就是一个胸大没脑的女人，没什么品味，还天天装。魏霄喜欢什么她就喜欢什么，但就不明白自己完全不跟魏霄一个档次。"诸神看着Sharon的背影撇嘴。

"得啦，别挖苦人家了。都是同事，你要老这么跟她敲敲打打的，怎么工作啊。"

"唉，命苦啊。"诸神仰天长叹。

花朵将所有的杂志标记完，翻开某本杂志，"你看这个舞台多炫，啥时候我也得用一下。"

诸神凑过去看，这时，Ada和Ashura推门进来。

“回来的路上，接到维莱牛仔那边的电话，你今天把邀请函内页的文字下班前出出来，我跟那边确定了，就给鸭梨，得赶快下刷厂了。”Ada 说完点了根烟，笑着说，“大客户啊，这次一定要干得漂亮。”

“哦，好的！”花朵听到这个消息很高兴，邀请函预示着活动正式进入筹备状态。

Ashura 跑过来，凑到花朵身边，很神秘地笑着说，“花朵，告诉你一个好消息。”

“你能有什么好消息啊？又是谁的八卦新闻？”花朵对 Ashura 的一惊一乍不以为然，依然低头看自己的剪报。

“嘿，那我不说了！”Ashura 假装生气。

Ada 胳膊碰了碰花朵，“Ashura 这回可没忽悠你，真有好消息。特别是对你来说。”

“是吗？”Ada 的话花朵不能不信，忙问 Ashura，“快说，什么好消息。”

“你求我。”

“我求你啦！”花朵晃着 Ashura 的胳膊。

Ashura 瞬间恢复了八卦状态，“你不是喜欢现在正红的那个女歌手阿艳么，维莱牛仔活动让咱们请她出来表演。”

“天，是吗！太好了！”花朵喜出望外，站起来拥抱 Ashura。

“我觉得那阿艳挺一般的啊，怎么现在就这么红呢？电视上天天能看见她。花朵你也老大不小了，咋还追星呢，那女的好像比你还小一岁呢。”

诸神一直对花朵喜欢阿艳难以理解。刚来公司那阵，有一天诸神在自己桌子挡板上贴新通讯录，不小心蹭撕了邻桌花朵贴的从杂志上剪下来的阿艳的照片。花朵大怒，非逼着诸神花了十几块钱又买了一本杂志，重新剪好贴上。

“小怎么啦，人家有才！高中毕业就去英国上音乐学院了，学费都是自己在酒吧唱歌赚出来的，没花家里一分钱！出道现在大小奖项无数。你行么？”

“扯吧就！”诸神说，“这你也信，网上还说她是那个叫什么，反正是一个三流导演的二奶呢？”

“不许污蔑我的偶像！我跟你没完。”花朵噌地站起来，半开玩笑地举着一本厚厚的《青年视觉》追着诸神打，诸神被打得嗷嗷叫。

“幸亏小昭不在，否则就爆发世界大战了！”Ashura 在一旁笑着看热闹。

“花朵你就放过诸神吧，他从来没有偶像，理解不了。”Ada 护住身后的诸神。

“小昭在我也得揍他。道歉！”花朵不追了，把杂志砸在桌子上，叉着腰，横眉冷对。

“对不起！”诸神嬉皮笑脸地点头哈腰。

“向阿艳道歉！”

“我晕！”

“你道不道歉？”花朵重新举起剪贴本。

“阿艳，对不起！”诸神在杂志就要砸下来的一刻，大叫。

“你这粉丝当的，比那些‘玉米’还疯狂。”Ashura 总结道。

2007 年 10 月 22 日，天高云淡，万里无云。

思博公关大队人马中午 11 点到达怀柔星云度假村，早一天来到的先头部队 A 组迎接大家进村，签到，分配房间。一旦安排妥当，大家到餐厅聚餐。

吃完饭，大家兴高采烈地去骑马。女生没几个骑马敢骑快的，都是由马术师牵着长缰绳在场地里转圈。花朵玩 CS 的时候玩疯了，骑马胆子也大，飞奔起来，不小心惊吓着了正在骑着马慢慢遛的曾建玲。曾建玲控制不住，从马上摔下来，踝关节稍微崴了一下，被扶出场。

花朵看闯祸了，不敢骑了，在场边和诸神聊天。

“给根烟，刚才吓死我了，还好不太严重。”花朵用袖子蹭蹭头上的汗，看着不远处坐在草地上休息的曾建玲。

“你能自己买包烟么？”诸神掏出烟盒，递给花朵一根，“打你上班，你就没买过一包烟。就靠蹭的。”

“是么？”花朵抵赖，“我怎么记得我买过啊，你忘了？”

“什么时候？”

“嘿，你真忘了？”花朵转过身，瞪大眼睛，手来回比划着，“你忘了 9 月 10 号教师节，我送你一束鲜花，还给你买了一包中华啊。”

“噢，噢。”诸神想起来了，当时还特别感动。

“切——”花朵对诸神嗤之以鼻。

“但那天晚上陪你加班，一多半都被你抽了。你抽烟还特别浪费，抽三分之一就掐。”

“我买过不就得了。”花朵一翻白眼。

“就一回！你知道你这种人在我们烟民界叫什么吗？”

"叫什么啊?"

诸神转过身靠在马场木头围栏上，挤眉弄眼的说，"初级烟民，带火带烟；中级烟民，光带火，不带烟；你属于高级烟民，不带烟也不带火。"

晚上，吃完饭，都有点累，魏霄让大家早点休息，第二天早上不许睡懒觉，因为还要进行公司员工拓展。

从早上10点到下午3点的拓展训练很有意思，大家表现出来的团结、竞争和协作，得到了魏霄的肯定和赞扬。不过总分又是B组第一，这让A组和C组非常郁闷。

Ashura看着得意洋洋的小昭，跟花朵说，"要是特等奖再让小昭得了，咱们只好去死。"

花朵紧忙把Ashura拉得离小昭远一点，笑着说，"那个高清DV可是小昭点名建议的奖品，她势在必得呢。我觉得如果最后不是她得的话，她只能死了。"

"也是，哈哈！小昭嚷嚷好几天了，MSN签名都改成了'DV非我莫属'了。我看最后要是她没抽着，她怎么办。一万多块呢，谁不想要啊。"

"那当然，我觉得还是我的呢！"花朵哈哈大笑。

"走吧，别贫了。咱们组该去准备篝火晚会了。刚才我看见舞蹈演员好像来了。"

A组和B组的人各自散掉，自己找地方玩。曾建玲借口脚崴了，回房间休息。Ada集合C组的成员到度假村的会议室召开执行会，准备筹备晚上的晚会。

Ashura先把流程发给大家，然后走上演讲台。

"首先感谢诸神和小戴友情帮忙。大家掌声欢迎。接下来给大家讲一遍流程。庆典晚会大致分为三个时段：第一时段为晚餐时段，吃烤全羊大餐；第二时段为庆典仪式时段，包括领导讲话和公司五周年庆祝仪式；第三时段为派对时段，包括抽奖和互动游戏……"

Ashura详细讲完了流程，然后安排分工。Ada总指挥，花朵负责与主持人小昭和韩骁对接，诸神负责奖品和互动，Ashura和小戴但当礼仪。

"大家都清楚了吧?"

花朵举起手，"钟少什么时候来?"

"刚才魏霄打电话了，说已经在路上了，两三个小时怎么也到了。"

Ada 看了一下时间，“6 点左右吧。”

Ashura 点点头，“那好，行动！诸神发对讲机，大家把频道调到 1023。”

通过两天的充分磨合，再加上一天紧张忙碌的拓展训练，到晚上的时候大家已经完全放开，帅哥美女毫无形象可言地瓜分了两只烤全羊。包括魏霄在内都吃得满脸油哧麻花，韩骁不小心噎着了，直打嗝。

Ada 通知所有执行组人员进入待命状态。但此时庆典的重量级人物，思博公关的缔造者钟少竟然还没到场。

Ada 火急火燎地第三次给钟少打电话。

电话刚接通，魏霄把手机一把抢过来，用她那 high C 的语调喊，“钟柏，你干嘛呢？我这儿都高潮啦！你到哪儿了，你快点！”

魏霄把电话挂掉，还给 Ada，忽然发现大家都惊讶地看着她，紧接着所有人哈哈大笑，有几位同事笑得前仰后合。

一向很注重面子的魏霄不知所以，急忙问身边坐着的 Sharon，“怎么啦？大家笑什么？”

Sharon 止不住笑声，结结巴巴地大声说，“你，你刚才说，说你都高潮啦！”

大家又一阵哄笑，诸神更夸张，笑得躺倒在草坪上。

魏霄的脸腾一下红到脖子根，很不好意思地笑了，露出两颗虎牙，“都别笑了，口误，口误！”

魏霄沉沉气，对 Ada 说，“钟柏 10 分钟之内就到了，你们开始准备吧，灯光、音响先起来，营造点气氛。”

Ada 说了声好，拿起对讲机，“各部门注意，各就各位，灯光音响人员现在可以启动了。收到了请回话。”

“花朵收到！”“诸神收到！”“Vivian 收到！”“Ashura 收到！”……

现场响起《星球大战》那紧张雄壮的主题曲，灯光师启动电脑灯，追光灯射向舞台上的主持人台。一切准备就绪。

忽然，工作组对讲机的耳机里传出小昭的急促的叫喊声，“谁会治打嗝，谁会治打嗝，韩骁还打嗝呢。”

“晕！”

韩骁是男主持，打嗝怎么主持晚会。

Ada 急忙往舞台台侧跑，不小心撞上尚扬。

“你会治打嗝么？”Ada 有病乱投医。

“会！祖传的。”尚扬干脆地回答。

“那快来。”

Ada 拽着尚扬跑到台侧，一眼先看见诸神和韩骁。

Ada 忙问，“还打呢？”

诸神刚要说话，尚扬照着诸神的脸蛋子就是一个大嘴巴，抽得诸神原地转了半圈。

诸神捂着脸，大吼，“你丫干嘛？”

尚扬往前一窜，双手按住诸神肩膀，问，“还打么？不打嗝了吧。”

“天！”诸神差点疯掉，推开尚扬的手，“哭了半天都不知道谁死了。是韩骁打嗝！”

诸神手捂着通红的右脸，咬牙切齿，“尚扬，我跟你丫没完。”

Ada 和韩骁笑了半天，Ada 突然止住笑声，盯着韩骁，“不打嗝了啊？”

韩骁一愣，“啊，好了！”

尚扬这才明白，哈哈大笑，“牛叉吧，跟你说祖传的。”

“没事了，快过来，韩骁。再对对词。”小昭晃着手里的串词手卡。

Ada 长出一口气。

忽然对讲机里传出 Ashura 的咋呼，“注意，Ashura 已观察到，钟少的陆虎已经进入园区停车场。现在正在开门下车，他下来啦！花朵，快去接。”

“是！”花朵一阵风似的跑向停车场。

Ada 巡视了一下全场各个位置的工作人员，按下胸前对讲机的麦克开关，“各部门注意，进入倒计时 1 分钟。”

“花朵呼叫 Ada，情况有变，推迟，推迟一会儿。”

“花朵怎么啦？”

“没什么，有点新设备过来。稍等。我们马上就过去。”

Ada，“各部门注意，原地待命，开场推迟。”

停车场，钟少从陆虎里出来。

副驾驶的车门打开，走下一个人，把花朵惊呆。

“你怎么也来了？”

“我不能来么？我是思博的老员工，钟少请来的贵宾啊。”邓建笑呵呵的冲花朵一挤眼。

花朵心里一动，急忙又向钟少打招呼，“钟少，哦，不好意思，钟总，怎么才来啊，我们开场时间已经推迟了半个小时，就等您了。”

花朵说话就是这样大大咧咧的。

魏霄一次开会曾经当众评价说，花朵是一个绝对不能当客户经理的人，我可以以我十多年的职业生涯担保。

“你是花朵！”钟少笑着一撇嘴，“迟到可不能怪我，是你这位伯乐磨叽。”

花朵来思博工作这么长时间，从来没见过钟少发脾气，总是一副温文尔雅的样子。和 Vivian 接触，也觉得 Vivian 心地善良，做事踏实。邓建呢，标准的青年才俊。但是这些有能力，极具亲和力的强人为什么最后或分道扬镳，或因为工作产生了隔阂。难道真如同邓建和诸神所说的，几条龙凑到一块反而干不成事？这究竟是什么道理？

邓建又打开后排的车门，抱出一个大箱子。

“走吧！”

“你抱的是什么啊？”花朵比较好奇。

“一会儿你就知道了。”邓建笑着没做正面回答。

三人往主会场走着，钟少给某人打电话，“大郎，你现身吧。我和邓建来了。鄢丽也来了？太好了。”

钟少关掉电话，一脸兴奋的样子。邓建问，“鄢丽不是出国了么？”

“谁知道啊？你问我啊，你应该比我清楚。”

“别扯淡了，她自打出了国就再也没跟我联系，她的消息我都是从你和大郎那儿知道的。”

花朵听着钟少和邓建磨叨，感觉他们说的人都应该很熟。

对讲机耳机里传出诸神的叫喊声，“他们来了，Ashura，让灯光师傅给钟少他们一个追光！”

一道亮光射来，花朵急忙用胳膊挡着光。

“我先去安上这个，花朵，跟我走。”

邓建叫花朵跟着他，一块来到音响灯光操作台。邓建跟负责音响李老师很熟，两人互相寒暄几句，邓建开箱子。

“呦，你开始玩这个啦。”李老师看到箱子里的设备很惊讶。

“二手的，先锋 CDJ-400 打碟机，开始我以为多贵呢，才 2000 多块。接上吧，今天晚上我就靠这个显牛叉了。”

李老师帮邓建“嘁哧咔嚓”接好连线。

邓建从自己的背包里翻出一个棒球帽，反戴在头上，又翻出个宽边黑墨镜带上。

接着，邓建又从背包外面的侧兜里掏出俩大骷髅图案的银戒指，自己套左手无名指上一个，把另一个递给花朵，“给你一个订婚戒指戴。”

“去！”

花朵张着大嘴接过戒指，往左手无名指上戴，忽然觉得不对劲，又摞下来戴在中指上，美滋滋地举着中指让邓建看。

“哎哎——”邓建赶紧把花朵中指掰下去，一旁的李老师嘿嘿偷笑。

“哐哐，吱扭——”邓建像模像样地开始打碟。“Come On Baby！欢迎您来到思博公关的五周年活动现场，今晚将无人入睡！”邓建浑厚低沉的嗓音和动感的旋律，激发所有在场人员的激情。

“Ada 呼叫花朵，快来台侧，全体人员请注意，进入倒计时 1 分钟。”

“请注意，这不是演习，请注意，这不是演习。”耳机里接着传出诸神的搞笑声音。

Ada 正式发号施令，“思博公关五周年庆典倒计时，5、4、3、2、1，Action！”

舞台四周瞬间喷射出耀眼的冷烟花，伴随着欢快激烈的节奏，小昭一袭红色低胸荷叶摆晚礼服性感出镜；韩骁身着亮色衬衫，闪亮登场。

韩骁：Ladies and Gentlemen。

小昭：女士们、先生们！

韩骁：这里是中国

小昭：这里是北京

合：这里是思博公关 5 周年庆典的现场！

全场一片沸腾。

宝爷跟坐在边上的鸭梨说，“这串词写的够可以的啊。”

鸭梨一笑，“虽然小昭是策划又是主持人，但这个串词是诸神的手笔，全公司就他最能忽悠。”

宝爷用一把匕首削着菠萝，“但是我觉得，这样他的能力就窄了。客户可不是都喜欢忽悠的，还得有干货。”

韩骁：那么，就隆重请上思博公关的前总经理，利嘉集团总裁钟柏先生上台，为我们的活动致词。大家鼓掌欢迎。

小昭一伸手，充当礼仪的 ahshura 把钟柏迎上来。

钟柏快步走上台，接过韩骁递来的话筒。

“首先很高兴今天和大家在一起庆祝这个思博的节日，同时感谢大家对此次庆典活动的努力与付出。在思博走过五周年的日子，我想请上来当初为思博做出卓越贡献的几位兄弟姐妹。他们是：Vivian，邓建，鄢丽，还有名奇传播机构邢一郎。请你们上场。”

鄢丽大家不知道，但邢一郎一上场，台下思博的员工都大吃一惊，昨天刚和邢一郎和他带的两个人玩过真人 CS 对抗战。

钟柏指着身材微胖，不高但很有风度的鄢丽，“鄢丽，思博 04 年初的客户总监，公司创始阶段的经济金融行业的客户都是鄢丽接过来的。”

钟柏走到 Vivian 身旁，“Vivian，思博从始至终的执行总监，超级元勋。”

“邓建，这个大家都应该认识，05 年来到思博，今年 7 月弃我而去，但我不恨他。哈哈。”

钟柏笑着走到邢一郎身边，“这位，邢一郎，我们都叫他大郎，我想大家也都有耳闻，甚至有的人还见过几面。03 年年底加盟思博公关。怎么说呢，大郎是智囊，思博的决策性框架其实都是他定下来的。05 年 10 月，就在公司两周年的时候，他决定离开。我们俩当时讨论，认为公司迟早要发展成为更专业，实力更强的公关公司。但是我们当时的小庙请不来大神仙，于是大郎出走，大郎当时答应我三年之后回来，不过这件事就我们俩知道。而今天，大郎终于履行承诺，站在了我们面前。邢一郎从今天起，就成为思博公关的副总经理。大家欢迎。”

“哇噻！太离谱了吧，钟少玩得够深的！”工作组对讲机的耳机里传出诸神的声音。

“太令人震惊了。邢一郎岂不是个间谍？”花朵小声说。

“太具有戏剧性了。我什么时候得问清楚，没准儿能写个剧本。”小昭评论道。

“无间道，现实版无间道，对不起，我是卧底！”小昭小声咋呼。

“别废话了，工作！”Ada 保持冷静。

一下子让大家觉得神秘莫测的钟柏举起话筒，“魏霄，尚扬，宝爷上场。新一代领导班子就位。”

魏霄、尚扬、宝爷走上舞台。

钟柏问转身问，“小昭，下一个环节是不是仪式了？”

“是，钟总。不过等我们把串词说完啊。”小昭笑着说。

韩骁和小昭把中间的串词讲完，诸神把庆生仪式的大蛋糕推到舞台中央。

在祥和热烈的音乐声中，舞台前方喷射出五道的亮丽的冷烟花，台上的领导们一同将蜡烛吹灭，现场气氛达到高潮。仪式完毕，钟少领着一群人到台下就座。

“你们看到了么没有，魏霄脸色不好看，自打钟少说邢一郎是副总经理的时候。”在后台准备道具的Ashura在对讲机里八卦。

“才出虎穴，又入龙潭，眼睁睁一场龙争虎斗！”诸神像说评书。

Ada提醒大家现在是工作时间，“总结一下，钟少就是为了均衡势力。好了，都别废话了。以后有的是时间八卦。”

“收到。”

仪式结束，就进入互动游戏时段。

韩骁让端着托盘的小戴和Ashura上场，小昭介绍互动的规则：

“现在咱们开始进行互动游戏。游戏之前呢，咱们首先进行分组抽签。我们事先都算过了，大家都得参与。到时候互动游戏咱们轮流执行，轮流玩。当然也包括各位领导，还有咱们敬爱的钟总。最后抽完签原则上应该是一男一女为一对。但现在又多了几个人，看最后的结果吧。有可能两位男士一对，两个两位女士一对。今天抽到的都是古今中外的名人。一会儿抽完签，给大家20分钟时间，去会所的两个房间换衣服，简单打扮一下。房间里也有化妆师给大家造型，大家快去快回。看到那边的礼品台了吧，游戏获胜的都可以自选一份礼品。”

小戴和Ashura把托盘放在桌子上，韩骁号召大家，“大家都过来抽签，抽到谁扮演谁！来，大家一块抽！不要乱，让领导先来。男的左边抽，女的右边抽。”

二十多人一哄而上，各自从盘子里拿了一个荷包，意趣盎然地纷纷打开。

“啊！我竟然是吕布！谁是貂蝉！”邓建第最先拿出荷包里的纸条。

“谁是秋香？谁是秋香？”尚扬高喊。

“啊！你是唐伯虎啊！”小昭凑过去看尚扬的纸条，又问诸神是什么，诸神说是罗密欧。

“那我跟你换一下吧！我是朱丽叶！”shraon要跟小昭换。

韩骁急忙挥手，“不行不行！不能换！”

“对，大家不许换啊。换了就没意思了。”钟少开口，大家都不换了。

韩骁看完了自己的纸条，举起话筒，“大家都回来再配对吧，先去会所换衣服，快点。”

现场所有人乌央乌央地涌向会所。

20 分钟过后，大家五颜六色，神头鬼脸地回来，互相指着哈哈大笑。

花朵和 Vivian 最后一块儿出来，走到大厅转角，Vivian 忽然停住，转身手指挡在嘴前面，“嘘～”。

两个人扒着墙伸过头去看。

只见嘴上涂着红红的唇彩，穿着一身红色薄绸的古代压襟长裙的魏霄靠在墙上，低着头。穿着一身公子氅，头戴公子帽的钟少站在他对面。

“游戏呗，一起玩玩挺开心的。”钟少说。

魏霄没说话，还低着头。

“是我不好，没有事先告诉你大郎的事儿。不过我介绍的时候不是说了么，这事就我和大郎知道，邓建、Vivian 他们我都没告诉。你应该能理解，这事做起来就得这样。大郎挺好相处的，你不用担心，再说你是正的，他是副的。”

魏霄抬起头，眼睛反射着夜色，显现出一副从没见过的哀婉神情，欲言又止。

“走吧。打起精神，你才是思博的一把手！”钟少竟然轻轻拥抱了一下魏霄，拍了拍肩膀，两个人往会场方向走。

花朵和 Vivian 相视，默然。

快走到主会场的时候，花朵突然问，“钟少和魏霄是不是很早以前就认识?”

Vivian 淡淡地说，“可能魏霄是钟柏以前的情人。”

“天！真的假的?”花朵无比震惊。

“我也不清楚，那应该是至少七八年前的事了。当时我还不认识钟柏，只是大概五年前我去钟柏家，钟柏的父亲以为我是他女朋友，背后问钟柏是不是和‘魏娇’分手了。他爸爸有点口音，所以我觉得是不是‘魏霄’。魏娇和魏霄就差一个字。”

“哎，很有可能。”花朵瞎琢磨，“但你这事怎么记得这么清楚。”

两人走到主会场，终止了谈话。

装扮成秋香的小昭和穿着英格兰 7 号球衣的韩骁重新上场。

"秋香姐，今日皓月当空，我思博思春思秋香！"装扮成小贝的韩骁逗趣。

小昭来个万福，忽地举起拳头"小贝哥哥，灯火阑珊，你被骂被打被我扁！"

大家一边大笑，一边起哄，"打打打！"

小昭举着话筒走到台前，"大家说我策划的游戏好不好玩？"

"好玩！"

"要不要再玩？"

"要！"

"要的就是大家这句话。现在咱们开始今天最后一轮游戏。大家注意听好游戏规则！我只说一遍啊！"

"好，好！"大家非常踊跃，一对对呼啦啦围过来。

"这个游戏就是咱们活动的主题，叫做'不如跳舞'。这次啊，还是一对一对地玩！前几个游戏比较简单，算热场，接下来这个游戏挑战最较大！"

韩骁冲音响台的李老师一指，"游戏很简单，就是还没有参与过互动游戏的对儿都来跳舞！但李老师的音乐一停，大家就得停住！不过这个游戏还有个要求！Ashura 把道具拿过来！"

Ashura 拿着几张报纸一蹦一跳地走到舞台正中。韩骁接过一张报纸，展开，放在地上。

韩骁解释："大家看到了吧！跳舞的人要在这张报纸上跳，不能出去！出去就算输！而且每次音乐停一次，Ashura 和小戴就会拿剪刀剪下去一圈！就是说一会儿你们脚下的报纸越来越少！最后咱们看哪对儿人脚底下的报纸最少，就是获胜者！"

Ashura 和小戴飞快地把四张报纸放好，"大家站好，大家站好！游戏马上就要开始了！"

四对人急忙站在各自的报纸上。这八个人太引人注目了。

吕布邓建和貂蝉花朵；唐伯虎尚扬和秋香小昭；罗密欧诸神和朱丽叶 Sharon；最后一对韩骁解释了一下，大家才明白——西门大官人钟少和潘金莲魏霄。

听了韩骁的解释，大家爆笑。魏霄弄个大红脸，面带一种难以名状的笑。

“你会跳舞么?”花朵瞪着任性的眼睛，笑着问。

“唱歌没问题，这个不会!”邓建尴尬一笑。

花朵嘿嘿一笑，“我也不会! 学校舞会我一次都没去过!”

“瞎扭呗!”邓建左摇右晃动了几下。

“我发现你很像一种很不卫生的生物!”

“……”邓建很郁闷。

音乐突然响起来，大家开始群魔乱舞。扭了不到20秒钟，音乐戛然而止。

“不许动，不许动!”Ashura拿着大剪刀飞快地先跑到邓建和花朵这儿。

“哈! 我给你剪喽!”Ashura剪刀大动，“咔嚓”几下，邓建和花朵脚下的报纸被剪去了一大圈。

Ashura又接着去剪尚扬和小昭那一对。小戴则负责另外两对。

“咱们俩都凑近点儿! 要不一会儿就出去了!”邓建看着脚下的报纸，往前挪了挪。

花朵稍微动了一下。

音乐再次响起，大家又开始乱七八糟地扭动。如此往复第三轮，Sharon可能因为胸部太大，和诸神一起被淘汰。

到第四轮，尚扬和小昭被淘汰。最后只剩下邓建和花朵，钟少和魏霄两对。而且四个人脚下的报纸只剩下一点点，四个人都站立不稳，手拉手晃晃悠悠。

钟少拽着魏霄的手，转过头来，冲邓建一挤眼，“邓建，你就算了吧，给我们总经理一个得奖品的机会!”

“扯!”邓建看着花朵，“咱们俩一定要坚持到最后。”

钟少使坏，抬脚要踢邓建。邓建下意识一闪，两个人站立不稳，幸好花朵稳住了他。

“钟总耍赖!”花朵大叫。

“遵守规则，你怎么也是这里最大的脑袋呢。”魏霄嗔怪钟少。

“就这么点地方了，实在不行，你就蹲下，我骑着你!”花朵眼珠一转，撅着嘴说。

音乐突然而起，四个人赶快跳起来。由于空间很小，每对人靠在一起，扭动的幅度小了，但感觉暧昧了许多。

现场气氛很紧张，大家都聚精会神目不转睛地盯着这四个人。

钟少往邓建这边看着，眼神示意了一下邓建，邓建心领神会。

音乐又止。

钟少双手用力一下把魏霄抱起来，魏霄“啊”地叫着笑。

与此同时，邓建也使劲用双手托着花朵的腿和腰，呼地一下把1米76的花朵连根拔起，把她抱起来。

“哦！”大伙前仰后合地笑着跟着一起起哄。

“把我放下来！”魏霄满面娇羞地大叫。

“放下来就输了！”钟少不放。

魏霄红晕满面，双脚荡来荡去，挣扎着要下来。

小戴飞快地跑过来剪报纸。Ashura跑到邓建和花朵那边，直接用手撕。

在音响台的李老师见此情景，急忙又开始放音乐。

钟少和邓建此时抱着两个女的，只有双脚来回换着着地。

不到5秒钟，音乐停住。

“别动！”邓建这对边上的Ashura大叫一声，跑过去。邓建此时仅有一只脚着地，金鸡独立般抱着花朵左摇右晃。Ashura一把把报纸扯下去一大块。

钟少这边也是一只脚着地，但魏霄左摇右晃。钟少终于站立不稳，身子一歪，魏霄被摔在地上。钟少没站住，双手拄在地上，身体形成一个弓形，下面是半躺着的魏霄。魏霄一惊，满面羞涩地推开钟少，迅速站起身。

“哦！咱们赢了！”邓建把花朵轻轻地放在地上，两个人来个瓷实的拥抱。

忽然，花朵突然意识到这也许是天意，虽然赢得了现在，可即将失去未来。邓建就要出国了，花朵心一沉，眉头拧着透出些许忧伤。

经过紧张激烈的游戏时段，韩骁和小昭建议休息5分钟，然后进入舞会时段。

花朵说要去厕所，邓建跟着一起去。

等花朵出来，一边走，邓建一边关心地问，“看你有点忧伤啊。想到我明天就要走了，伤心了?”

“切，大晚上的带个墨镜，能看见什么啊? 吕布戴墨镜么，大家其实都在笑你。”花朵故意把话题扯开。

“是吗？我开始打碟，一直忘了摘了。”邓建很聪明，没有继续纠缠。

邓建摘下墨镜，双手捋着紫金冠上的野鸡翎，“这样如何？很英挺吧！”

“嗯，不错，起码不搞笑了。”花朵笑着点点头。

“你今天也很诱人啊！不知道貂蝉有没有1米76。”

花朵眼珠一转，笑呵呵地说，“我觉得应该不矮，你想想吕布身高九尺。如果貂蝉太矮，两个人站在一起就太不协调了……”

花朵说得正起劲，邓建一把把她拽到两棵海棠树的树阴下，两人疯狂地拥吻。

激情过后，邓建轻轻地用手为花朵拭去泪痕，从怀里掏出一沓国际电话卡。

“给你买了这个，到时候给我打电话。”

花朵接过来，看看，“你给我打不就行了，那边打中国应该便宜吧？”

“万一你要想我了呢？”邓建看着花朵，一笑。

“嗯！”花朵攥着手里的电话卡，绽放灿烂笑容，“保证完成任务，全给它打完咯。哈哈。”

舞会浪漫收场，迎来今天最令大家期待的时刻——幸运大抽奖。

工作组人员都到舞台台侧集中。

“韩骁呢？”Ada忽然发现韩骁不见了。

大家巡视全场，没有发现韩骁的影子。

小昭立刻拿起话筒广播寻人，“韩骁，韩骁，你在哪里？”

“来啦，来啦！”韩骁从厕所方向跑过来。大家都松了一口气。

“该抽奖了，你跑了，给你。”小昭把话筒递给递给韩骁。

“抽奖了哎，快点儿了哎。”大家等不及了，在台下起哄大喊。

“放主持人上场音乐！”Ada用另外一个频道的对讲机向音响李老师发出指令。

上场音乐响起，大家安静下来，韩骁挽着小昭从台侧登场，走到主持台前。但当礼仪的Ashura和小戴每个人捧着一个抽奖箱走到舞台中央。

韩骁不知道为什么又开始打嗝，打嗝的声音通过话筒，被放大数倍。每一次嗝声，台下就一片哄笑。

“下去啵！下去啵！”

台下的诸神和小白带头起哄。

韩骁越紧张，越止不住，最后实在没办法，放下话筒，“我不成了哦，换人吧！”

Ada 一边笑一边在对讲机里说，“换人吧，诸神上！”

“我不成，我干不了这个，我这正倒视频呢。”诸神大喊，“花朵，花朵上吧。”

“我成么？”花朵信心不足。

“成！”对讲机里所有人都喊成。

“快！救场如救火！”Ada 拉过花朵，用充满信任的眼神看着她，“你把对讲摘下来，把韩骁换下来。快！”

花朵认真地点了一下头，飞快地把对讲机和耳机取下，交给 Ada，快步走上舞台。

韩骁看花朵来了，急忙把话筒和串词手卡送到她手里，自己走下舞台。

小昭给花朵一个示意的眼神，两个人转向大家。

小昭：烤全羊味道是不错，但就是不能吃得太多。

台下一阵哄笑。

花朵：这种人绝对得不了大奖！

台下又一阵哄笑。

小昭：那么接下来，我们抓紧时间，把韩骁浪费的时间补回来。咱们今天是集中抽奖。大家都看到了。两位青春靓丽的礼仪小姐已经捧上了抽奖箱。一个抽奖箱里是大家的名字，另外一个是写着奖品的卡片。一会儿抽奖的时候，一位领导抽名字，另一位领导抽奖品。

花朵：那么现在就有请抽奖嘉宾利嘉集团总裁钟柏先生，思博公关总经理魏霄小姐上台，大家用最热烈的掌声欢迎！

激动人心的抽奖开始。

由于是集中抽奖，速度非常快。

倒数第三个抽到的是花朵，奖品还算不错，是一个苹果的 Ipod MP4。花朵激动得不行，举着 MP4 冲大家来个飞吻。

钟柏要过花朵的话筒，笑着看了一下全场，“诸神，上来。”

诸神急忙举着手，屁颠屁颠跑到台上。

“刚才我摸到可就剩两张卡片了。一个你没得奖，一个小昭没得奖。”钟柏指着台侧的奖品台，“现在可就剩下最贵的 DV 和一个最便宜的相框了。说实话，你最想得到哪个？”

“钟总，您这不是害我呢么？难道让我发扬孔融让梨的优良美德。No way！”诸神嘿嘿一笑。

“成啊，小伙子，还不上套。策划部的人就是机灵。”

魏霄看钟柏如此，也来了兴致，要过小昭的话筒，“那我再采访一下小昭。请问小昭，你想到最后这么戏剧性的效果了么？据说你念叨那个DV很久了，如果被诸神得到了，你怎么办？”

“没想到，但我会杀了他！”小昭笑着咬牙切齿。

钟柏和魏霄都哈哈大笑。

魏霄表现出一副很为难的样子，“钟柏，你看怎么办？咱们俩肯定得罪人啊。不是诸神就是小昭。”

钟柏看了看诸神又看了看小昭，忽然面对台下喊，“尚扬，要不你上来吧！”

尚扬急忙摇头摆手，往后退。

“钟总，魏总。要不这样吧，我和花朵是主持人，把机会留给我们俩吧。我抽那个奖品的箱子，花朵抽名字。你们看行不。”

“哎，这办法好！”钟柏点点头。

“那不成啊，要是我没抽到你怎么办？我岂不是死了！”花朵赶忙说话。

“不会的啦！你放心吧，你抽到的肯定是我！”小昭仍旧充满信心。

“抽到谁还不一样，都说是同事！”诸神把“同事”两个字说的很着重。

花朵顿时领悟。

诸神和小昭现在是一对“地下情侣”，抽到谁都是一样。

“那好吧！”花朵立刻答应。

“那我们来监督。”钟柏和魏霄走到旁边。

小昭和花朵分立小戴和Ashura两侧。

“我数321，就抽了。预备！”钟柏发令。

小昭和花朵把手伸进抽奖箱。

“3”

“2”

“1”

“Sony高清DV！”花朵把手中的卡片大声念出来。

小昭虽然嘴上自信满满，但手上已经全是汗。她慢慢地把手拿出来，闭上眼睛，嘴里念叨着“DV，DV，DV……Sony DV！”

小昭举起手中写着 sony 高清 DV 的卡片，冲过来抱住花朵，疯了一样欢蹦乱跳。

钟柏举着话筒，“恭喜小昭！也恭喜所有的获奖来宾！Ada 把奖品拿上来，我和魏总给诸神和小昭发奖！”

Ada 急忙从奖品台上拿起 DV 的箱子和艺术相框上台，向钟柏补充说明，“公司的 DV 上次活动拍完了，但里面的视频没清干净。昨天下午就拍满了，所以借用这个 DV 拍视频的。现在就是箱子，DV 在操作台那儿倒视频呢。”

“嗯，明白。”钟柏接过箱子颁发给小昭；魏霄把像框颁发给诸神。

花朵：到此，抽奖已经全部结束。小昭成为今天最幸运的员工，而诸神成为本年度最衰的员工。不过那个艺术像框是我挑的，价值 18 块 6。恭喜小昭，恭喜诸神。

小昭：美好的时光总是那么短暂，最后请大家观看投影幕，即将上演是：昨天和今天我们捕捉到的大家在一起的欢乐瞬间。

所有人将目光转向场地右侧的投影幕。

投影幕上开始播放这两天工作组成员拍摄的视频。思博员工采摘，真人 CS 对抗战，拓展训练的花絮一一展现。

最后，投影幕上的画面忽然变成思博会议室的墙角，接着出现了花朵的脸。与此同时，大家清晰地听到画外音。

花朵：你不会想作弊吧？

小昭：你有什么办法？晚会不是你们组负责么？

花朵：你真的想作弊啊？

小昭：我确实想得到这个 DV，在网上和百脑汇看了好几遍了。

花朵：我看你还是休想！

小昭：想想不行啊。

花朵：我以前还真不知道能作弊，那天去帮 A 组那个大型医疗器械制造商的招待会才知道。

视频结束，投影幕一片惨白，全场一片寂静，四周响起虫鸣蝉噪。

第三篇　花季王朝····

小昭显然受到了强烈的刺激，过了两天才来上班。

上班之后的小昭像什么都没发生一样，依旧和大家谈笑风生，唯独对诸神爱答不理。Ashura 观察到小昭似乎不再和诸神上下班同时到达公司，离开公司。小昭是在生诸神的气，诸神年会那天晚上倒视频出了错误。而诸神又是她的地下情人，小昭把所有的气撒在诸神身上了。

周六，花朵参与 B 组策划的一个珠宝饰品发布会。

花朵在酒店的工作间负责模特的饰品和服装搭配。花朵先一件一件地把衣服挑出来整理好，放在长条桌子上，然后根据衣服的款式，把一张张珠宝饰品的照片别在衣服上。

这个工作看似简单，但要做到完美的搭配，需要设计师级的审美。在一次活动中，公司外聘的模特走秀的舞台总编导强导，惊讶地发现花朵在无聊的时候搭配出来的衣服，异乎寻常地符合他的要求，很有专业水准。后来一聊，才知道两个人是校友。于是，以后的走秀活动，强导都点名让花朵来帮忙。花朵本就喜欢这一行，因此也乐此不疲。

弄了一个多小时，二十套衣服才搭配完毕。B 组的执行赵卫红过来让花朵去隔壁房间吃饭，花朵没有胃口。

一会儿，魏霄和负责模特走秀的舞台总监强导走进来。

“弄完了?”强导扫了一遍在衣架上挂好的服装。

“嗯，弄完了。强导您看看吧。”花朵闪到一边。

魏霄笑着说，“花朵，别忘了管 B 组客户经理黎辉要帮忙费啊。”

强导一件一件仔细地拽着看，越看越不对劲，看到一半，眉头拧到一块。

“花朵，你说实话，这是你配的么?”

花朵一愣，看到强导眉头皱着，不解其意，“是，是啊!”

“全给我重新配!”强导非常生气，伸手把衣服上的照片一个一个拽下来。

强导指着最后一套衣服，高声斥责，"那么大一个项圈，你给我配一个立领的衣服？你给我说说是让人家看项圈还是让人家看领子啊？你们老师这么教你的？"

花朵看着那套衣服，立刻愣了。

就像强导说的，那个项圈应该配低胸的晚礼，这是一个基本常识，自己显然犯了一个超级低级的错误。

魏霄此时的笑容迅速收敛，双臂抱在胸前，皱眉看着花朵。

"啊，对不起，我没注意。"花朵不知所措，低下头。

"没注意？这可不是一套搭配出了问题，这要是模特这么穿了，咱们的走秀全砸。你今天到底是怎么了？我相信你的职业素质，但你这工作态度……"

强导话刚说了一半，魏霄把强导拉到一边，"这样吧，强导，这几天花朵的状态有些问题，就嫌麻烦你了。我跟她谈谈，你看行么？"

强导看了看魏霄，又瞄了一眼低着头的花朵，点点头。

"那好，我刚才确实有点着急。"

魏霄微笑一下，"拜托了。"

魏霄把花朵叫出来，从自己的包里翻出一个信封，"给你这个，就在一楼，你先去看看。等活动快开始了再回来。"

魏霄根本没提刚才的事儿。

有一次，尚扬、诸神、花朵三人一块在会议室抽烟。

诸神很正经地说：当初小看了魏霄，魏霄做领导确实有一套。员工犯了错误，魏霄要不就劈头盖脸猛拍你一顿，要不然就不搭理你。这一点上，魏霄绝对比 Vivian 的唠唠叨叨强，因为谁都不是傻子。尚扬一笑说：你刚知道啊。对于绝大多数人，当头棒喝要比苦口婆心来得更让你记忆深刻，更有效。尚扬又问诸神和花朵，你们知道魏霄哪里毕业的么？诸神说，不是 BD 国际关系学院的么？尚扬说那是谣言，说出来吓死你们，魏霄是 JFJ 国际关系学院毕业的。花朵不了解，诸神当时就咋呼起来，那不是培养情报人员的地方么？花朵问什么叫情报人员。诸神说了两个让花朵震惊的字——间谍。尚扬笑着说那地方据说学生只有编号，但不知道为什么魏霄最后没在安全局工作。诸神最后摇摇头说，看来以后还真得小心。

花朵面无表情地接过信封，抽出请柬一看，原来是 fashion aat 服装艺术展。花朵每年都挺关注这个展，不过这几天实在打不起精神去看。

花朵抬起头，魏霄已经走了。花朵看着手里的邀请函想了想，朝自动扶梯走去。

展厅里人不是很多，许多件作品都很出色。这届服装艺术展的主题只有一个字——“和”。

花朵有所感悟。

珠宝饰品发布圆满成功，甲方领导很满意，最后邀请魏霄和所有思博公关的工作人员上台合影留念。大家都往台上走，B 组客户经理王利明招呼台侧的花朵一起上去，花朵坐在椅子上没动。

“花朵，过来啊！”魏霄朝她招手，“快点儿。”

花朵想到那个“和”，走上 T 台，站在小昭身边，冲着摄影师的镜头努力挤出一丝微笑。

接着的一周，坏消息不断。

先是诸神他们 B 组给慈善机构出的方案被 pass；接着 C 组负责的维莱牛仔十周年活动因为邀请影星的健康问题而无限期推迟；周五 A 组客户经理 Sharon 在活动执行现场飞奔，一下撞到现场的玻璃幕墙，反弹坠地，当场晕倒，被送往医院。

思博公关霉运连连，副总经理邢一郎建议周一一早去怀柔红螺寺去烧烧香。魏霄开始犹豫，但几个客户经理都很有兴趣，所以最后还是同意了。Ada 问花朵去不去，花朵摇摇头。

第四篇　花开两朵 ····

周一，快到中午，魏霄、邢一郎和大队人马才回到公司。

不过也奇了，回来的人一扫郁闷的神情，各个神采奕奕，欢欢笑笑。

Ada 跟花朵说，他们早上 4 点半出发的，5 点多就到了山门，他们烧的是第一柱香，第一柱香才灵验。

花朵其实也是有点儿相信命运的人，忽然有点后悔。

中午，Ada 叫上小昭、Ashura、鸭梨和花朵，一块下楼到茶餐厅吃饭。这四个女孩身高都一米七多，最矮的 Ashura 一米七二，最高的花朵一米七六，C 组出去开会经常把客户震得一愣一愣的，于是乎她们被称为思博公关“四大天后”。

走在大街上的“四大天后”，引起无数路人的侧目。花朵一下变得自我感觉良好，路过一个放着动感乐曲的，叫“Now High”音像店，甚至半开玩笑地走起模特步。以前在服装学院上学，花朵受过模特走秀训练，经常客串一下模特。其他三个女孩看花朵走模特步，都来了兴致，一个个趾高气扬，昂首挺胸地进了茶餐厅。

气氛一下热烈起来，大家都拣高兴的说，一顿午餐吃得很开心。

花朵胃口超好，吃了整整一盘海鲜炒饭，擦着嘴提议哪天邀请大家一起开 party。大家欢快地同意，叽叽喳喳地开始讨论派对应该只有女生参与，应该比较私密云云。花朵说主题可以叫做“和”，大家都没明白什么意思。

花朵刚要解释，Ada 的手机响了。来电话的是维莱牛仔公关部的 Selina。Ada 走到一旁的僻静处接电话，其他三个女生继续 party 的话题。

Ada 接完电话回来，表情乱七八糟。

“花朵，告诉你一个不知道是好还是坏的消息。”

“啊?”花朵莫名其妙，“什么叫不知好坏? 那就是坏呗，这一段时间公司没好消息。”

Ada 把和 Selina 打电话的内容跟花朵说了一遍，花朵确实也不能评价这算好事还是坏事。维莱公关部的Selina打电话说，明天和思博公关正式签署公关服务合约。但是Selina提出需要思博项目组的花朵派驻到维莱牛仔公关部上一个月的班，因为只有这样才能完全了解维莱牛仔，为今后的工作打下基础。

“明白了吧。其实应该算好事，大的公关公司都这样。总之，你必须得去。咱们思博还从来没碰上这样的事，你是第一个。”Ada终于讲完了。

“哇噻，花朵，这样说来，你是思博公关第一人哎。”Ashura又开始咋呼。

“以前那个房地产项目你就创造了历史，现在又创造了一个历史。羡慕你，同时为你担心！”小昭说这句话，有点酸味儿。

“看，小昭姐姐泛酸水了。”Ashura很招讨厌地说。

花朵一直沉浸在木然的状态中，“我该怎么办？”

第二天下午2点，魏霄、Ada他们签合同回来。

魏霄依旧照她的传统，喝红酒庆祝一番。

大家散了，花朵屁颠屁颠地跟着魏霄进了她的办公室。

花朵轻轻地把门关上，转过身来。

“魏总，我想跟你谈谈。”

“有什么好谈的？”魏霄打开笔记本电脑，盯着屏幕，没有看花朵。

“就是关于外派的事。”花朵自己坐在魏霄对面的红沙发上。

“你现在状态不是挺好的么？有什么可谈的？别跟我装可怜，合约都签了。”魏霄没有温度地说。

“可是……”花朵盯着魏霄。

花朵刚要继续说话，魏霄猛点了几下鼠标，皱起眉头，“你去会议室把韩骁给我叫来。报告做成这样，还腆着脸吃饭。”

花朵看到已经没有交流的可能，郁闷地起身往出走。

“你就想想你去维莱上班会死么？要是会死就不用去了！”魏霄在背后来了这么一句。

花朵一愣，打开门，转过身，脸上映出一缕阳光，“谢谢，魏总！”

虽然花朵觉得自己“不会死”，但是一股股不安汹涌地拍击她的心头。花朵决定找尚扬谈谈。

“魏霄说话够精辟！”尚扬听了魏霄在背后给花朵的那一句话，哈哈大笑。

"是挺精，到我这就剩下'屁'了，尚总你说我可怎么办？你别也给我来句你会死么。花朵很郁闷。"

尚扬止住笑，"你虽然是思博第一人，但我不是啊。你找我算找对了。"

花朵燃起希望，"啊？你也被派到过别的公司？"

"这很正常啊。你只有这样才能了解维莱的产品，维莱的品牌，维莱的领导，维莱的文化……"

"这道理我明白，"尚扬话说到一半被花朵打住，"我是担心我的能力。在公司还有人能帮帮我，我去维莱，人生地不熟，而且你们都了解我是大大咧咧的人，万一……"

"这你怕什么？"尚扬也打断花朵的话，"怎么说呢？你可以这样想。"

"嗯？"花朵竖起耳朵。

"Selina 让你去维莱工作一个月吧？你想想你到思博工作了多长时间转正的？"

"一个月啊。"

"这不就结了。你在思博一个月都能出色得让公司承认你，为什么在维莱不能？而且现在你已经是很有能力的策划了，跟刚来思博的时候完全是两个人。你记得你刚来的时候跟我说，我对公关一窍不通吧。"

"啊。"花朵茅塞有点开。

"所以，魏霄都懒得跟你废话。也就是我。"

尚扬站起来，走到白板前，"既然你来问我了，我也就不吝赐教了。告诉你点外企的工作经验。"

尚扬拿起水笔一边写一边说，"第一，维莱是外企，根据我的经验，外企的培训做得好。咱们本土公司就不一样，好不容易积累点经验，生怕大家都学会了，最后还留一手。所以过去多学点东西才是真的；第二，外企通常都比较 open，鼓励你有想法，尤其是不同的想法。咱们一般比较喜欢顺从的员工，领导听不得半点不同意见；第三，外企一般不会管你的过程，只看你的结果，但这样的话你反而不能松懈，省得最后结果出不来吃后悔药就晚了；第四，第四就是，噢，第四点对你很有利，就是外企的人际关系很简单，你不用胡思乱想。因为外企的中高层根本就不会雇佣大陆人。还有就是充分利用你的微笑、真诚和不服输的性格，这是你最大的特点。就先跟你说这么多吧。"

"感觉很有用啊，尚总，不过为什么外企中高层不雇佣大陆人啊？"

尚扬一笑，"要是雇佣的话，我也不会在这里跟你讲这个。哈，开玩笑了，你去了就应该知道了。都给你讲了，你到那儿还能干吗？自己总结呗。总之，去维莱上上班，只有好处，没有坏处。你还记得你的‘名人名言’了？我是花朵，我要怒放！加油！”

“嗯！”花朵盯着尚扬的眼睛点点头，站起身。

忽然花朵又转过身来，笑着说，“尚扬，我记得我上班来第一天，你跟诸神介绍我，说我最大的特点就是对公关一窍不通。今天又说我最大的特点是微笑、真诚和不服输啦。”

“是吗？”尚扬笑着伸手指着花朵，“小鬼，你又成长了。”

花朵从魏霄那里得到信心，从尚扬那里得到经验，总觉得还缺点什么。闺蜜赵子慧的惊讶和赞美没有多大的实际意义，花朵决定给远在地球另一边的邓建打个电话。

虽然邓建在年会那天晚上给了花朵一大沓国际电话卡，但小半月过去了，她只用完了一张。赵子慧曾经分析说，一对恋人，处于热恋期应该有说不完的话，所以结论是你并不是很喜欢他。花朵听完一愣，琢磨半天，终于分析出自己还算满意的原因，这个原因最后也被定义为当初在大学恋爱失败的根源。花朵不是一个腻人，不是一个喜欢唠唠叨叨的女孩，她喜欢和朋友分享快乐，而不愿太让别人看到自己的悲伤。还有，花朵热爱自由，觉得大家更应该有自己的独立空间。

后来赵子慧找来一本星座算命的书，花朵总算找到了理论根据。书上解释：双子座是一个善良与邪恶，快乐与忧郁，温柔与残暴兼具的复杂星座。双子座女生的意志一直都是一体两面的积极与消极、动与静、明与暗，相互消长。因此，双子座女孩往往有一种难以言喻的神秘魅力。关于恋爱书上说，善变的双子座，不喜欢超级橡皮糖，有点黏又不会太黏才是他们喜欢的。花朵如获至宝地看了两三个小时，最后说了句爱咋咋地，把书丢在卫生间的书刊架子上。

花朵打通了邓建在美国的公司电话，把事前后一说。

“行啊，原来思博也就是一个活动公司，这样的话应该算提升了，也算开始 Mega-Public Relations 了。”

“什么？听不懂！在外国待几天不会说中国话啦。”

“废话，我这儿全是外国人，所以听你说话感觉特亲切。”

“少废话，你刚才说那个是什么意思？”

“Mega-Public Relations，就是大公关。说白了就是把公关提升到企业战略和营销战略的高度。什么与政府，与合作伙伴，与竞争对手，与公众传媒，与客户，包括企业内部各部门之间的公共关系，多了去了。一个月，就是有点短。”

“我听着怎么这么晕，你也刚知道的吧?”

“你咋知道的，我天天头大，学英语就够费劲的了。说实话，有点烦了。”

“你别啊，你不是说你们公司一个人就因为出国的机会被你捞上了，生气地把老板炒了么。你别最后让老板把你炒了。”

“哎，不说这个了，你打电话就这些内容啊，没点儿刺激的煽情的。怎么着也一夜夫妻百日恩哪!”

“邓建！我此时此刻特别想抽你。”

“这个我能理解。哎，对，你去过我家睡觉么？我养那龟还活着么?”

送邓建上去机场的时候，邓建把自己家的钥匙给了花朵。邓建的家在城里，他说要是加班太晚，就去他家睡觉。

“我都给捞我们家来了。没在你那儿睡觉。”

“给你钥匙不就是怕你加班太晚么?”

“试过，但在那儿容易想起你来。”花朵语调变得温柔。

“那你就不想啦?”

“这不是想起你来了么。”

花朵今天话多，直到电话那边有人叫邓建为止。

“你也要加油!”花朵挂掉电话。

虽然不像到思博第一天上班那样不靠谱，但来到朝阳门维莱牛仔的总部，花朵还是有些忐忑。

在会客室里，公关总监 Selina 微笑的跟花朵打了个照面，把她介绍给一位短发的女孩就匆匆离去。这个短发女孩花朵从没有见过，一切重新变得陌生。

“我英文名字叫 Anne，A—N—N—E。Anne 这个名字的含义是善良、优雅、喜欢帮助人。皇室的皇后、公主很多都是这个名字。你呢?”Anne 很热情，脸上带着和花朵风格相同的微笑。

“啊，这个，我中文名字叫花朵，你要非叫我英文，就叫我 Flower 吧。”花朵知道外企员工都是用英文来称呼，随便说了一个。

“哈，Ms. Flower！有意思。走跟我来吧，今天你的事儿不少呢。”Anne 带着花朵往办公区走。

“不少事儿?”花朵还以为刚来上班会很无聊呢。

“是啊。公司讲求效率，我刚来的时候也有点不适应，不过现在好了。我也算新来的，来公司五个月了。再努力努力就过试用期了。”

“你们试用期六个月吧，可真长。”花朵想到自己试用期一个月就过了，忽然觉得无比自豪。

“嗯。六个月。哎，你英文怎么样啊？”

“看得懂，听得懂，但口语差，写一般。”

“那不行啊，我原来为了进外企，专门学了一年口语。”

“哦。”花朵心想这是不是在给自己下马威，管他的，反正就一个月。

“你知道么，咱们公司34个人，有11个人是说英语的，领导都是外国人。包括Selina。”

“Selina是外国人？华侨啊？”花朵实在没看出来。

“新加坡的。”

Anne带花朵走到公关部的办公区，给她一一介绍了其他三个新同事，花朵就记住一个人名字，其他三个都是不普通的英文名字。

“这是我的座位，这是你的座位。你坐我身边，这样我好带你。”Anne帮花朵把电脑打开，“告诉我你的MSN，我先把你加上。”

花朵登陆上MSN，把Anne加上。Anne“嘣”的传过来一个名叫“日程”的word文件。

Anne：这是我给你安排好的要做的事，你先看一下。

大花朵：好的。

花朵打开文件，吓了一跳。

文件上密密麻麻地列了十多项工作，什么填写各种新员工表格，办理实习手续，领取各种办公用品和资料，熟悉公司的办公网络，去工厂和门店考察，等等等等。

Anne：怎么样，吓着了吧？

大花朵：还可以，我喜欢紧张一点。

花朵虽然这样说，但心里直打鼓。一直以为到这里就是跟着开开会，没事看看人家怎么工作呢，没想到一切都来真的，就跟自己真是这里的新员工一模一样。

Anne：嗯，那就好。文件里红色的，像领取办公用品之类的工作你自己去完成，不懂就问我。一定要快，争取今天午饭前完成。吃完午饭，我就带你去进行那些绿色的工作，工厂很远，光来回就得两三个小时。今天还得考察三家门店，明天你要交考察报告的。

大花朵：天！这都是今天要做的？

Anne：你以为呢？我说你怎么还说还可以。

大花朵：哦，那我现在就开始吧。看你这安排的时间，我已经慢了快半个小时了。

维莱牛仔的办公区里，出现花朵跑来跑去来回飞奔的花影。

一上午下来，花朵气喘吁吁，感觉比在执行现场还要累。终于在中午快要一点的时候，花朵终于完成了红色任务。Anne 带花朵去楼下的员工餐厅吃饭。

刚端着餐盘坐下，吃完饭的 Selina 走过来。

“怎么样？还适应么？”

“有点紧张。但还可以。”花朵笑着，表现出淡定。

“维莱制胜的法则就是效率，服装行业尤其是这样，流行就那么一会儿，如果你这次没抓住，你下一次一样抓不住。比如，你再晚来 10 分钟，连饭都吃不上了。”Selina 表情非常严肃，“我们对你的要求更严格，通常公司的试用期是 6 个月，就是说六个月就要成为维莱某个岗位上的重要一员。但你只有一个月，而且你在这一个月里必须了解几乎所有的岗位，包括市场。所以，如果你要退出，还来得及。”

Selina 说话非常尖锐，花朵以前和维莱的接触和提案过程中就已经见识过。C 组的所有成员都在背后骂过 Selina 刻薄，当然也包括花朵。但现在看来，Selina 以前还算客气的，最起码以前脸上还带着笑容。

“我是不会退出的！因为我还没得到满意的结果，对于您来说不也是么？”花朵不知道哪里来的勇气，对 Selina 施以反诘。

“但愿你能有好结果。”Selina 嫣然一笑，起身走了。

这算什么话？花朵差点没气晕。

在回办公室的电梯上。

“你饭量真小。”Anne 似乎比花朵还单纯。

“早上吃得太多了。”

胃口从来都超好的花朵这顿饭吃得叫一个别扭，对 Anne 还不太了解，花朵决定笑对惨淡的人生。

Anne 和花朵收拾好东西，刚要去工厂考察。人力资源部的主管 Tina 通知她去参加新员工培训，正好还有两个新人，这样就一勺烩了。

花朵无奈，放下包，跟着 Tina 主管去会议室。

大家互相认识了一下，另外两个新人，一个是市场督导孟哲，一个是新的前台接待 Apple。Apple 长得那叫一个标致，比思博的胡晶灵漂亮一百倍。最不可思议的是 Apple 竟然毕业于北京外国语大学，这样的学历来当前台，维莱还真是够浪费。

Tina 是一个 30 多岁的老女人，留着齐脖的短发，戴着金丝框的眼镜。Tina 先放着 PPT 给三个新员工介绍维莱牛仔的昨天，今天和明天。花朵听着看着，发现 Tina 的一个特点。

Tina 讲话的时候，眼镜会忽然从孟哲移到 Apple，再忽地从 Apple 移到她身上。透过眼镜片，那双不大的眼睛倒像两把锋利的刀子，朝他们仨砍来砍去。孟哲第一个被砍伤了，不敢再正视 Tina。

"好了，维莱的简介就到此为止。" Tina 走回来，有点开了笔记本桌面上的"新员工如何融入维莱"。

Tina 回到投影幕前，Tina 的 PPT 都比安排好了翻页时间，所以不用一页一页点。

"今天是第一次培训，不跟你们讲得太多。明天下午 4 点再给你们培训公司构架和业务流程。咱们现在先讲一下如何融入维莱。这个很重要。虽然你们三个都成功的进入到维莱了，但记住，公司给你们的椅子只有三条腿，最后一条腿你们要自己装上。" Tina 做了一个比较吓人的比喻。

花朵屏气看了一眼 PPT 的目录：

1. 微笑和感恩
2. 真诚和共赢
3. 该和不该
4. 成就和失败

前面两项，从字面上就能理解，后面两项不知道 Tina 会讲些什么。

关于微笑和感恩，Tina 讲了一个维莱例子。

有两个同时来的新员工，他们的职务都一样，工作都很勤奋积极。但一个愁眉苦脸，一个总是满脸微笑。愁眉苦脸的那个员工最后被辞掉，虽然她的工作成果要好于满脸微笑的那位。

"这个不难理解吧？" Tina 笑着目光砍向花朵，"谁都愿意在快乐的氛围中工作。你的情绪往往会影响到你身边的人。如果你不希望看到别人愁眉苦脸，你最好保持微笑。"

花朵盯着 Tina 的眼睛，龇牙一笑。

Tina 接着说，“其实干任何事情都是有窍门的，提醒大家一点，30 天之后，公司所有的人都应该收到你们的感谢信。”

听 Tina 说到这个，花朵很庆幸自己在思博就是这么做的。

“这如果是公司的传统，那岂不是很程式化?”Apple 斗胆问了一句。

“Apple，你提的这个问题很好，这就说到了第二点‘真诚和共赢’。你的感谢必须是真诚的，发自内心的。这个留给你们自己去思考。我继续讲。”

一个半小时后，培训完毕。花朵从会议室出来，急忙拉着 Anne 出发。

“都跟你们讲什么了?”Anne 一路上挺爱说话。花朵大概说了一遍。

“不过我怎么觉得 Tina 的目光就像刀子，砍人的。”花朵的双子座性格让她暂时忘了这样和一位不太熟识的人背后议论部门领导存在极大的安全隐患。

“HR 本来就是一把刀。说实话，本质上 HR 是公司地位最低的，但他们掌握低级员工的生杀大权。但你要是到了中层，就可以对他们不屑一顾了。不过现在我的小命还掌握在他们手里。”Anne 直言不讳。

“公司很复杂么?”

“其实并不复杂。我觉得这其实是中国和外国意识形态的问题。比如说，在中国，对自己的上级或长辈说话的时候，死盯着人家是不礼貌的。但对于咱们公司的那几位领导，你要不看着他们，他们会认为你藐视他们。说白了你得按照他们的习惯和思维去做事情。”

“哦，你这样一说我就明白了。”花朵恍然。

车到了工厂，在停车场停下。

“我的话还没说完，”Anne 拉开车门，走出来，“领导也知道这种文化差异。所以公关部的人除了 Selina，都是中国人。他们外国人干不了面对中国的公关。”

“听你说话，真是受益匪浅啊。”

Anne 一笑，“学会分享经验，被 HR 的人洗脑好久了。走吧，咱们还得抓紧。”

Anne 带着花朵进了工厂，有个行政的主管负责带着他们到处参观，一边参观一边介绍。

Anne 此时开始说开了英文，因为公司业务工作都是英文对接，好多单词短语也不知道中文应该怎么说。幸好花朵大学四年没白学，服装行业专业英语还没全忘光，听懂了百分之八九十，不懂的就问。跟单跟办流程极其复杂，翻译成中文大概包括：接单，备料、开裁、扫粉/排花、车缝、手工、后整、查货、包装。花朵以前在国企制衣公司干过一年，基本全懂。

本来花朵就是在公关部工作，Anne看花朵差不多都知道，缩短了在工厂考察的时间。一个小时后，工厂考察结束，两个人又飞奔回城里，开始门店的考察。

Anne和花朵从最后一个华贸店出来，已经晚上8点。花朵觉得Anne陪自己忙了一天有点过意不去，要请Anne吃晚饭。

Anne笑了笑说，“心领了，你还是早点回家写写报告吧。”

花朵说了一堆感谢的话，等Anne走远了，撒腿就往利嘉大厦方向跑去。

一进公司的门，公关部这边一个人也没有。花朵问利嘉广告的一个外号叫“迷糊”的文案，迷糊说你去大会议室看看，可能开会呢。

花朵走到大会议室门口，里面传出邢一郎的讲话声。大会议室后门虚掩着，花朵蹑手蹑脚地凑过去往里面看。

只见思博公关所有员工都在里面，邢一郎正在白板前拿着水笔比比划划。一旁的魏霄抱着胳膊，扬着下巴瞧着，神情似乎有点不耐烦。

斜对面的诸神一抬头发现了花朵，冲花朵一眨眼。花朵也冲诸神挤挤眼睛。

诸神忽然站起来，手捂肚子，面目狰狞：“去趟厕所啊，肚子有点不对劲。”

诸神出来，和花朵跑到茶水间。

“进修生，你怎么跑这来了？工作很闲吧。”诸神嬉皮笑脸地问。

“闲？快忙死我了。你知道我一天干了多少事儿么，维莱的人真把我当新员工用，哦，不对，比新员工还狠。让我一个月了解和掌握维莱所有的工作流程和市场情况。下午还去了趟廊坊他们的工厂，从工厂回来又去了三个店。今天晚上我还得写考察报告呢。”花朵终于找到了一个倾吐对象，滔滔不绝，喋喋不休。

“是吗？那你跑这干嘛来了。”

“放松放松啊。我晚饭还没吃呢。”花朵一脸可怜相。

“哎哟，瞧给我们这朵花折磨的。来，让我抚平你的疲惫。”诸神伸手要去摸花朵的脸蛋，花朵笑着闪开。

“有烟么？给我一根。你们干嘛呢？”

“在会议室呢，没拿出来。”诸神开门往外瞅了一眼，“我去给你上小白那儿要一根。”

诸神推门出去，花朵忽然意识到不对，往外一瞧，只见小白竟然坐在利嘉广告那堆人里。

“小白怎么跑广告那里去了？”诸神一回来，花朵忙问。

诸神把烟点上，“倒戈了呗。广告那边比咱们这轻松多了。咱们作活动的时间都不是定死的，老改来改去。他们广告都有计划，到时候把活弄完了就行了。”

“哦！”花朵吐了一口烟，笑：“我一走出了这么一大事。魏霄她没发飙么，自己这儿出了叛徒。”

“没有。”诸神的回答让花朵很吃惊。

“她什么也没说？我不信。”

“这个我也没搞懂。”诸神皱眉往垃圾篚里弹弹烟灰，“不过宝爷很郁闷，我更郁闷，设计部就这么一个快手。”

“那你们开会干什么呢？邢一郎说什么呢？”

“这个啊，新官上任三把火呗。邢一郎说关于机构调整之类的事儿呢。不过他这个人我还没看出门道儿。”

“又机构调整啊？怎么来领导就调整一回啊。”

诸神一笑：“你想想啊，邢一郎是策划出身，当然对以客户为中心有点意见了。”

“晕。你这理论倒挺有道理。不过我发现维莱倒是以职务和工作为核心，什么都有详细的流程。表格、工作单就一大堆。”

“哎，各有各的好处。”诸神捻灭烟头，“怎么着，今天请我吃饭应该算是没戏了。会刚开，还不定几点完呢。等领导们先斗争完，尘埃落定吧。”

“那好吧，我就先回家了。哎，本来想找你们吃顿饭的，这一天紧张的。你快回去吧，要不，一会儿他们该派人去厕所捞人了。”

诸神和花朵从茶水间出来。

花朵走了几步，忽然回过身，眼睛大大地盯着诸神，露出灿烂笑容：“师傅，我觉得你看事有点消极，这样不好，要阳光一点！”

诸神愣住，花朵说了一声“再见”，转身连蹦带跳地走了。

一星期以来，活泼的性格，勤恳的态度，还有脸上一直洋溢的微笑，让花朵在很多维莱牛仔同事那里得到了认同。ms. Flower，逐渐成为大家吃饭时谈话的一个小插曲。

不过事情并不如此简单，花朵的顶头上司 Selina 每次对花朵工作成果的评价仅停留于“成了”、“可以了”、“继续干别的吧”。花朵底下请教 Anne，是否 Selina 开始对谁都这样。Anne 摇头说不是，至于为什么，自己也不清楚。

周一，正好是这个月的最后一天。

接近正午时分，维莱 CEO Jackson 召开全体大会，首先总结了一下这一个月的工作，然后说自己在大陆的任期已满就要回美国总部，明天会有新的 CEO 上任，感谢大家一如既往的支持。接着，人力资源部的 Tina 说要提报员工职业测评结果和新一版的员工薪酬福利待遇，因此，不属于维莱员工的花朵被请出了会议室。

花朵带着一丝小怨念独自一个人去楼下的员工餐厅吃饭。

下午还有个小新闻稿要写，花朵一边吃，一边低头把自己构思的大纲往便签上记。

“Excuse me，Anyone sitting here? ”

“What?”花朵抬头，一个年纪四十岁左右的外国男子端着餐盘站在他对面。外国男子头发黑白色，一脸黑白胡茬，不过相貌很帅。

“对不起，这里有人么?”外国男子以为花朵不懂英语，用比较生硬的中文又说了一遍。

“没有，请坐!”花朵也懒得用英语了，冲外国男子一笑，接着低头写字。

花朵记完了，放下笔，用筷子夹了一筷子韭黄炒鸡蛋塞在嘴里，又啃了一口大馒头。

“请问你吃的是什么?”外国男子没话找话。

“这个? 还是这个?”花朵左手筷子指着韭黄炒鸡蛋，右手举着大馒头。

“这个!”外国男子用叉子指了指花朵的右手。

花朵哈哈一笑，“馒头，这个叫馒头。刚来中国吧，北京欢迎你，

Welcome to Beijing。哈哈。”

“馒—头。”老外很很认真地重复一遍，又说，“You can speak English!”

“会。不过你到中国了，得说中文。你在这吃饭，说明你是在这里上班的。所以中文要多练啊。不要见到一个人就问 Can you speak English. 虽然北京也算国际化大都市，但你出了三环，说英语绝对不灵了。”

花朵说话从不认生，这是赵子慧给她总结的。除了吃饭、睡觉之外，说话是花朵第三大爱好。

“哈哈。你很热情，也很有意义。”老外挺开心，扶着眼镜笑。

“瞧，又错了不是。”花朵晃悠着筷子，“不是有意义，应该是有意思，意思。Interesting!”

“意思，有意思。”老外鹦鹉学舌。

“对，这回对了。”花朵眉开眼笑，很有成就感。

老外忽然伸手指着花朵便签上维莱的 LOGO："你是这个公司上班的?”

“算是吧，怎么，你知道这个牌子?”

“是的，很有名。看来你很出色，在这样的大公司上班。”老外看着花朵。

“嘿。”花朵笑了笑，对一个不认识的人不用解释那么多。

“你觉得这个品牌怎么样?”

“还可以吧。就像你说的，在中国挺有名。”

“除了有名呢?”老外穷追不舍。

“嗯，”花朵啃了一口馒头，仰起头作思考状，“都差不多。我感觉所有的牛仔服装基本上都差不多，只是分为有名的和没名的。有共性没个性。”

“有共性没个性，什么意思?”老外很认真地问。

“这个啊，”花朵决定知无不言言无不尽，因为有关“牛仔服装的共性和个性”就是花朵大学毕业论文的题目。

“你看啊，首先说共性。牛仔服给人的感觉就是野性，挑战，激情什么的。即使换个样，裤子变成了裙子，也是这个感觉。这就是共性。但是，牛仔服装由于它本身面料的局限性，其实这也是它的共性之一啊，反而就限制了它的个性。比如，我问你一问题，你能说出野性有几种么? 怎么分类? 不成吧。所以顶多就是颜色深浅，长短，褶皱之类的区别。很难再分出什么个性来。”

老外认真地听着，点点头："然后呢?”

"然后，然后就得走曲线道路。因为牛仔服装本身改变不了多少，你就只能改变人了。因为每个人的个性是不同的。这样就涉及到了广告。"

花朵说到这儿其实挺悲哀，因为就是论文到这里跑题了，从服装设计跑到了广告。最后这个论文答辩没通过。花朵又重写了个别的题目才拿到学位。

"嗯，我觉得呢。一般的牛仔服装广告就是请点名人或者一群感觉挺另类的人摆个pose。但是我觉得可以有这样几个形象，比如，一帮登山的，上边的一个人用牛仔服拽着下边的一个人往上爬。再比如，一个沼泽或者荒漠，前面的车用牛仔裤拉着后面坏了的车。这样一来呢，个性就出来了。坚韧，不屈，思考，有创意。我觉得都比纯站着摆气质强。哈哈。"

花朵一通说完，洋洋自得。老外听得津津有味，等花朵全说完了，手摸着自己的黑白胡茬不住地点头。

"你赶紧吃饭吧。我吃完了，得赶紧上去了。认识你很高兴。"花朵过完嘴瘾，端起餐盘。

"See you tomorrow. "老外很有礼貌地站起来目送花朵离开。

第二天早上的全体大会，当中年老外神一般的介绍自己是维莱新来的中国区总裁的时候，花朵震惊得差点从椅子上出溜下来。

花朵以为老外最后说See you tomorrow，是觉得她有意思，期待下一次见面。现在想来，这个名叫James的中年老外早有预谋。花朵急忙回忆自己昨天和老外说的每一句话，虽然没有什么不妥，但是从侧面也表达了维莱没个性的感觉。事已至此，花朵也无所谓了，看着这个玩"微服私访"的James意气风发的讲话。James英语说得极棒，嗓音如同美国大片预告片中的男第一配音，低沉、浑厚，带有磁性。

接着，所有同事一一使出浑身解数介绍自己，把自己说得天花乱坠。James不动声色地看着。最后轮到花朵，James冲她露出一丝和善的微笑。

花朵站起来："我是来自维莱牛仔的整合公关服务公司思博公关……"

"Speak Einglish，please！"一旁的Selina提醒，刚才所有员工自我介绍都用的英语。

"没关系。"James并不在意地笑。

花朵也对James报以一笑，接着用中文说："我是来自维莱牛仔的整合公关服务公司思博公关的策划，虽然不是维莱的一员。但是和大家一起工作很愉快，我姓花，叫花朵，'祖国的花朵'的花朵。"

"话多？"James费劲地重复一遍。

“是花朵，huaduo！James。”花朵纠正。

“话……多……。”James舌头依然转不过弯。

“不是话多，是花朵！祖国的花朵的花朵。Flower。”

花朵较上劲了，不明白说话拐弯的外国人在该拐弯的地方却拐不过来。

有几个同事在低下偷笑。Selina脸色很难看，转向James，用英文说介绍就到这吧，该交代工作了。James点点头。

后面的是中层以上领导的事情，花朵等人散会。

Anne一出会议室，就把花朵拉到茶水间，眉毛拧在一块："你可真够瞧的，教CEO说中文，我真服了你了。"

花朵刚才那股傻劲儿过去了，这才吐舌头："啊，管他的。他是CEO，我一个小外派，估计以后也不怎么见得着。"

Apple探头进来，一看是他们俩，笑眯眯地挤进来，一块儿八卦。

“花朵，你太强了！谁都想给James留一个好的第一印象，估计你给他的印象最深。说说，你这招是怎么想到的。”Apple接完咖啡，靠在橱柜上，笑着问。

“这招？我只是纠正一下他的发音而已。”花朵没想到Apple以为自己用的是手段，再说第一印象昨天就留下了，今天为什么用手段呢。

“随便你怎么说吧。反正你挺强的。不过，”Apple笑了一下，抬头望天，“那个James真是挺有男人味的。”

“嘿，你省省吧。他最起码得40了，还是大中华区总经理。”Anne一直都很低调。

“也没准儿呢，没准Apple就是新一代的辛迪瑞拉呢。”花朵笑言。

“你这叫什么话？你是不是看不起我是前台啊，我这叫韬光养晦。”Apple臭着脸转身开门，“不跟你们这些燕雀扯淡了。”

“哎，Apple，我不是那意思！”花朵想解释，Apple已摔门走了。

“什么人啊？有本事别应聘前台啊。”Anne气得鼓起嘴，义愤填膺，“你看着吧，她在这待不了多久。”

花朵原本想跟Anne说一下昨天见到James的事，现在心情有点受Apple的影响，也懒得说了。

下午快下班的时候，Ada电话通知花朵去顶楼的总裁办公室一趟，James召见。花朵不知所以，一头雾水地乘电梯到从来没有去过的顶楼见维莱牛仔的CEO。

James 的办公室不算很大，但是靠墙一侧布置了一个吧台，墙上挂了十几款限量版经典款式的维莱牛仔服。对面是一个很大的落地窗，透过落地窗可以看到对面不远处大楼上巨幅的某品牌手机广告牌。

James 见花朵来了，立刻从办公桌后绕出来，走到吧台前面，招呼花朵过去坐。

花朵坐在吧凳上，抬头看墙上的牛仔服。

“喝点什么？花朵，花朵。”

“啊，这次对了。随便吧，咖啡。”

昨天见的是外国老头，今天他摇身一变成了大名鼎鼎的维莱牛仔的CEO，花朵有点紧张。

James 笑着，把咖啡炉打开，自己转身从酒架上拿下一瓶马爹利，自斟了半杯。

“您找我什么事儿?”花朵看够了，把目光转到 James 这里。

“是的。”James 优雅地晃了几晃杯中的酒，喝了一口，“昨天你说的话我不懂的，想问问你。”

“什么?”花朵没想到 James 对昨天她说的话竟然还有兴趣。

“你说‘摆气质’是什么意思?”

“这个啊，我以为什么呢。”花朵哈哈大笑，万也没想到 James 不明白的只是这三个字。

“是的。这个词我第一次听到，没听懂。”

花朵看 James 一脸虚心，也正经起来，“嗯，这个怎么解释呢。就是装蒜，哦，这个你更不懂了……摆 pose。明白么？对了，你有词典么？我给你查查。”

花朵终于想出了一个办法。

James 点点头，快步走到办公桌后面的书架上翻出一本汉英双解词典，回来递给花朵。花朵低头翻了半天，指着其中一页，“就是这个，strike a pose。中文叫‘装腔作势’，摆气质是我爱说的一种说法。”

James 把字典拿过来，看了一会儿，笑了。

“嘿嘿，有点意思吧。”花朵很得意。

James 煮的咖啡很好喝，花朵连着喝了两杯。

自始至终 James 都没提工作方面的事，开始聊北京哪里好玩，最后聊起了北京话，James 对此非常感兴趣。最后 James 忽然说想请花朵每周教他 3 小时北京话。

“这个嘛……反正你平常也不用怎么说英文。再说你外面还有个秘书呢。”花朵有些犹豫。毕竟这是大公司的 CEO，无论如何也轮不到她教。

James 表情认真起来：“可是，昨天你说，‘你到中国了，得说中文。中文要多练，你出三环，说英语不灵了。’”

James 说着又走到办公桌旁，拿回一张北京地图。

“我看北京地图了，三环才这么大。我不会一直都在三环里面。”

花朵看 James 如此认真，差点没喷了：“我开玩笑的。没那么严重。”

“开玩笑？no，我很认真的，我很喜欢中国文化，想和更多的人交流。”James 一板一眼。

“嗯，那好吧！”花朵实在不忍心拒绝认真的 James。

James 立刻笑逐颜开，举起杯子：“为我们的合作，干杯！”

花朵和 James 碰了一下杯：“你说合作，倒让我想起一件事。既然是合作，那双方都有利才叫合作，这样吧，教也不能白教。一小时 100 块钱。”

“100 元？”James 举着握个手指头。

“对，100 元，very cheap，不贵。你想一周才 300 块。”花朵伸出仨手指头。

“好！合作愉快。”James 笑着再次和花朵碰杯。

“哟，时间不早了，我得走了。晚上还有很多东西要写呢。”

花朵转身告辞，James 送到电梯口，帮她按下电梯。

花朵进入电梯，按住开门按钮，笑着说：“先免费送你一句北京话，听着啊，‘你的咖啡盖了帽了。’”

“你的咖啡盖了帽了！”James 费解地重复一遍。

“就是你的咖啡非常非常好喝的意思。Very very delicious。再重复一遍，你的咖啡盖了帽了。”

James 兴致盎然地又重复一遍。

“Very good. Byebye.”花朵松开开门按钮，电梯关闭。

当日晚间，花朵收到了大家对此事件的注意评价。

赵子慧：奇迹，简直就是奇迹，也许麻雀变凤凰由此开始。

Ada：是金子总会发光，发达那天别忘了姐妹。

诸神：拉屎拉裤脚子上——邪门了！我怎么就遇不上这样的事儿。炒了魏霄在维莱干吧。

邓建：你遇上了一个标准的美国二百五。

最后花朵决定，James 的第一课就讲“二百五”。

两个星期，在人气超高的花朵的忙碌中匆匆而过，一切异乎寻常的顺利。不过 Selina 依旧对花朵没有一句溢美之词。花朵决定放弃对此的追求，她觉得这就像小昭当初说的，魏霄其实最喜欢诸神案子的风格，但却不喜欢诸神这个人。喜欢和讨厌需要理由么？不需要。

一大早，维莱牛仔美国总部打来电话，两位终身成就奖影星的档期确定下来，7 天后到京。

花朵大喜，直奔思博而归。但 Ashura 传来噩耗，超五星级酒店华泰大饭店那天的场地已经有人定下了。Ada 又忙着给嘉里饭店打电话，依然碰壁，定下场地的是政府某部门，惹不起。现在已经 11 月中旬，接近年底，好场地早就预订光了。

“怎么办？”花朵急得团团转。

“能问问定华泰的是什么人，哪家公司么？”Ada 问 Ashura。

“这个，我试试。一般人家不会透露，都为客户保密的。不过咱们经常用华泰，黎经理应该可以说。”Ashura 举起手机，拨通电话。

花朵和 Ada 两人的眼紧盯着 Ashura。

“Ada，下午 1 点到机场等我，我先去客户那儿，然后直接到机场和你会合。现在 10 点了，吃点东西赶紧出发。”魏霄突如其来地走进会议室。

魏霄一眼看见花朵：“花朵也在？那边的工作怎么样了？听 Ada 说那俩老影星订好日子了。咱们时间不多了，得快。”

“魏总，没错。我那边还好，今天回来就是和 Ada 商量维莱 10 周年的活动。”花朵回答。

“那 Ada 你先把维莱的事交给花朵，我赶时间先走了。”魏霄一阵风似的走了。

走到一边的 Ashura 打完电话回来，骂街：“他奶奶的，据说是个集团大老总，大款，给孩子办满月，请了一百桌。”

“天！气煞我也！”花朵差点儿没疯。

Ada 站起身：“花朵，实在不好意思，没想到维莱这事又来了。我今天得跟魏霄出差去海南，谈一个选美大赛的事。明后天回来，这儿只能给你交给你和 Ashura 了。不过还好，你现在比我更了解维莱。我回来再请你吃饭吧。”

“啊，走吧走吧。”花朵眼神坚定起来，“放心吧，包你完成任务。”

“花朵，怒放！”Ada 拍拍花朵的肩膀，拉着旅行箱转身离去。

“咋办？Ada 也走了。”Ashura 一脸无奈。

“定好的酒店就不能再改了么？孩子办满月在哪儿不行啊，要是结婚可以原谅。满月，一百桌，不就是摆阔烧钱么？”花朵表达不满。

“人家先定的，先来后到啊。不好办，我觉得。”

花朵站起来在会议室里来回溜达，忽然转回身，眼睛一亮：“华泰离咱们这里也不远，你有事么，要不咱们俩去趟华泰，跟黎经理说说，告诉他咱们的活动有多牛。你想想啊，两个好莱坞终身成就的大影星，比不上一个刚满月的孩子？”

“嗯，你说的有道理。”Ashura 开窍了，点点头。

一个小时后，花朵和 Ashura 灰头土脸地从华泰大饭店的大厅走出来。

“我想骂街！”花朵很气愤，“你等等，我去买包烟。”花朵真是气得够呛，她生平第一次自己去买烟。

两个人一屁股坐在便道上的大理石花坛上运气。Ashura 也要了一根，抽了一口呛得直咳嗽，把烟直接扔进垃圾桶。

“要是我是华泰总经理就把他炒了。死脑筋，倔得像头驴。”Ashura 耿耿于怀。

“是啊，脑袋不会拐弯。什么诚信啊，狗屁。哎，不过……”花朵胳膊肘碰一下 Ashura，“他说有一次咱们预定的，他帮咱们还抗走一个外企，是不是真的啊？”

“他倒是说过，谁知道真的假的啊。”

花朵沉默了一会儿：“我这个代理 AE 刚出山，就碰见这么一个守寨的，怎么这么倒霉。”

“你看那老头倔吧，还不识货。连那么有名的影星都不知道，真不知道他这辈子见过谁。”

“哎！”花朵灵光一闪，“你这么一说我倒想出个办法。”

“虾米？”Ashura 忙转过头看着花朵。

“他不是说不知道那两个牛叉巨星么，咱们就让他知道知道。”花朵眉飞色舞。

“嗯，然后呢？”

“找小昭啊，小昭家里有那俩影星演的电影的 DVD 珍藏版。当时咱们知道人家要来的时候，小昭就说过。我去找小昭借来让那个倔老头看看，领教一下，让他幡然悔悟，八成就行了。”

“此计可行！”Ashura点点头。

“可行吧，走，赶紧回去。”花朵拉起Ashura就跑。

17:10，花朵和Ashura拿着从小昭那儿死磨硬泡得来的珍藏版DVD再次跑到华泰大饭店，黎经理已经下班了。两个人一顿咒骂之后，决定第二天一早再来。

等到上午10:30，黎经理忙完了自己的工作，才让他们俩进来。

花朵费劲口舌说了足足20分钟。黎经理烦了，说了句我还有事，也不顾花朵和Ashura，竟然自己走出了办公室，把两个人生生晾在那儿。

花朵和Ashura彻底崩溃，慢慢走出黎经理的办公室。

“三顾茅庐，你知道么？这就是三顾茅庐。那老头比诸葛亮还稳当。”Ashura无奈地摇头。

花朵冷笑一声：“三顾茅庐，我看是三顾毛驴。”

“哎，你小心点儿！”Ashura叫了一声。

花朵急忙回头，只见一个工人推着一手推车什么货物朝她这边冲过来。花朵急忙一闪，车蹭着花朵的手提纸袋而过。手提纸袋不怎么结实，底下漏了，两张铁盒装的珍藏版DVD“咣当”掉在地上。

“对不起，这个车轮子老跑偏。”工人不好意思地赔礼道歉。

“没事，你走吧。”花朵挥了挥手，急忙蹲下身，捡地上的铁盒。

正当花朵要捡第二个铁盒的时候，一只带着一颗至少10克拉钻戒的手先于花朵把盒子捡起来。

“《奥斯维辛的沉默》，1976年的片子。”穿一身貂皮领红色呢子大衣的高贵女士自语道。

花朵站起来，看着对面这位徐娘半老风姿绰约的女士。

“谢谢！”花朵伸手去要。

半老徐娘一笑：“你手里那个片子也非常经典啊，84年拍的，女主角当年获奥斯卡提名，不过落选。但我记得03年，她最终获得了终身成就奖。这两部片子的铁盒版DVD基本已经绝迹，我找了很久了。”

“您是？”花朵觉得半老徐娘很有来头。

“这位是华泰集团董事长卫红女士。”半老徐娘身边的马仔替卫红回答。

“天！”花朵不由自主地发出她的口头语，双眼射出两道光华，上下打量卫红，“您是董事长?!”

“是啊，没什么可惊讶的吧。”卫红微笑着说。

“耽误您5分钟，就5分钟。我想跟您谈谈。”花朵花枝乱颤地指手画脚。

四个5分钟过去，花朵往大堂沙发上一靠，长出一口气。

Ashura看着卫红的背影走远，叫起来：“花朵，你太强了。”

花朵嘿嘿一笑：“贵人太多，遍地都是。”

花朵和她手里的那两个铁盒珍藏版DVD最终打动了卫红，卫红答应下午下班之前给花朵一个满意的答复。虽然黎经理惹不起那个亿万富豪，但是卫红的身份足可以与之抗衡，况且卫红和那个亿万富翁又是故交。

还没等花朵和Ashura到公司，卫红打来电话，场地归你们了。花朵高兴得和Ashura在半路居民区的水果摊买了10斤橙子，拎回公司庆功。大家对花朵的传奇经历无不惊骇。诸神笑言生活就像打麻将，手气来了，谁他妈也挡不住。

因为要赶着筹备维莱10周年的活动，花朵忙得不可开交。

Selina仍然给花朵安排了更多的工作。花朵本想坚持，实在累得要死，在爽约了一次James的北京话口语课后，向James吐露了实情。James立刻下令Selina削减了花朵的大部分工作，同时派Anne给她当副手。花朵和Anne来了个大转换，花朵当起了Anne的老师，这也算是对Anne最好的回报。

在去华泰大饭店安排贵宾路线的时候，花朵听黎经理说几个月前Selina曾经和名奇公关的总经理来看过场地，也是为了维莱的活动。花朵翻阅了一下维莱的公关活动资料，发现以前维莱的活动基本上都是名奇策划执行的。花朵又问名奇前任策划总监邢一郎，最终明白Selina之所以一直刁难自己原来是因为Selina和名奇的关系不一般，Selina的哥哥和名奇的老总是在英国上大学时同宿舍的兄弟。

花朵打电话问尚扬怎么办，尚扬分析的结果是，就当什么都没发生，一如既往。因为和国企不同，作为一个外企的员工只有干好自己的工作才能保住职位。既然你有James撑腰，Selina绝对不会再兴风作浪。也正如尚扬说，Selina不傻，起初只是给花朵找点别扭，见大势已去，脸上也对花朵挂上了微笑，以应对未来长期的合作。

魏霄方面，鉴于此次活动关系重大，把没什么事的小昭也调到C组，听候 Ada 差遣。小昭就奔着这两老牌影星来的，欣然赴任。

在联系保安公司之后回来的路上，花朵看到小昭在后排一直抱着笔记本在敲字。

“你不是没什么案子么?”

“哦，写点自己的东西。”小昭提起头，跟旁边的 Vivian 说，“别跟别人说啊。”

“什么啊? 这么神秘?”花朵扭回头问。

“你写的这是剧本吧。”Vivian 看着小昭的笔记本屏幕。

“调剂一下。策划干时间长了，也挺无聊的。没事瞎写点东西。”

Vivian 转头问花朵：“就你还挺有激情。”

“是啊，刚来的时候我一窍不通，现在觉得挺有意思的。”

“我觉得就最后，在现场看到自己策划的活动圆满而成功地举办了的时候，才有点成就感。这之前全是痛苦，尤其是那些本来就很无聊的活动，一点兴趣也提不起来。”小昭合上笔记本。

“因为大家看的都是结果，结果代表一切。不过也挺羡慕你们策划的，我们执行只是去完成你们的想法。我们的成就感也就是不出错而已。”Vivian 带点没落的语气说。

“Vivian 你不能总这么想，你要乐观积极一点，你看花朵，天天精神抖擞的。”

“对啊对啊，阳光一点。我在维莱新员工培训的时候，HR 总监就举了个例子：两个同时来的人，工作都很认真刻苦。不过一个笑着工作，一个皱着眉工作。但最后公司把工作更好一些但皱眉的员工辞退了。如果你不希望看到别人愁眉苦脸，你最好保持微笑。笑笑吧。”花朵冲 Vivian 龇牙笑。

“不过我不一样，干得高兴就干，不高兴我就走了。”小昭突然冒出这么一句。

“啊，你想走啊?”花朵吃惊地问。

“想想不成啊。不过有好的机会我肯定会走。”小昭把头转向车窗外。

车窗外，北京电影制片厂的大门一闪而过。

回到公司，海霞打电话让花朵去领工资和提成。

第一季度的提成发下来，有两万多。第一次攥着这么多钱，花朵激动得哇哇大叫。正好下班，花朵决定请海霞大吃一顿。海霞很朴实，只想吃麻辣烫。两人街边找了个小店，边吃边唠。海霞所在的行政部是整个利嘉传媒的行政部，因此有海量的八卦，不仅限于思博。今天八卦最大的亮点莫过于利嘉大厦7层《恋家》杂志来了个美女编辑，名叫甄婕，英文名字叫Angelia，不过最重要的还是她的背景。Angelia的父亲是利嘉传媒《收藏》杂志主编，并且Angelia和钟柏应该正在谈恋爱。

“Angelia?”花朵想了想似乎有一点点印象。

“你忘了，有一次咱们集团打羽毛球比赛，最后双打比赛，和钟柏搭档那个女孩。那就是Angelia。”海霞提醒。

“哦，想起来，最后混双比赛，钟柏和那女的一块打魏霄和韩骁。最后魏霄他们输了，魏霄还哭了。”花朵终于想起来了，“当时我记得钟柏介绍说那是他在外国读书时的同学。但我一直不明白为什么魏霄当时还流泪了。后来我才知道。”

“为什么啊?”海霞抓住把柄，双眼放光。

“哦，”花朵知道自己又泄露了秘密，但已经隐瞒不了，索性把年会Vivian告诉她的全说了。

“这样啊!”海霞一脸吃惊，“哦，我说的呢。俩人是情敌啊。”

“别跟别人说啊，谁知道呢。我刚才瞎琢磨的。”花朵表现出并不在意。

“也是，管不了的闲事。不过好在一个在思博，一个在《恋家》，要不然不知道得怎么掐呢。”海霞一笑，盯着盘子里的麻辣烫开吃。

“对了。”海霞一惊一乍。

“啥?”

“曾建玲辞职了，就今天。”

“啊?我都不知道哎。为什么?”

“她说觉得累。要去轻松地赚钱。”

“怎么赚啊?”

“她说她也不知道，歇一段再说。”

“切，我看她那样也发不了大财，天天异想天开地琢磨赚大钱，但又不好好工作。我觉得她是看自己也待不了多久了，所以自己先提出来了。”

“没错。”海霞肯定地点头。

虽然花朵对曾建玲辞职很不屑，但心里也有点惋惜，这是她在思博遇到的第一个辞职的人。

第二天早上，花朵来到维莱牛仔，前台不见了Apple。

花朵到自己的座位，从 Anne 那里得知，Apple 被 fired 了。这是花朵在维莱牛仔遇到的第一个被辞退的人。究其原因，Apple 来应聘维莱的前台，只是把这个世界著名的服装公司作为一个跳板，或者说是作为以后应聘简历上一个闪光的履历。她不忠于本职工作，没事四处转悠，到处打探情报，当交际花，寻找往上爬的梯子。结果，前台的职位也丢了。

Apple 和曾建玲同样是两个离职的人，Apple 没有自知之明，最后的结果更加不堪。

维莱牛仔 10 周年庆典的日子。

昨天 C 组盯现场舞台灯光音响搭建到半夜 2 点多，因此，Ada 让大家早上 10 点半来华泰大饭店的现场。

“告诉你一事儿，太巧了。”Ada 看见花朵，笑着走过来。

“什么好事?”花朵打着哈欠。

“咱们这个场地原来不是有个大款订的给孩子办满月么，你知道那个大款是谁?”Ada 眉飞色舞地问。

“我哪儿知道啊。快说。”

“张兆宇，GTR 集团总裁，人家老来得子。46 岁得一大胖小子，所以请了一百桌，庆祝一下。”

“天！46 岁，多大的媳妇啊!”花朵半个哈欠没打完，立刻清醒了许多，“我说这么财大气粗呢。”

Ada 挥挥手中的文件夹，“关键不是这个，你知道么，张兆宇早上亲自给我打电话跟我说，‘你们有活动那我再想辙，我对那个叫花朵的印象挺深刻’。”

“不容易啊，那么大一个资本家竟然还能记得我。看来我在公关界已经闯出点名气来了。”花朵嘎嘎大笑。

“哎，”Ada 皱起眉，“你怎么还没听明白啊。就是让场地这事儿根本不是卫红的功劳，而是你，是你花朵的功劳。华泰董事长卫红只是让张兆宇知道了想要场地的是思博，做活动的是你花朵。”

“啊? 啊!”花朵终于恍然大悟，“我有这么牛?”

“就这么牛!”Ada 笑着举起手做成拳头，“花朵，恭喜你，你已经有了自己无形的人际关网了。花朵你已经怒放了，不再是原来含苞待放的花骨朵了。”

“是吗?”花朵不敢相信。

“别谦虚了，干活。”Ada 假装厉声道。

"是!" 花朵立正敬礼。

11点，思博公关开现场分工会。

所有的工作人员基本上分为两拨，一拨Ada带队的执行团队，一拨由花朵带队的负责与主持人及维莱牛仔对接的团队。

花朵带着小昭、韩骁到第二工作间，和Selina、Anne，及维莱牛仔公关部另外一位同事Peter又开了一个工作会。会后大家开始分头行动。

大家按流程行动。

18:20，Selina得到通知，两位影星10分钟后到场。

花朵通知酒店门口的星光大道所有工作人员和保安就位。

花朵和小昭分兵两路，花朵、Selina和Peter跑到酒店正门待命，小昭则和Anne带着摄影师、摄像师、10名保安冲向酒店后门。

酒店正门，红地毯铺道，隔离带两侧的数百名影迷举着牌子，眼睛望着西方，翘首以待。

5分钟后，两辆警车开道的奔驰车队缓缓驶来，影迷们高声欢呼。警车驶过酒店正门，后面第一辆奔驰轿车停下。保安将车门打开，维莱牛仔总部CEO——bill下车。Selina快步走上前，引领bill走向酒店大堂。

影迷用期待的目光和更高声的欢呼迎接第二辆奔驰轿车的到来。车子停下，维莱牛仔中国区总裁James走下车。花朵赶快跑上去。

"盖了帽了。" 花朵笑着小声对James说。

James差点笑出来："那边没问题吧?"

"没有，我派我们公司最出色的策划小昭负责接待，电影学院毕业的呢。崇拜者，绝对没问题，你放心吧。"

后面几辆车陆陆续续停下，各位嘉宾一一下车进入大堂。

Bill和Selina，花朵和James进入饭店大堂，急忙往酒店后门赶去，两位影星的车队已经快速开到门口。

第一辆车停下，小昭刚要往上冲，车门开了，带着黑墨镜的韩骁走出来。

小昭差点被气死，忙问："人呢?"

"后边两辆，后边两辆。我是接机的。" 韩骁急忙闪到一边，目视第二辆奔驰驶来。

两位影星很有腕儿地走下车，小昭和翻译冲上前去，寒暄几句，带领他们向花朵这边走过。小昭面带笑容，无比自豪。十几个记者摄影师的闪光灯狂闪，影星和小昭星光闪耀。

正门进来的和后门进来的两拨人在大堂会合。一行人刚要前往贵宾室，在两位影星一侧的小昭探身和男影星说了几句什么。男影星立刻停住脚步与女影星嘀咕。两个人又和 bill、James 交流了一会儿，转过身，朝饭店大堂正门走去。小昭和在通道一旁的花朵打个照面，花朵笑着冲小昭伸出大拇指。

两位影星在保安的保护下和大家的陪同下走出酒店正门，站在台阶上向不远处的数百影迷挥手致意。影迷们欢呼起来，高喊着影星的名字，现场一片鼓噪。

两位影星还要继续往下走，一排保安拦住。James 立刻上前，命令保安散开到两侧。影星缓缓走到距离影迷隔离带附近，亲切地和影迷们握手、签名、摆 pose 让大家拍照。

花朵小声跟身边的 Anne 说："名人就是不一样啊。这两个老头老太太好像也没什么架子。"

"感觉是挺亲切的。不过昨天我翻一本杂志，杂志上说在刚公布的一盘封存十多年的录音带中，杀害列侬的查普曼说他的动机就是——列侬是一个成功人士，而我却一文不名。"Anne 也悄悄回应。

"那本杂志我也看了。我觉得那上面的另外那句话，就是姚明新书《姚明闯荡美利坚》的序言里说的那句更有意思：有谁能告诉我，怎么才能变得不那么出名。"花朵笑着说。

两位影星互动够了，转身回来。

影星入场环节被安排得很成功，小昭最后的建议锦上添花。

"花朵，阿艳到了。我让她把车停在后门，你去接一下她。"对讲机里传出 Ada 的声音。

"啊，好！"花朵兴奋起来，自己最喜欢的歌手来了。

花朵从贵宾间里出来，往饭店后门停车场跑。出了后门，远远地看见停车场一侧，一名保安拦着一辆红的宝马 mini。花朵四下看了一下并没有其他车，径直冲向 Mini。

"你以为你谁啊？连我都不认识？"阿艳从车窗里探出头，急扯白脸地骂保安。

"对不起小姐，我认识您，但是没有 VIP 停车证就不能停在这里，您可以停到地下停车场，入口就在那边。"保安很礼貌地伸手指着右侧。

"呸。我就是参加今天活动的，我就是 VIP，你给我闪开。"阿艳嚣张无理。

此时花朵已经走到车子前，面向保安，举起胸前的工作证："对不起，她确实是参加活动的，我是公关公司的，你看我的工作证。"

花朵下低头从手里的文件夹中翻出一个 VIP 停车证："看这个。"

花朵把停车证递给阿艳，阿艳白了一眼保安，把停车证放在挡风玻璃前："闪开，我要停车。"

保安无奈地闪到一边。

花朵看着阿艳去 VIP 停车位停车。刚才阿艳和保安争执的一幕花朵全看在眼里，她忽然对这个自己最喜欢的阿艳产生了一丝不解。难道电视里清纯可爱的阿艳平时竟是这个样子?

阿艳停好车，和一个女助理走过来。

"你是公关公司的? 没你们这么干事的，安排的这叫什么啊?"

"哦，对不起。"花朵赔笑着。

"你是刚入行的吧?"

"对，才干了不久。"

"哦。现场在哪儿? 走吧。"阿艳似乎什么事没发生一样，回归清纯路线。

花朵带着阿艳进了第二 VIP 室。

"阿艳，我一直都很喜欢你的歌，能给我签一个名吗? 我特意买的专辑。"花朵虔诚地递上阿艳的新专辑和金色签字笔。

"一直都喜欢我的歌，那我的人呢?"阿艳嗲声嗲气地笑问。

"也喜欢啊。我觉得你很清纯可爱。"花朵笑眯眯地。

阿艳很受用，问："叫什么名字?"

"花朵，'祖国的花朵'的花朵。"

"好可爱的名字啊。"阿艳签好自己的名字和日期，又特别在上方加上了"赠美女花朵"五个字。

"太感谢了。"花朵抱着专辑跳起来。阿艳和助手对视一眼，笑起来。

"那你现在这里等一下，我去叫化妆师。"

"去吧，今天我的化妆师病了。"

花朵匆匆跑出第二 VIP 室，正撞见小昭。

"你那偶像怎么样啊?"小昭笑着问。

"挺好，给我签名了。你呢?"

"没看我的牛仔服啊?"小昭拽着两个领子尖，"看，一边一个，估计要卖能卖几万块钱，但我肯定不舍得卖。嘿嘿。"

两个人笑着各奔东西。

花朵找来化妆师赶快给阿艳化妆，自己跑到前场去巡视准备情况。花朵和 Ada 对接了一下，没有什么问题，又找到主持人，重新对了一下流程。花朵到餐饮台让服务生挑了一些冷餐放到盘子里，又拿了一杯果汁回到第二 VIP 室。

阿艳妆已经化完，演出的衣服也已经换好，坐在沙发上抽烟。

花朵又是一惊："你抽烟啊。"

"嗯。"阿艳微微点了一下头。

花朵把餐盘和果汁放在茶几上，"吃点东西吧。我以为唱歌的为了保护嗓子不抽烟呢。"

"没事儿，"阿艳盛了一勺海鲜炒饭，放进嘴里，嚼了几口，又全吐出来，把勺子往盘子里一扔，"这是什么啊，真他妈难吃。"

花朵差点没气死，本来包括主持人安排的都是盒饭，因为自己喜欢阿艳特意去餐台取的食物和饮料，没想到阿艳竟然如此无理，一点教养也没有。

"我开车过来的时候，看见就这饭店旁边有个必胜客。你给我去买张比萨吧。我不爱吃这个破炒饭。"阿艳摇头晃脑地说着，把盘子推向一边。

"那，行吧。"花朵转过身，咬着牙走出房间。

"大傻叉！奶奶的，什么人啊。"花朵跟门口晃悠的韩骁发泄不满。

韩骁了解经过，笑："你刚知道啊，我在原来公司就碰见过她。她台上台下完全两个人，台上能装着呢。你也别生气，丫要吃比萨是吧，我给丫买去。"

阿艳吃着比萨又开始得瑟。

"怎么还不开始啊，我这场完了还得赶下一场呢。说好了 7 点半，才知道 7 点半才开始签到，这不忽悠我么。你们那个魏，魏什么，魏什么总呢，把她给我叫来。"

花朵清楚地记得，当初得知这次活动甲方要请阿艳出场表演时，魏霄说自己和阿艳很熟，阿艳都管她叫姐。而且魏霄说自己给阿艳打电话，还能便宜不少出场费。可现在，阿艳竟然连魏霄叫什么都不知道。魏霄绝对不是撒谎，这只能说明阿艳这个人很操蛋。

此刻，花朵对阿艳所有的喜欢与崇拜全部化为乌有。谁能想象面前这个没有教养，嚣张可恶的没品女孩就是现在正红得发紫的清纯派歌手呢。这就是所谓的娱乐圈，所谓的包装吧。

花朵再也不想搭理阿艳，出了房间，用对讲机呼叫韩骁，让他来对接阿艳。

酒会淡出阶段，James 招呼花朵过来。

James 指着身边的金发碧眼的外国中年女士，笑着说，“这是使馆夫人，觉得这次酒会非常好。”

使馆夫人上下打量身穿一件红色短旗袍，下身穿一条蓝色微喇牛仔裤，头上左右各梳一个抓髻，身高 176 的年轻女孩。

“难以置信，你真是太棒了。”

“谢谢您的夸奖。”第一次跟身份这么高的人说话，花朵有点紧张。

“能给我留一张名片么？花朵小姐。”使馆夫人很亲切。

“啊，好的！”花朵急忙翻开包，掏出名片夹，拿出一张名片双手递给使馆夫人。

23：15，全部工作人员撤退。

花朵和 Anne 打车回家。

听完一段相声，出租车司机换了一个音乐调频。

“大家好，我是阿艳，今天为大家带来一首我新创作的歌曲《清纯不是我的错》，希望大家喜欢。”收音机里传来阿艳动听的歌声。

“师傅，您能换一个台么？”花朵直起身跟前面年轻的司机师傅说。

“挺好听的啊，我挺喜欢这个女孩的。感觉特别清纯，一尘不染。”

“师傅停车，我要吐，我要下车。”花朵急急忙忙地说。

司机立刻把车停到路边，花朵拉着 Anne 走下车。

花朵走到出租车前面，打开车门，递上钱，又从包里翻出阿艳的签名专辑。

“车钱，再送您一清纯阿艳的签名正版专辑。”花朵用力“砰”地把车门摔上。花朵转身看着 Anne，两个人哈哈大笑。

“去他妈的清纯吧！”夜空中回荡起花朵的声音。

周五的总结会上，James 特别表扬了花朵。

最后，James 给花朵送上一个包装精美的大礼盒。花朵喜出望外地打开礼盒，一套维莱 30 周年限量珍藏版牛仔服展现在她的面前。牛仔服上除了两位影星的签名，还有维莱历任设计师，维莱历任总裁，包括现任总裁bill的珍贵签名。

花朵哇哇大叫："我发财了！"

由于受维莱10周年的公关活动影响，花朵的派驻工作日程延长一个星期。

Selina经过这次活动，对花朵的潜力和能力都寄予很大的肯定。考虑到今后长期的合作，曾经从事PR企业公关培训师的Selina亲自出马带花朵。花朵开始真正深入介入到维莱的公关工作中。企业形象建设、公司文化整合、企业危机管理、公司内部沟通、利益关系管理、政府公关、媒介沟通策略、品牌诊断与建设、整合营销策略管理等等的学习都进入花朵的学习日程。每天，包括周六日，时间安排得满满的，并不比以前轻松多少，Selina又非常认真，花朵真是一个头两个大。

周五早上，James亲自到公关部给花朵请了一个假。

James带着花朵，加上服务于维莱牛仔的4A广告公司的老板毕胜，仨人开车逃出城外，来到北郊的铁壁银山。

虽然11月的天冷风嗖嗖，长久忙碌的花朵到了狂野荒郊，立刻觉得心胸开阔，豁然开朗。

20分钟后，三个人换好攀岩装备从俱乐部的装备中心出来。

"James，你找这个地方有点太专业了吧。找个在城里室内的不就得了？"毕胜转头看着一脸兴奋的花朵，"爬过么？"

"没有。不过我很喜欢，一直期待呢。我身体素质很好，大学都是校短跑冠军，应该没问题。"花朵不知天高地厚。

James叉腰仰头看看前面的陡峭山壁，笑着走过来："有点难，但是你这个都能爬了，城里那些攀岩俱乐部你肯定就平趟了。"

"平趟，这个词用得好，非常准确恰当。看来我教得还真不错。"花朵嘿嘿笑着，走到山壁前面，仰头看着，"这个怎么爬？是顺着这几条绳子么？"

毕胜冲James笑着摇摇头："James，看来今天很难办。"

"说什么呢！小看我啊。我胳膊劲大着呢。"说着，花朵照毕胜肚子就是一拳头。

毕胜被打弯腰，手里硕大的佳能1Dmax3单反相机差点撒手了。

James哈哈大笑："知道花朵的厉害了吧。她可是强人，所以我没找室内的，怕她看不起咱们。室内那种也叫攀岩？就是爬墙而已。”

“你们都很喜欢攀岩么？看你们这意思，都练过啊。”花朵看着这两个人，歪着头问。

“那当然了！”James一脸自豪。

花朵叉腰看着山壁上方：“这也就十几米吧，比试比试。我还真不服你们。”

“好啊，比比就比比。哎，花朵你的祖先是不是花木兰啊？”James拖了拖自己的手套，开着玩笑。

“嘿，有可能。我倒从来没这么想过，极有可能。”花朵哈哈大笑。

经过协商，花朵和James进行比赛，中点设在山壁十米处的一处突起。摸到那块突出的岩石后，迅速返回，看谁最先双脚着地。毕胜则先做为裁判，在底下看着。

花朵和James简单学了一下步法和技巧，充分预热一阵子。

毕胜走到一边，开始发口令。

“Ready?”

“Attention!”

“Go!”花朵很有冲劲地喊了一声，虽然开始几步有点蹒跚，后面顺手了，速度快起来。但无论花朵怎么加快，James都比她快半个身子。

8分钟后，James首先触摸到突起的岩石。

James往右稍微移动了一步，头冲下看着气喘吁吁往上爬的花朵，伸出右手：“来，我拉你一把！”

花朵抬起头，喘着气，伸出左手摇了摇，“不用！”

地面的毕胜举着佳能“咔咔”连拍。

James和花朵着陆。

“服了吧！”James帮花朵把锁扣解开，“不过你爬得迹真挺快的，很有潜力。”

“嘿，没想到真么费劲。”花朵笑着，用衣袖擦擦头上的汗，“不过还真过瘾，出一身香汗。”

毕胜举着相机走过来，自我感觉良好地说：“看我拍的照片，真绝了。看这角度，看这景深用的。”

James和花朵都凑过去看，确实不错，毕胜拍的照片还真不是吹的。

“太棒了，没想到你拍照片这么好，这几张照片到时候发给我啊，我得留着。英姿飒爽!”花朵从毕胜手里抢过相机仔细地看来看去，不住地赞叹。

James 和毕胜走到一边抽烟，一边眉来眼去不知说些什么。

下午 3 点，从昌平回到城里，花朵本来想直接回家，Selina 打电话说什么都要她回去。

回到维莱，Selina 接着跟花朵一起做上个季度的营销分析。一直到晚上 8 点多，Selina 才放人，并且出乎意料地要请花朵吃饭。花朵却之不恭，与 Selina 一起去柠檬叶子吃了一顿泰国菜。席间，Selina 吐露实情，基本上和邢一郎说的一样。从此，两个人化干戈为玉帛。

最近，思博没给花朵什么新项目的消息。花朵觉得有点怪，给 Ada 打过电话去，Ada 说这一段没什么要紧的方案，小案子都交给诸神或小昭写了，你在维莱就踏踏实实学你的。花朵这才放心。

在维莱派驻的日子一天天过去，到了最后一个星期。

周一例会后，Selina 把花朵留下。

Selina 翻开自己的笔记本，看了看说:“咱们公司的情况和业务你已经全部了解和掌握了。那么最后一个星期，就应该见到你的毕业成果了。”

“毕业成果?”

“是啊。别忘了你来这里的目的和任务。从今天起，你就开始撰写维莱一年的整合公关策划案吧。我的任务基本已经完成了，该教的都教了，该学的你也都学了。剩下的这几天你可以比较自由，我不会给你安排其他的事情了。方案你独立完成，周一或周二，我到时候安排时间吧，你和你思博的团队过来提案。花朵，你一定要给我，给维莱一个满意的结果。明白吧?”

“明白了。”花朵点头答应，想到就要离开拼命工作学习了一个多月的维莱，心里还真有点涩。

“嗯，好话我也不多说了，加油，花朵!我相信你。”Selina 笑起来其实很动人。

最后的挑战到来，花朵不敢松懈。

不过在维莱一个月的工作和学习，花朵对于维莱的全年整合公关已经有了基本的思路，写起来不算难，主要是分析和确定一下方案的可行性。

周三，花朵约 Ada 和 Ashura 出来到华贸的星巴克咖啡讨论了一下午，方案基本成型。周五，是花朵在维莱的最后一天。

花朵早上不到 8 点半就来公司，在每一位同事的办公桌上放了一串风铃草和一张写着祝福的小卡片。风铃草是花朵前一天专门到花卉市场买的，风铃草的花语是感谢。

同样，James 也看到了办公室门口的风铃草和卡片，开心地打电话给花朵，让她到顶层的办公室来一下。

花朵怀着愉快的心情来到顶层，轻轻地敲门。

“进来！”

花朵轻轻地打开门，进了 James 的办公室。

“怎么拉着窗帘啊?”花朵不明白大白天的为什么房间的落地窗拉着大窗帘，大灯也没开，弄得房间里很幽暗。

James 看花朵进来，忙站起来迎接，把她让到吧台坐下。James 走到吧台后，先打开 CD 机，放上一段悠扬的萨克斯乐曲，然后从酒架上取下一瓶酒。

“今天不让你喝咖啡了，喝点酒。tequila，应该喝过吧?”

“没，还真没有。这个中文叫什么啊?”花朵端详着酒瓶上不认识的文字。

“叫龙舌兰吧，你真没喝过?”James 熟练地将两个小酒杯倒得满满的，“你上网查查就知道了，墨西哥的国酒，味道很不错。喝法也特别有意思。”

“我上学的时候家里不是很富裕，所以很少泡酒吧。”花朵认真地看着 James 的备酒过程。

只见 James 又从吧台一侧取了一个柠檬，用小刀切成小片，放进盘子。接着 James 从吧台下拿出一个装着白色细粉的小玻璃瓶。

“这是什么?”花朵问。

James 一笑：“咸盐！都准备好了，先把你的左手伸出来。”

花朵很听话地把左手伸到 James 面前，James 一把抓过去。

“干嘛！”花朵赶紧把手缩回去，大叫。

“哈哈，看你吓的，没事儿，我又不是流氓。”James 见花朵花容失色，笑着急忙解释。

“哦。”花朵也觉得刚才自己太夸张，又红着脸把手伸出来。

James 攥着花朵的左手，拿起一片柠檬，卡在花朵拇指与食指之间，接着拿起盐罐在花朵两指间的虎口上撒了点盐。

James 自己又重复了一遍同样的动作，右手端起一杯龙舌兰："你也端起来，看着啊。"说完，James 首先举起左手向口中挤几滴柠檬汁，然后飞快地用舌头扫过撒盐的虎口，举起右手，头一昂，将酒一饮而尽。

花朵学着 James 的样子，一仰脖。顿时，盐的清咸、柠檬的酸涩、酒的热辣，调和成一种诱惑舒服的味道，如同火球一般从嘴里顺着喉咙一路燃烧。

"哇，好刺激啊！第一次这么喝酒，太爽了！"花朵手舞足蹈。

James 对自己的表演和花朵的反应都很满意，露出成熟男人的微笑。

"再来一杯吧！"花朵还要喝。

"这酒很烈性。"

"就要！"花朵撒娇。

"就一杯啊。这也是白酒，上头的。"James 又各自倒了一杯。

花朵夹好柠檬，又撒上点盐，端起酒杯。

"等一等，先别喝！"James 拦住花朵，"你等一下。"

James 先是到办公桌前取来一个遥控器，然后返回吧台端起酒杯走到离落地窗一米处停下。

"花朵，你端着酒跟我来！"

花朵小心翼翼地端着酒杯走到 James 身边。

"你帮我拿着酒杯！"

"看！"James 左手按了一下遥控器，然后扔到一边的沙发上。

电动窗帘开始启动，James 举起酒杯一饮而尽。

窗帘慢慢拉开，最终整个落地窗全部敞开。花朵惊讶地发现，对面大楼上的巨型广告牌已经不是手机的广告了。

广告整体画面换成了一面陡峭的山壁。山壁的上方是冲下低头的 James，下方是正努力向上攀爬的花朵。穿黄色攀岩服的 James 和穿红色攀岩服的花朵一上一下的胳膊之间拽着一件蓝色的维莱牛仔服。广告画面的右上角写着一排小字：花一点时间，花一点力气，花一点想法，你就会，花开不败……

"天！"花朵无比震惊，没想到派驻维莱就要结束的一天，James 为她送上了如此震撼的礼物。

James 骄傲地看了一眼花朵，双臂抱在胸前，右手摸着自己的青胡茬，点点头："这个想法确实不错！"

花朵愣了足有 10 秒钟，将龙舌兰酒一饮而尽。

“你哭了?”James 转脸发现花朵鼻颊滑落的泪滴。

“嘿嘿，被酒呛的。”花朵笑着急忙用手擦了一下眼睛，“太夸张了，真的好有成就感、幸福感，谢谢，真的谢谢你，James!”

“哈哈，其实应该感谢的是你！第一次见面你就给我了很大的启发。确实，广告公司以前太遵从我们的想法了。就像你说的有共性没个性。我把你的想法和毕胜沟通了以后，他拍案叫绝。我们俩一拍即合。创意是你的，我们只不过把它实现了！其实现在的人也像你说的，有共性没个性。而你却是一个非常有个性的女孩，无论你的装束打扮，你的思维，你的做事风格，你与人交际时的那种独特的语言方式和态度，都令我印象深刻。”

“天！你这段话说得怎么这么溜，自己没事偷猫背了好几遍吧！哈哈。”花朵瞬间恢复以往的风格。

“天！你怎么这么说我！我这个可是真心话。”James 很郁闷，“偷猫是什么意思？你没教过我。”

“就是偷偷，背地里，暗地里，私下，背着人的意思。连我的‘天’你也学会了。嘿嘿。”花朵现在已经掌握了教好 James 口语的方法，就是举一反三。

“哦。明白了。还真有意思。”

花朵看了一眼墙上的挂钟，莞尔一笑：“嗯，那我先走了。还没跟所有的人打招呼呢，一大早就先被你叫上来了。对了，我看你那龙舌兰还有多半瓶，不许自己喝啊。以后我来了和你一起喝，这酒还真不错，但确实有点点上头。”

“花朵，可以等一下么？我还有件很重要的事要和你谈。”James 一脸诚恳。

花朵重新坐下，“说吧，什么?”

James 也变得正襟危坐，用一种询问的目光看着花朵，“嗯，通过这一个月的接触，我发现你的潜力很大。成绩摆在眼前，我不得不考虑是否把你留下。”

花朵低下头，忽地又抬起头，双眼盯着 James，没说话。

James 继续说：“不过这是一个双方都要思考的问题。留给你时间，好吧。不用现在就答复我。”

“嗯”，花朵点点头，离开座位，“我会仔细考虑的，那我先下去了。”

花朵下楼，回到办公区。

许多同事都过来和花朵寒暄，大家对于花朵的离开都有些不舍。花朵从包里翻出数码相机，大家簇拥着花朵到公司前台合影留念。

花朵拍完照，在电脑上一张一张地浏览，突然有一丝丝伤感。一个机会摆在自己面前，是抓住，还是放弃？花朵有些犹豫。

和公关部的同事吃过午饭，花朵开始整理电脑上的文件。人力资源部的 Tina 打来电话，让她去会议室去一趟。

等花朵落座，翻开手中的文件夹。

“应该知道我为什么找你吧，先听我跟你具体讲一下，咱们再探讨。”Tina 微笑着说。

“好的。”花朵往后一仰，靠在椅背上，尽量让自己看起来很放松。

“我根据你的特点和上次你填写的职业测评，做了一份职业规划，你先看一下。”Tina 把文件递给花朵。

“两年内公司希望把你培养成为 CM——公关总监，就是目前 Selina 的那个职位。我本来计划的是三年，当 James 说凭你的能力两年已经足够了。”

“啊，那 Selina 怎么办啊？”花朵忙问。

“看来你很有信心，这确实是一个难得的机会。一般中级管理人才我们都不是招聘或者自己培养的，都是采用猎头公司的途径。至于 Selina，到时候公司自有安排，维莱发展得很快，明年就开始加大对南方市场的拓展了。这个你放心。”

“嗯。”花朵继续低头仔细看着手里的职业规划书。

“最后一页是你的职业测评结果。”Tina 提醒道。

花朵翻到最后一页，仔细地看着。

花朵的职业测评报告分为职业规划测评、综合素质测评、职业价值观评测三大项。

其中，职业人格类型的社会型分数最高，达到 9 分。第二大项中职业能力水平的言语能力、资料分析能力、人文素质都达到了 9 分。第三大项的职业价值观类型：自我实现取向、志愿取向也都高达 9 分。

“结果出来我都吓了一跳，很少见到得分这么高的。换句电影里的话说，你是百年难得一遇的公关天才。”

“你别夸我了。我可不禁夸。”花朵抬起头，冲 Tina 龇牙笑笑，接着看最后的测评结论。

1. 职业个性特征：支配的、乐观的、冒险的、自我展示的、自信的、精力旺盛的，善于思考并好于发表个人意见和见解，具有一定的冒险精神并勇于承担责任；

2. 个性价值追求：能够突破与改革，不拘泥于固定模式；合理调配、规划各类可利用资源，能够积极寻求最佳解决方案。

3. 职场特征：较快、较活跃的思维跳动，工作充满变化但富于激情；具有一定的预见力和判断力，凭借少许资讯即可当机立断，迅速决策，并自信自己的选择。

“我真的有这么强么？”花朵看完后，作思考状，“不过‘有时候较主观，不符合实际情况’，还有‘一定条件下表现的过于敏感，过于自信’确实是我的缺点。”

“这个测评还是比较准确的。不过你也不用着急，我来不是来逼你，James 也只是安排我给你一个我们认为最好的建议。现在我该做的都做完了，剩下的就是你的事儿了。”Ada 盯着花朵的双眼，“哦，对了，最后再告诉你，如果你正式加盟维莱，月薪是 15000，这个可能比你原来公司的总收入少。但是两年以后，如果你真做到 CM，年薪是 50 万。”

“年薪 50 万？天，两年不就可以买一套大房子了么。”花朵瞪大眼睛。

“所以请你认认真真地考虑一下。”Ada 站起身，“那我就先走了。”

“好吧，这样吧，我周一给你答复好么？”花朵问。

“那当然好，不过 James 给你的时间是两年内！”Ada 冲花朵一笑，关上门走了。

两年？James 可以等我两年？太夸张了吧！

整整两天，花朵都在纠结与走还是不走的思考中。

周日下午花朵已经烦得不行，最终拨通了邓建的电话。

半小时后，花朵开始按照邓建说的方法“算筹”。

邓建说古代打仗都讲究“算筹”，或者叫“运筹”。首先在地上划一道线，设定好左边是“胜算”，右边是“败算”。接下来，想到一个胜算就在左侧放一个代表“筹码”的小木棍，想到一个“败算”就在右边放一个。最后根据两边筹码的多少来决定战争的因果成败。

花朵坐在茶几前，在一张白纸上画好线，开始分别在线的两侧写“去维莱”和“留思博”的原因。

去维莱：很好的发展前途，自己对服装行业持久的热情，James 的支持，……

留思博：接触更多的行业，那些支持帮助我的人，相对比较自由……

花朵写了半天，最后两边的理由竟然12∶12。花朵想了一会儿，重新拿出一张纸，画上线，在两边改成“不去维莱”和“不留思博”。

不去维莱：外企领导不好当，接触行业单一，竞争激烈压力大……

不留思博：有些人浮于事，人际关系复杂，公司实力弱……

这次花朵写的原因更多，写了足有一个小时。

“天！35∶35，崩溃啦！”花朵扔下笔，仰天长叹。

赵子慧一旁做完面膜的赵子慧，拿起花朵的纸，仔细看了一会儿。

“我看皇上你呀，是哪个都不舍得。看哪个少了，搜肠刮肚再想一个原因补上。你看你连‘下了地铁要多走5分钟’，‘员工食堂的饭菜不好吃’这种不入流的小因素都写上了。”

“嘿，爱妃你还真说对了。快愁死我了，邓建的这个法子也不管用啊。怎么办？怎么办？”花朵撒娇地把赵子慧左摇右晃。

“凉拌！”赵子慧一翻白眼，“先别想了，去把碗刷了！”

“朕如此烦躁，你还让朕去干活？太不人道了吧。”

赵子慧放下镜子，转过脸：“你知道什么人最美丽么？”

“什么人？”花朵眨眨眼。

“劳动的人，劳动的人最美丽。”说着赵子慧推花朵，“去吧，去吧！我擦护手霜了。”

花朵只好站起来，“看来爱妃也帮不了我什么了。”

“切，我跟你说你就去维莱，你哪儿听啊。你现在多牛啊，花开两朵的。”

“但不能各表一枝啊！”花朵叹着气，向厨房走去。

一晚上没睡好，这种情况很少在花朵身上发生。

周一早上起来，还是迷迷糊糊的。到了一个星期没来的思博公关，花朵已经迟到了半个小时。

跟胡晶灵打个招呼，打完卡，花朵走进办公间。

对面小昭正端着空杯子走过来：“花朵，你终于回来啊！嘿，想死我了。”

小昭的问候，让花朵一下感到很亲切，她立刻绽放微笑：“小昭，我也想死你了！”花朵上前给小昭一个瓷实的拥抱。

小昭笑着看看花朵，忽然又转身看了一眼身后的办公间，挤眉弄眼地说：“来，先跟我来。”

花朵带着一脸疑惑跟着小昭进了茶水间。

小昭把门关上，靠在门上。

“怎么了？这么神秘？又有什么八卦消息了？分享一下！”花朵眉飞色舞。

小昭眉头皱起来：“先告诉你一个不知是好是坏的消息。”

“什么啊？你都不知道好坏？”花朵更不知所以。

“事情比较复杂。公司来了一个新人，叫 Angelia。”

“Angelia 啊，我知道，她不是在《恋家》上班么？碍咱们什么事儿。”

“啊，这个你知道，不过我说的不是《恋家》的 Angelia，而是咱们策划部新来的 Angelia。《恋家》那个 Angelia 叫甄婕，我说的这个 Angelia 叫贾乐怡，邢一郎不是年会那天加入的么。不知道你还有没有印象，就是年会前一天，咱们的人跟邢一郎和他带的一男一女两个名奇的员工玩真人 CS 对战。最后你不是爆头一个女的么，得了 100 积分，最后咱们胜了。”

“有印象，但当时脸上都画着迷彩呢。我只记得这个人，个不算高，说话有点冲。但脸没怎么看清楚。而且第二天那两个人都没再出现。一甄一贾，倒挺有意思。怎么了，策划部来新人了还不好，咱们能轻松一点啊。哈哈。”

小昭皱眉，“还笑呢。来新人是好，但是关键是她现在是 C 组的策划！邢一郎这周一开例会的时候安排的。”

“啊？”花朵的笑容凝固。

“那，那我呢？我怎么办？”花朵终于缓过神来。

“是啊？这就是我不明白的！”小昭看着花朵，“这回你明白了吧？”

“我怎么会明白！不行，我得去找领导问问！”

花朵火冒三丈。这个事是周一安排的，为什么也不跟自己说一下。自己在外拼死拼活，职位却被别人乘虚而入。人情何在，王法何在，天理何在！

“对，你最好去问问。不过你别找邢一郎，他咱们都不怎么熟悉，而且你也知道他很有心计。你去找魏霄。周一开会，魏霄和邢一郎为这事儿都吵起来了，最后让我们出去，他们几个领导一块商量的。不过最后，魏霄竟然同意了。”

“嗯，好！大不了我不干了。维莱那边等着我呢！”花朵一跺脚，转身就走。

“不过你也别着急啊，领导们也许另有打算呢？”小昭急忙说。

花朵气呼呼地径直往里走，所有同事都很善意的跟她打招呼，但花朵怎么都觉得不对劲。

花朵走到C组的办公区，Ada和Ashura都不在。自己原来的位置上坐着那个叫贾Angelia，曾经被自己爆头的女孩。

“花朵！你来啦，成仙没有。让我好好看看，嗯，又漂亮了一大圈儿?”一旁的诸神站起来，嘻嘻哈哈的说。

“去，师傅，漂亮有论圈的么？胖才论圈。”花朵见了诸神不由得笑起来。

“贾乐怡，起来，你的花朵前辈来了。你不是一直嚷着要较量较量么?”诸神挤眉弄眼地跟Angelia说。

“刚才就认出来了，这么高的个儿，一眼就能认出来。”身高一米五几的Angelia立刻笑着站起来，眯起左眼，双手一前一后，做出瞄准打靶的姿势，“况且你还打过我！”

“啊，你好！”

花朵本来气呼呼地看到自己的位子竟然真的坐着Angelia，本想发飙，但Angelia嘻哈搞笑的样子，实在没发出来。

“听诸神说起你，感觉你超强，所以今后你就是我的目标，你一定要小心哦。”Angelia仰着头盯着花朵。

“哈，不要说得这么夸张好不好。我算哪根大萝卜啊，连坑都没有了。”花朵最后还是甩出了一句硬话，转身直奔魏霄办公室。

花朵敲敲门。

“进！”

花朵走进魏霄办公室，魏霄一看是花朵，让韩骁先出去一下。

“魏总，我想跟你谈谈！”花朵单刀直入。

“那边工作怎么样了？坐。”魏霄停下手中的工作，微笑着问。

“全部完成了。Selina让咱们明天下午去提报维莱牛仔的2008年度的整合公关策划方案。我已经写好了，随时可以看。”花朵坐下，语速很快，没有温度地说。

“嗯！很不错。Selina也跟我说了，那你好好准备一下，新的挑战又来了。”

“魏总，我想问一下，我听说现在C组的策划是Angelia了，那我呢?”花朵盯着魏霄的双眼。

“你真的很喜欢在C组么？策划的工作就那么吸引你么?”魏霄起身走过来，坐在花朵旁边的沙发上，意味深长地问。

“您什么意思?”花朵一头雾水。

“你看啊，咱们现在有A、B、C三个组。A组的AE是Sharon，她的客户多；B组的AE是黎辉，他对IT、金融界非常在行，C组AE是Ada，能力比较全面。”魏霄思索了一下，看着花朵的眼睛，“我相信你也肯定能表现出你的价值和优势。”

“您的意思是说……”花朵似乎明白了。

“对，D组AE——大花朵。”魏霄用一种难以抗拒的眼神看着花朵。

“可是，我是策划出身啊，我对策划感兴趣。虽然在前一段的工作里，我也干了一些AE要干的事，但那些都是为了我写的方案能够顺利实施而已。而且您说过我是打死都当不了AE的。”花朵辩解道。

“我是说过，但是你被打死了么?刚才你进门前应该也看到了，你的座位已经没有了，这是事实。”

“不能这样说啊。我其实很气愤!”花朵有点急了，实话实说。

“那这样吧?你说给你什么样的团队配置，你就同意了?”魏霄步步紧逼。

“我还没同意呢，魏总你在用悖论来绕我。”

“那我就真心地问你。花朵，你在策划工作中，是否有时候觉得客户经理的沟通会有一些偏差?活动最后的执行是不是和你的策划思路不一样?还有就是，当你的想法被客户否定了，你是否想去据理力争?我知道你很在乎你策划的方案最后的执行效果，当你的方案圆满完成了的时候，你有多么高兴。我不止一次看到听到，活动做完了，别人都是一脸疲惫的说‘终于做完了’。但是你不一样，你总会很高兴很自豪地说‘终于又成功完成了一个活动’。而且特别令我感动的是，每次你都会在对讲机里向所有的执行团队成员说‘花朵感谢所有的兄弟姐妹们，感谢你们对本次活动的支持，谢谢’。知道吗，每次活动完了，全公司的人只有你会这样说。”

魏霄顿了顿，看着陷入沉思的花朵，接着说，“只凭这句话，我就改变了原来对你的看法，我觉得你早晚会成为一名出色的AE，但确实没想到这一天来得这么快!开始我也没有意识到你已经可以了，但周一和邢一郎吵了一架，我突然意识到这一天已经来了。人有的时候就是一个坎，一道门。你穿过这道门，就是你的世界了。”

魏霄站起身来，又走回办公桌前坐下。她把桌子上的电子钟翻过来冲着花朵：“现在时间是上午9点57分56秒，也就是说还有两分钟就是例会了。在例会上我就会宣布你思考的结果。当然，你依然有拒绝的权利，还可以当你的小策划。”

花朵看着电子时钟，09:58:15，09:58:16，09:58:17……

魏霄不再理会花朵，而是喝着咖啡看着自己的笔记本电脑屏幕，但那杯咖啡似乎也在轻微地抖动着。

时间一秒一秒地过去，09:58:56，09:58:57，09:58:58……

“魏总，我的组可以不叫D组么？我想叫‘超A’组。”花朵终于打破沉默，脸上漾出自信的笑容。

“啊——”魏霄长出了一口气，把头转过来，露出非常开心的笑容，“随便你叫什么，你花朵组，叫天字第一号都行！”

“哈哈！”花朵哈哈大笑。

“时间到了，走，去开会吧！对了，”魏霄站起来，忽然一脸神秘地说，“Selina挖你给15000吧，那下个月你的薪水就是15000。”

花朵一惊，本来想问问魏霄如何知道，后来一想魏霄本来就是“间谍”出身，还是算了。

到了大会议室，花朵发现除了Angelia以外，还有五个新人。

邢一郎先给花朵介绍了一下，原来公司又增加了一个部门——媒介部。媒介部的总监叫刘小蕾，以前是在电视台干的，后来自己开了个小公司。据说媒体经验和资源都很丰富，邢一郎把她挖来。刘小蕾她手下带来两个新人，一个男孩叫孟景天，一个女孩叫吴涵玉。邢一郎对此洋洋得意，说有了媒介部，公司框架算基本上完善了，大家一起努力，奔着大型公关公司努力。接着邢一郎又介绍了一个新招的执行和一个设计。

邢一郎发言完毕，转脸问魏霄：“魏总，关于花朵的安排你说一下吧。”

魏霄点头，看了一眼坐在最后一排的花朵：“花朵，以后你往前坐，别老猫在后面。”

花朵点点头。

虽然公司没有关于座次的规定，但通过大家坐的位置也可以看出官阶、能力和性格。基本上领导都靠魏霄那头，接着是客户部的几个AE，然后是执行部，最后是设计部的人。不过诸神似乎不爱和那帮人凑合，总是找最后的位置坐。花朵第一天来思博，就抢了诸神的位置，最后也形成了习惯。

“首先大家欢迎花朵回家！”魏霄竟然带头鼓了两下掌。

魏霄接着说，“花朵派驻维莱牛仔一个多月，现在回来了。我想她也成长了许多。花朵原来是 C 组的策划，现在 Angelia 已经接替了花朵的位置。另外咱们也新添了一个新的执行王乐菲，一个新的设计赵阳。加上新成立的媒介部，公司比以前壮大了不少。所以，我决定由花朵带队，成立一个新的工作组。花朵由此也成为思博的第四个项目 AE。那么，接下来就请花朵来亲自点将，除了几位总监，其他的人你自己挑。”

“哇，这回你牛叉了！”诸神撇嘴一笑，小声嘟囔。

全公司所有的目光都集中在花朵身上。

花朵慢慢站起来，冲大家微笑。

“首先，感谢公司给我这个机会。当然，给了我这个机会，我就一定会干好。同时，我也希望我的团队能够成为公司最棒的团队！”花朵的开场白很坚定，充满了强烈的自信。

大家看着花朵，觉得以前大大咧咧的花朵似乎变样了。

“既然魏总让我亲自点将，那我就得罪大家了。”花朵走到会议室前方立定，左右巡视一遍，“设计——鸭梨；执行——Ashura；因为我自己就是策划，所以我们这个组暂时不需要策划。但是我是客户经理，所以也需要有个能写的，第二执行——大天！”

大天原来是 B 组的执行。

大天这个人很有意思，本来应聘的是执行，后来大家发现他也能写策划案，接着发现他竟然还会做设计。最后才了解到，大天来思博之前不仅仅做过策划、设计，还做过 AE，现在又当执行，是个全才。诸神第一次见到大天，惊呼俗话说得好，“说破大天也没戏”，原来大天就是你啊。尚扬分析大天是不是以后想自己开公司，大家觉得这种可能性比较大。

花朵说完看了看这几个被叫到的同事。鸭梨、Ashura 和花朵以前关系就好，都冲花朵挤眉弄眼。大天低着头，看不到表情，但似乎也无所谓。不过 B 组的组长黎辉好像有点不高兴，因为大天可以“以一当四”，失去实在可惜。Ada 表情最复杂，有吃惊，有惊羡，似乎又有怨恨的成分。花朵看了一眼 Ada，急忙把目光移开。

花朵静了静，接着说，“之前咱们公司已经有了 ABC 三个项目组，到我这里应该叫 D 组。但是我要把我的组叫做……”

花朵转身，拿起水笔在白板上写上‘超 A’两个字。

“叫做这个——‘超 A’。不过大家不要从字面上去理解啊。我只是让我的团队更有气势，更有战斗力。”

“你叫超 A，我们 A 组怎么办?”Sharon 抱起胳膊，呼啸一声。

花朵一看是Sharon，一笑："我说了不要从字面上去理解。我没有其他的意思。"

"那你们超A，超A，不就是想超过我们A组么？"Sharon臭着脸，不依不饶。

尚扬忽然说话："即使超过你A组，难道有错么？"

Sharon一看是尚扬，撇着嘴不说话了。

"那我们组改叫'B超'了。"小昭一起哄，大家全笑了。

花朵的话都已经说完，走回自己的座位。坐下之后，忽然看到对面的Angelia正用一种挑战的目光盯着她，花朵报之一笑。

魏霄接着主持会议，稍微又调整了一下各组的人员分配。

"好了，现在我们就有四支队伍了，再加上刘小蕾的媒介部，大家一起努力。再过一个月就是新的一年了。我们明年的目标是合同额5000万，大家都有点压力，需要更多的努力。接下来，各组组长就开始依次进行各组的工作汇报。"

"是我们先来啊，还是'超A'先来啊？"Sharon半死不活地问。

魏霄看了一眼Sharon："超A先来。"

"得，你又成长了！"诸神低着头暗笑。

花朵踩了一脚诸神，开始汇报维莱的工作进度。

开了一上午会，到吃饭时间才散。

花朵自然招呼超A成员一起聚餐。薪水比以前多了几乎一倍，花朵也变得阔绰一些，请大家一起去楼下那家比较贵的韩国料理吃饭。

吃饭归来，行政部的人帮着超A组重新安排了座位，过了一会儿把新打印的通讯录发给所有员工。花朵看着新通讯录里"超A"那一栏，心潮澎湃。维莱牛仔James给花朵的时间是两年，思博公关魏霄给花朵的时间却只有两分钟，而自己在两分钟之内就作出了决定。也许就像魏霄说的那样——"人都是逼出来的"。

花朵想应该去和Ada谈谈，找遍了所有房间也没看见她的人影，问大家，大家都不知道。打电话，手机在Ada的桌子上响。

花朵忽然又想起应该给维莱去个电话，于是拿起手机坐电梯到楼顶天台。

"Ada！"花朵一开门就看见了Ada。

Ada回过身，冲花朵笑笑。

"你在这儿啊，找你半天了，就差男厕所没去了。"花朵走到Ada身边，“生我的气了?”

“是啊！谁让你离我而去，还带走我的人！”Ada并不隐瞒自己的内心，因为跟花朵用不着。

“那我跟你道歉了，对不起，Ada。”花朵有模有样地深鞠一躬。

Ada笑了：“道歉有什么用，人都跑了。”

“嘿，我知道你能理解我。”

“所以就都挖我的人，是吧。”Ada故意沉着脸。

“可是，可是……”

Ada眼睛又看着远处的凹美公关所在的那栋大楼。“算了，跑都跑了。不过我会支持你的，因为从现在起也跟我一样了，也是一名AE，一起努力吧。天将降大任于斯人也，必先苦其心志，劳其筋骨，饿其体肤，空乏其身，行弗乱其所为……”

“所以动心忍性，曾益其所不能。”花朵一起跟着Ada背完。

“你也会背这个啊?”Ada转头问。

“你的MSN签名不就是这个么？我早就背会了。”花朵一笑。

Ada叹了一口气，“咳，我觉得这真就是说我的，什么都难为我。”

“但你可以反过来想啊，不是天将降大任于斯人也么？现在是苦你心志，劳你筋骨，饿你体肤，空乏你身，这充分说明，老天就要降大任给你了。难道不是么?”花朵眼睛一闪一闪。

“哎，”Ada眼睛一亮，“花朵，你说得有道理啊！你这么一说，我就想开了。”

“是吧，嘿嘿。”

“去维莱一个月，我真觉得你成长了不少。开例会的时候，我觉得你都变了一个人。很有自信，很有气势。看来去大公司就是不一样！”

“嗯，确实！外企特别重视员工成长，有很多培训。而且人际关系很简单，大家把主要精力都用在工作学习上了。那边要的更是业绩。说实话Ada，我真觉得你在思博有点屈才了。”

“是么？哈哈，不过说句实话，我确实有自己的职业规划。我打算再在思博待一年，就去大的公关公司。”

“是那个么?”花朵指着远方的大楼。——凹美公关就在那里。

“嗯！”Ada用力地点了一下头，“下去吧，这上面怪冷的。”

“我觉得花朵完全变了一个人，瞧狂得那个样子！我觉得她是不是和魏霄站在一条战线上了。”花朵和Ada刚从楼顶下来，经过茶水间，听到里面的小昭说话。

花朵一惊，万万没有想到，小昭在背后如此评价她。

“那是工作上，你不要混为一谈好不好。人还不是一样。”诸神说。

Ada 也听到了，凑到花朵耳边：“千万不要在意。”

花朵很无奈地笑了笑，接着往里走。

“我发现你总是为她说话哎。”小昭的声音还能听得到。

“扯淡。”

花朵加快脚步，朝自己的新座位走去。

花朵还是很在意小昭的话，心里泛出一阵郁闷。

花朵开始无聊地重新整理自己的桌子和柜子。在柜子的第一个抽屉里，有一封信。

那个信封很熟悉，上面有服装学院的校名和 logo。信封上收信人写着“思博公关的姐姐收”，寄信人写着“收到你爱心的金静子”。花朵想起来自己当时给金静子钱的时候是用思博的信封，而金静子根据这个把信寄到了思博。

花朵小心地把信封拆开，拿出一张蓝色花样底纹的信纸。

曾经的学姐：

你好。

姐姐的爱心我收到了，感觉暖洋洋的。

电台点播的那首 beyond 演唱的《海阔天空》我也听到了。从这首歌来看，姐姐应该真是我的学姐，你认识或者见过我，因为我曾经在学校歌手大赛中凭这首歌拿到了第一名。虽然我不知道姐姐是谁，但我觉得更应该给姐姐写这封信，因为姐姐一直都在关注我。

告诉姐姐一个好消息，妈妈的病奇迹般地治愈了，这里面也有你的祝福和帮助。妈妈已经出院，我们把剩下的钱都捐给了“母爱基金”，希望更多的人能够同样收到姐姐和所有帮助过我们母女的好心人的爱心，让他们也能够感受到温暖。

不知道这封信是否真正能到你的手里，但我想快乐和幸福一定会围绕在你的左右。

祝姐姐工作顺利，生活愉快！此致敬礼！

感恩的金静子

07 年 11 月 22 日

第二会议室。

“这里面没我什么事啊?”诸神看完了信。

“废话，你就捐了 100 块，还想如何。”花朵蹭了根烟点上，“不过看了这信我倒觉得心情好点了。”

诸神一笑：“你别在意那帮人怎么看你啊，你就是你。我就稀罕你这一点。不过确实，你一回来就把他们震了，震得一愣一愣的。”

“其实你也可以啊，我觉得你就是不太用心。我记得以前你说，应该是‘策划部法则之八’吧。用80%的力气干得60分的活和用100%的力气完成80分的活，一是省力气，二是得到的表扬要多，三是根本就不存100分，没必要去追求。是这么说的吧，师傅。”

“我说的话你还都真记着呢。”诸神吐了一口烟，“对了，刚意识到，花朵，你已经出师了。”

“什么出师了？”花朵摇摇头，“不懂。”

诸神凑过来：“你看啊，你现在已经是AE了，不是策划了。所以你出师了啊。本来应该我说，为师已经没什么可教你的了，你下山吧。这倒好，你先把为师给炒了。哈哈。”

“我倒！师傅，一日为师……”花朵忽然觉得不对，急忙改口，“终身为师”

诸神哈哈大笑。

“你别打岔，刚才我说到哪儿了？”花朵伸手做挠状。

“终身为父！”

“不是这个，哦，对了。策划部法则之八。师傅，我觉得你说大部分策划部法则都对，但也有些太消极，太圆滑了。这对你的成长没什么好处，你就不想有些大的成就么？”花朵很真诚。

“你不就是我的大成就么？”诸神仍嬉皮笑脸。

“我没开玩笑！”花朵正色道。

“你以为我开玩笑了？”诸神猛吸了一口烟，“怎么说呢，其实每个人都有每个人的特点。但不是是个螺丝就能到处拧的。比如吧，我真的很喜欢你，但咱们俩就不合适。你明白吧。”

“啊，”花朵看着诸神很严肃的样子，顿时惊了，“你……”

花朵的头脑中忽然闪回刚来思博那阵。

花朵和诸神到进了电梯，诸神看着对面镜子里的花朵，“怎么说呢，我第一眼看见你就挺喜欢你的。身材修长，眉目清秀，机灵又带点腼腆，活泼又带点天真。所以我希望你能在这里待下去。”

“你不会是真的吧？”花朵一脸通红。

“不是！”诸神哈哈大笑。

花朵双眼紧盯着诸神，她了解诸神的说话方式，诸神说不是，反而就是。

诸神平常动不动就说喜欢花朵，大家都已经习以为常，见怪不怪，当然也包括花朵。

可现在花朵懵了，不知所措，心如鹿撞。

“干嘛呢你们俩？在这儿密谋什么呢？”小昭冲进来。

诸神忙转过身，笑着说：“谢师仪式。现在花朵不是策划部的了，我这个师傅也做到头了。”

“特伤感吧！”小昭白了一眼诸神，把脸转向花朵，“哎，花朵，你回来怎么就不爱搭理我了。”

“哪有啊！”花朵嘴里说着，又想起小昭在茶水间里说的话。

小昭一笑：“谅你也不敢，不过现在你是AE了，我提醒你啊，他们客户部的人可都不单纯。那帮人混，得小心点儿。”

“嗯。”花朵看了一眼诸神，诸神把头转向一边。

周二，超A组给维莱牛仔年度整合公关推广提案毫无悬念地通过。花朵一直以来紧绷的神经在瞬间放松。

团队有了，不能光指着这一个客户吃饭，花朵去找魏霄要客户。

魏霄翻了半天名片夹，像拿钱一样，抽出一张名片递给花朵：“你打电话问问这个，看有戏没戏。珠宝行业的，奢侈品一般都喜欢做些时尚活动，你做应该比较适合。”

花朵接过名片正反两面看了看，问：“‘周苒，世家黄金总经理’，男的女的？”

魏霄抬起头，想了一会儿：“没印象。前几天我参加一个酒会，交换来的名片。”

花朵顿时泄气：“魏总，太不靠谱了吧。”

魏霄眉毛立起来，正色道：“什么叫靠谱？什么叫不靠谱？你以为我的客户都是和我八拜为交的兄弟姐妹、爷爷奶奶呢？出去！”

“哎，哎。”看着魏霄发飙，花朵急忙跑出来。

花朵给周苒打了三次电话，都没打通。后来又拨通了世家黄金总公司办公室的电话，那边人说周经理出国了，要一两周才回来。花朵再次郁闷，后来想了想，开始做 PPT，为超 A 组培训做准备工作。

忙完了最紧张的 12 月和 1 月，北京下了一场冬雪，转眼就过了年。

超 A 组的客户已经有了三个，但是还是三个组最少的，别说超 A，连 B 组都没超过。花朵终于领教了什么是 AE，终于知道为什么一个客户要切好几个月，终于了解除了方案中的点睛之笔以外，还要和客户说数以万言的废话。俗话说“日发千言，不损自伤”，即便是花朵如此爱说话的人也被伤得可以。

也许诸神的“策划部法则八”是对的，但花朵已经无路可退。

周末，James 约花朵去攀岩，花朵说不想动。James 又说要不然你来我家玩玩吧，我去接你。花朵说不想去。James 碰一鼻子灰，挂了电话。

周日下午，赵子慧生拉硬拽地把花朵带到了三里屯 village，一起看了一场赵子慧的公司的新款时装发布会。

花朵看完发布会，总算有了点精神。俩人到星巴克咖啡闲谈。

“你觉得这个发布会做得怎么样?”赵子慧小口啜着咖啡。

“不错，香港的公关公司做活动就是细致，有排场。”花朵透过玻璃看着几个工人搬着路引装车撤场。

“就是贵啊。花了五六十万呢。哎，要你们公司做是不是能便宜一点儿?”

“啊? 这么少? 我以为得七八十万。这个价他们应该没赚什么钱啊。”花朵大惊。

“真的假的啊? 不会吧。我觉得报价很高了。”

“不高，绝对不高，要是我们做至少得七八十万。你看用的那物料，模特，主持人，都是一流的。你确定是香港公司做的么?”

“反正老板好像是香港人。”

“哦，那我明白了。可能那个香港人就是一个职业经理人，不是大老板。这么低的费用一定是为了抢客户。说实话，我们最怕这样的对手了。不怕比案子，就怕比报价。拿着你的案子问别家，你做这个案子多少钱? 他做这个案子多少钱。最后就是恶性竞争，像你们这样的公司最后渔翁得利。好多公司都竞标，全是假的，早内定了，为了好看，找几家陪标的。”花朵谈起了“客户经”。

“是这样的啊，我还真不知道。”赵子慧叹气。

花朵义愤填膺，接着说：“你知道么，还有更龌龊的呢。上次我们副总邢一郎给我一个别的公司写的房地产案子，让我们超A组去提一下案。我就纳闷了。他解释说他一哥们公司和客户的项目总监已经通好气。但为了董事长，得假装竞标一下。他那哥们的公司出了三套方案，找了两个公司，把最差的破方案给你，陪标。恶吧？我没同意，最后邢一郎找A组去的。这是原则问题，我可不能让我的超A组干这种跌份的事儿。”

“所以啊，一般的客户看来你还真接不了，非得那种外企之类的。因为他们没有多少中国的路子，只能遵纪守法。”赵子慧嘿嘿笑着。

聊着聊着，赵子慧接到公司同事的电话，问她在哪儿，快一起去参加庆功宴。

“你去呗。”花朵说。

“那你呢？”赵子慧拎起包。

“去呗去呗，朕三妻四妾，又不是离不开你。”花朵笑着冲赵子慧摆摆手。

赵子慧走了，花朵有坐了一会儿，结账准备走人。

“哎，大花朵，你说不出来，跑这干什么来了？”居然是James。

“啊，你跟踪我！”花朵打趣道。

“我没跟踪你，巧遇。你到这儿干什么。”James问。

“刚参加完一个朋友公司的时装发布会，她非拉着我来，没办法！”

后海的风莹一世酒吧。

James伸手从公文包里掏出一厚厚的大信封：“这个给你，约你出来其实就是为了这个。”

“啥意思？”

“我的学费啊。每小时100，每周3小时，我最后统计了一下一共11周。这是3300。”

“哦，哈哈。原来你记得，我以为你装忘了呢。”花朵笑着接过来。

“天！这是什么！”花朵拿出一大叠绿钞票，惊呼。

“‘刀勒’，美元啊。”

“不会吧，美元3300，我算算啊。就按七块算，啊，将近2.5万啊。用不着这么多，我当时是开玩笑的，即使是真的也是人民币啊。太多了太多了，不要，还给你！”花朵把美钞放回信封往James手里塞。

“不可以。说过的就要算数。我要是去语言学校学的话，钱估计也差不多吧。况且谁都应该没你教得有趣。”James 不收。

“你要这么说，那我就收啦！我可不是一个客气的人。”花朵真不客气，把信封装进自己的包。

“嗯，这就对了。你们中国人有时候就是假客气，交流起来很累。我就喜欢你这样直爽的。”James 颇有心得。

“嘿，是吧。你就是没坐过公交，你要是坐过就经常能看到一个很傻的场景。”花朵叼着吸管喝热姜汁可乐。

“什么？我还真没坐过公交。”James 凑过来问。

花朵嘴松开吸管，开始手舞足蹈：“现在坐公交都划卡了，以前都是买票。就经常能看见两个大妈为了一块钱的车票让来让去。这个说我买吧，那个说我买。两个人拉拉扯扯好半天。我觉得，要是车票是 100 块钱，就谁都不争了。”

“哈哈。我大概听明白了。”

“这就是中国人一个特别有意思的地方，反正啦，就是不痛快不直接，很累。”

“嗯。所以，你以前问为什么外企的中层管理人员都是香港、台湾人，这就是原因。一方面他们了解西方管理制度和模式，另一方面又比较能够跟大陆人和大陆政府机构打交道。”

“嗯嗯。有道理。”花朵使劲地点点头，“所以像我这样的人，在维莱也许根本就混不出来。咳，说不说工作，又说到工作上来了。聊点别的吧。”

“花朵，你真不教我啦？”James 看着花朵。

“不是不教你，是教完了。我发现你和我一样哎，进步超快超快的。我已经没什么可教的了。再教就是我奶奶经常说的话了。”

“你奶奶的？”James 一头雾水。

“你奶奶的！”花朵一口可乐喷出来，“这，这是谁教你的啊？毕胜？”

“哦，哦，I'm sorry！”James 恍然大悟，急忙递过纸巾。

“说汉语！跟我在一起不许说英文。知道么，你第一反应必须得是中文，否则跟没学一样，你得有这个意识。”花朵擦擦嘴，又擦擦桌子。

“对不起。刚才我的意思是你奶奶说的话是什么话？我可以学么？”James 一脸虔诚。

“学也行，不过那都是老北京话，就老头老太太才说了。年轻人一般不会说，你一般也听不到。比如，‘老牙儿’、‘晌午’、‘蝎了虎子’什么的。”

“听着很有意思啊，你刚才说的都是什么意思啊？”James两眼放光。

“嘿，越来越像我了，敏而好学，不耻下问。”花朵转头从包包里翻出纸和笔，一边写一边说，“高级班啊，一小时200。老牙儿就是太阳，晌午就是中午，蝎了虎子就是壁虎。”

“哦，很有意思。但是我学了这个别人能听懂么？”James抬头问。

“应该能听懂，只不过我们不怎么说而已。其实这些话你就当成古文，古文不是现在也没人说了么，但是大家还是听得懂。而且我觉得你学学老北京话也挺好，你想想别人一听你连老北京话都会说，就以为你是个中国通，就不敢忽悠你了。”

“对啊，你说得太对了。高级班我上定了。”James很开心地笑，看来他真的很愿意和花朵在一起。

“对了！”花朵一拍桌子，声音陡然提高八度，“我知道有个地方学老北京话最合适！”

“什么地方？”

“德云社！”花朵一直向往去德云社听相声，但没人请，这次机会可算是来了。

“哦，我听说过，说相声的地方。”

“超对，相声说的都是老北京话，有的话估计连我的奶奶都不讲了。”

“那走吧！服务员，结账！”James大叫，跟花朵在一起的时候，James也变得不太稳重了。

怀着激动的心情到了天桥德云社门口，花朵一打听，居然没票。好在有个老黄牛倒给了他们两张票。

“真贵啊！跟听歌剧的VIP差不多一个价。”James在中国生活了几个月，掌握了基本的物价。

“谁让咱们俩有这么有雅兴呢。要是提前订没这么贵！不过今天算是有运气，班主在呢！”花朵超开心，听的就是郭德纲。

“什么是班主？”

“一会儿你就知道了，进，进！”花朵眉飞色舞地拉着James往里跑。

听完了相声，花朵意犹未尽。

“你说怕我被别人忽悠，我倒被你忽悠了。你就顾你自己乐，你也不给我讲讲，我多一半没听懂。”James很遗憾。

“嘿，你们还老说中国人没有幽默感，我呸，傻了吧。中国上下五千年，美国才多少年。”花朵笑着举起手机，“不过没关系，我都录着呢。当教材了，以后慢慢给你讲。”

“我被你打败了！”James很绅士地给花朵打开副驾驶的车门。

花朵偷笑，一个外国四十多岁大男人说着中国十几岁小女孩发嗲才说的话，实在太搞笑了。

正月初八上班第一天，情人节，办公室里充满了爱情的味道。

早上9点，花朵第一个收了来自邓建的玫瑰，一大捧，放在办公桌上，香气逼人。

Ashura、鸭梨快乐地跑出去，笑着捧着玫瑰花回来。接着，老夏亲自捧着一大捧玫瑰站在Vivian面前，大家起了半天哄。中午时分，韩骁帮魏霄到前台取回一束特别精致的蓝色妖姬，笑着举着进了魏霄办公室。

吃完饭回来，花朵竟然又收到一支玫瑰，一看留言卡竟然是James。花朵急忙给James打电话。James笑言并无他意，只是他这个“钻石王老五”实在不知道送花给谁，于是想到了花朵。花朵遂笑纳。

办公室的玫瑰秀还在继续，此时Sharon桌子上已经摆满了玫瑰。

诸神凑到花朵身边小声说：“从花束的数量上可以间接看出一个人性伙伴的数量。”

“放屁！”花朵大骂诸神。

正骂着，胡晶灵打来电话，花朵又有花到了。花朵一头雾水地到了前台，跑腿公司的人已经走了。花朵翻了半天也没找到留言卡。

花朵举着玫瑰花束回来，琢磨了半天也不知道是谁。

“不会是你吧？”花朵在MSN上问诸神。

诸神退位：我疯了？

大花朵：那还能有谁？除了你之外，你觉得公司还谁会暗恋我？

诸神退位：哇！你这话让小昭看见我就死了。谁知道你又在哪儿留情了啊。要不你查查快递公司呗。

大花朵：好主意！爱死你了！

诸神退位：靠，你爱我死吧！

花朵跑到前台问了一下胡晶灵，胡晶灵提供了相关信息。最后一查快递公司，花朵差点没傻了。

大花朵：我查着了。
诸神退位：谁？这么没品，那花一看就不值钱。
大花朵：你少废话。是我老爸送的。
诸神退位：我倒！老爷子真可爱。
大花朵：真不知道他怎么想的。
诸神退位：我知道！
大花朵：你说？
诸神退位：老爷子想抱孙子了。
大花朵：屁！
诸神退位：真的。你想啊，你爸都快60了吧，你说过你爸35岁才有的你。虽然你今年才24岁，但老爷子岁数可不小了。他肯定是急着你早点成亲。肯定没错。
大花朵：……
诸神退位：高级知识分子就是不一样。这招用的多绝啊。第一怕你情人节没花，第二暗示你这盆祸水早就该泼出去了。父爱真伟大！
大花朵：我明白了，我有点想哭了。
诸神退位：邓建也不在，用不用我充当一下男朋友跟你去趟你们家，我跟老爷子唠唠嗑啊。
大花朵：心我领了，人就退了吧。你比我矮半头呢。
诸神退位：靠！
大花朵：嘿，你和小昭晚上有节目吧。
诸神退位：当然。可怜你啊，只能和你爸过了。
大花朵：你去死，不跟你说了。

花朵既感动，又感伤。邓建是自己的男朋友，还没带回家，就出国了。想想看，邓建还有两个多月才能回国，日子过得怎么就这么慢。是不是职场得意，情场就得失意。

第一天，没多少工作，大家就跑来跑去地捧花。直到快下班，李含玉给Sharon送来999朵玫瑰，办公室的情人节达到高潮。

打卡机铃一响，大家陆陆续续地捧着花乘电梯下楼。花朵没有约会，没急着走，过了十多分钟，完成了明天的工作单才开始收拾东西。

魏霄抱着那捧蓝色妖姬从办公室出来。

“哎，花朵还没走啊。”魏霄一脸甜蜜。

“啊，魏总，我没约会啊。所以把工作单写完了，现在就走。”

“那一起?”

“好啊。”

花朵本想把花就放在办公室，忽然看到老爸送的那束，觉得应该捧回父母家，送给老妈。

花朵急忙把电脑关了，把那束花抱在怀里，和魏霄一起往外走。

魏霄对花朵的三束玫瑰很感兴趣，花朵一一解释。花朵又问魏霄今天晚上有没有约会。

魏霄尴尬一笑，“你们是不是都知道了? 钟柏说今天晚上正约了一个客户，没时间。”

电梯下到七楼停下，门打开，Angelia 也捧一束蓝色妖姬走进来。虽然不是一个公司，但大家同属于利嘉传媒，上下楼工作，也有一两句聊的。

“哎，你们俩的花一模一样。”花朵看看这边，又看看那边。

魏霄和 Angelia 也正在互相看着对方怀里的花束。

“都是 9 朵!”花朵继续惊呼。

魏霄和 Angelia 两个人的表情开始变得不自然。

“看，连包装都一样!”花朵还傻不拉唧地比较。

“嘣”一声，电梯到达一层，门开了。

“再见!”Angelia 小跑着冲出大堂的玻璃门。

一脸通红的魏霄出了电梯，把花朵直接扔在了电梯门口的垃圾筒上。

花朵这才意识到自己大脑短路，刚才那些话无异于火上浇油。

“对不起，魏总。”花朵急忙低头认罪。

“与你无关!”魏霄发狠地说着，忽然语气又缓和下来，“得，咱们俩都是没有约会的人，你不是去你父母家吗? 我开车送你吧。”

“嗯……好吧。”花朵犹豫了一下，还是答应了。

花朵想到要不是魏霄等自己，也许刚才的事就不会发生。魏霄现在什么心情? Angelia 是什么心情? 如果钟柏所说的“客户”是 Angelia，钟柏又是什么心情? 天，这事真不敢想象。

魏霄没事人似的和花朵谈笑风生，反倒让花朵更不安，一脸的局促。

魏霄显然察觉到了这一点，通过后视镜看着花朵：“如果不想让我不高兴，你就别那副表情。”

“哎！”花朵吐了舌头。

花朵的父母家离公司并不远，15 分钟就到了这个被称为“皇城根”的地方，这是一片平房大杂院。魏霄把车靠在路边停下，花朵下了车。

“魏总，去我家坐坐吧。”花朵估计魏霄没地儿去，比较真诚地说。

“不了，你跟你父母好好待会吧。”

“朵儿，回来啦！”拎着一捆芹菜的和一塑料袋鸡蛋的花朵老妈出现在魏霄的车前。

“妈，你买菜去了，”花朵笑着转回头，“妈，这就是我们领导——魏总经理。我跟您说过，她开车送我过来的。”

花朵妈紧走几步过来，仔细端详着魏霄：“嘿，这么年轻啊。这么年轻就当总经理，肯定有本事。朵儿跟我提起你好几次，说你老逼着她，不然她现在也没这么有出息。”

魏霄听着哭笑不得，终于明白，原来花朵的性格源自她妈妈，一样直来直去。

“阿姨，您过奖了。是花朵努力的结果。”

“妈，您劝劝魏总，我让她到咱们家坐坐，她不来。”花朵玩起“借刀杀人”。

“您是贵客，都到家门口了，咋能不进来坐坐呢。一块吃顿饭，就这么定了！”花朵妈很热情，那肯定的语气和期待的眼神简直无法抗拒。

“这……”魏霄犹豫。

“魏总，来吧！我爸妈都很好相处。”花朵进一步撺掇。

“成！却之不恭了。”魏霄笑着熄火，下车关门。

“妈，咱家都有什么啊？请魏总吃饭得有好的。”花朵帮妈拎过鸡蛋和芹菜。

“对，对，不过先回家，我再出去买菜。怎么也得先沏壶茶。”

“阿姨，不用，真的不用。别费那事儿。”

“那哪儿行啊。”花朵妈说。

花朵凑到魏霄耳边：“您就别客气了，我什么性格我妈就什么性格。越客气，我妈越不高兴。”

魏霄点点头，自己确实没跟花朵客气过，从实际的结果来看，路子还是很正确的。

“您叫什么?”花朵妈转过脸来问魏霄。

“魏霄。”

“魏霄，微笑，多好的名字啊。听着喜兴啊。”花朵妈笑起来也和花朵一模一样，单纯而真诚。

进了大杂院，七拐八拐地到了花朵家。花朵家一共三间房，两间连在一起的客厅和卧室，对面还有一个小厨房。

魏霄进屋打量着屋里的陈设。客厅里东西很多，但并不显得杂乱。墙根有一个小单人床，墙上贴满了手绘的时装画。

“坐，”花朵拽了拽单人床的床单，“这上面都是我的作品。”

花朵妈端来一杯茶:“喝茶，他爸带着她叔家孩子打篮球去了。你们等会儿，我再去买点好吃的。朵儿，你们经理爱吃什么?”

“啊，我们魏总一般都爱吃西餐。”

“不用不用，炸酱面就行，炸酱面不费事儿。”魏霄也学会直来直去。

“那行，花朵也爱吃炸酱面。我做炸酱可是在街坊四邻里出了名的。吃炸酱面都上我这儿要炸酱。不过好像没黄酱了，我得去买。”花朵妈转身要走。

“要不您别麻烦了，我去买吧。您先预备别的。”魏霄转向花朵，“咱们俩去吧，远么?”

“不远，五分钟的道儿就有个菜市场。咱们去。”

魏霄和花朵不仅买回来黄酱，还买了几块姜、一袋牛奶和一个大菠萝。

魏霄和花朵妈互相露了一下手艺。

花朵妈的炸酱面魏霄吃了两碗。魏霄做的拔丝菠萝和广东小吃姜汁撞奶被四个人吃光光。虽然炸酱面、拔丝菠萝和姜汁撞奶三种食物极不搭调，但气氛相当和谐。魏霄忘记了今天在电梯里发生的“撞花事件”，而花朵从此记住了魏霄很女人的一面。

第二天，花朵兴致勃勃地给赵子慧做“姜汁撞奶”，但怎么也凝固不起来，才知道这个奇怪的东西不是是个人就能做得出来的。

贾乐怡确实很有能力，来公司没过三两个月就破了诸神创造的73.4%的成功率，成为思博公关的内刊《思博》第二期封面人物。不过Angelia

的嚣张风格大家不尽认同。花朵是我行我素的风格，不管别人如何，而Angelia却是什么都有点看不惯。

“呦，艾格的啊！”Angelia从Sharon座位走过，看到椅子上大衣领子里的标签。

“谢谢你，拜托，宝姿好不好。”一旁正在和诸神对流程的Sharon闻言大叫。

“你们家宝姿是E-T-A-M这么拼啊！”Angelia一脸的嘲笑。

“不可能！”Sharon踩着细高跟“噔噔噔”地走过来，翻开领子看。

“哎！我穿错了。”Sharon超尴尬，无地自容。

诸神哈哈大笑：“哦！现了哦。”

Sharon又“噔噔噔”走回来：“少起哄，赶紧对流程。”

Angelia背起手，转脸对花朵说，“真解气！”

花朵摇头笑笑：“何必呢。”

尚扬一脸坏笑地走过来：“花朵，给你一个客户哎。”

“什么客户？”花朵就缺客户。

“乐善慈善基金会。”

“别！”花朵知道为什么尚扬满脸坏笑了。

“真的，不跟你开玩笑，咱们四个组就差你们组没给他们写过方案了。”

“明知道三网不捞鱼，你还非让我撒第四网。”

花朵素知乐善慈善基金会，这个尚扬开发的客户几乎贯穿了花朵在思博公关的整八个月。A、B、C三个组都给乐善慈善基金会写过方案。A组写的方案人家没看上，B组写的方案因为资金问题没做下来，C组Angelia写的方案操作过于复杂被弃之不用。

大天扭过头，满脸愁云：“尚总，你杀了我们吧。要不您自己写一个我们瞧瞧，俗话说事不过三，这个客户我们实在无奈。以前的方案也是大家凑一块想的，现在已经彻底没辙了。”

“是啊，尚总，杀人不过头点地，您就高抬贵手，放了我们吧！求求了。”Ashura跟着起哄。

“不行，绝对不行。”小昭看热闹跑过来，“我们都写过了，都慈善了一把，哪儿能让你们漏网啊。哇哈哈哈！”

“小昭说得对！”尚扬看来了帮手，乐开了花，“做善事啊，做善事还推三阻四的，有没有点爱心了？要都像你们这样，中国的慈善事业谈何发展。”

“要不我捐10块钱得了?”大天伸手掏兜。

“不写就都卷铺盖走人！哪儿那么多废话!”魏霄和邢一郎路过，邢一郎厉声道。

超A组的人一下都傻了，小昭急忙跑回自己的座位。

魏霄从花朵身边走过，甩下一句话:“你不成谁成。”

尚扬拍拍花朵肩膀，笑着走了。

向这边张望的Angelia“切”了一声坐下。

花朵召唤超A组的成员去会议室开会。

会开了三五分钟，大家就跑了题。跑了题的题目是:论魏霄和邢一郎的性格和风格，以及现在两个人在公司力量的对比。

本来最早的力量对比应在魏霄和Vivian一见面就开始，不过后来并没有像小昭说的“火星撞地球”那样惨烈，Vivian的绵软化解了一切。而邢一郎到思博一两个月，大家对他的性格和风格逐渐清晰明了后，思博就产生了鸡尾酒效应，公司的人明显地分成了两派。

邢一郎属于那种诡计多端，八面玲珑，有点不择手段的人。他曾经和尚扬联手废了“牛人小强”，后来又爆出在名奇玩的“无间道”，被公关界称颂好多年。Angelia是邢一郎从名奇带过来的，以刘小蕾为首的媒介部也是他的一手创建起来的。B组AE黎辉以前看不出来多喜欢和谁交往，但最后也归顺了邢一郎。

魏霄这边，A组的Sharon是个死忠，或者也可以说看中的是魏霄的“正职”。Ada就像Ada这个英文名字的含义一样，比较保守，因为邢一郎的激进，所以反而站在了魏霄一边。

花朵自不必说，不管别人如何看待魏霄，她总是觉得魏霄如同一个严厉的教练，总是在关键的时候把她连踢带吓唬地送上起跑线——不经历风雨怎么见彩虹。

倒是小昭和诸神这对“地下鸳鸯”产生了严重的分歧，来了个窝里斗。诸神讨厌魏霄，欣赏邢一郎的“不按规则出牌”；小昭本是个嚣张性格的人，反而不能和同样嚣张的邢一郎、Angelia为伍。

“就我看来，邢一郎就是鹰派，魏霄是鸽派。”大天给双方定性。

“什么叫鹰派，什么叫鸽派?”Ashura不懂。

“基本上就是激进派和保守派的意思。这是外国的说法，咱们中国传统叫做‘左派’和‘右派’。”大天作比较通俗的解释。

鸭梨叼着烟卷，眯着眼，“我怎么觉得像文化大革命了。”

花朵哈哈大笑，“哪有那么夸张！”

“要文斗不要武斗！”大天冒出一句。

“管他文斗武斗，只要别当炮灰就行了！”花朵伸伸懒腰，“散会，反正大家也没心情讨论慈善事业。这个也不着急，一个月的时间，没有好的Idea宁愿不提案。”

花朵出了会议室，直奔洗手间。

进了某隔断，听见Sharon打电话的声音。

“怎么办啊？我一直觉得不对劲儿，昨天查出来的。给你打了一天电话你也不接。”

花朵静悄悄，窃听。

“想吐，吐了好几次了。你打算怎么着啊？不行，你必须给我一个明确的答复！”

“绝对是你干的，你大爷的，你干的你不负责任！”

“你去死吧！李含玉！”Sharon大吼一声。接着“叮咣”一声摔门响，Sharon走了。

花朵走出来，另外一个门也开了，是Angelia。

两人相视一惊，Angelia把手指比在嘴巴前。

两人一块洗着手，花朵想找点话说。

“你的名字是天使的意思吧。”

“没错，天使！”Angelia用纸巾擦完手，又用手指捋自己的刘海。

“我、Ada、小昭、Ashura、Vivian等一伙儿准备‘三八’开个女孩私密party，你来参加么？”花朵自己都惊奇于不到一秒钟竟然策划出来一个活动。

“啊，是么？好哇！”Angelia笑了，“但没有收到邀请函啊。”

“嘿，这不是先问你一下么。我们已经举行过三届了，感觉特好！”花朵没想到Angelia竟然这么痛快地同意。

花朵和Angelia终于有了共同话题，勾肩搭背地一块去会议室聊天。

抽烟的诸神从门缝挤进来。

“嘿，天使和花朵都在啊！就差我诸神了！再把小戴找过来，她MSN

叫Apple，咱们这儿就是伊甸园了。”诸神嬉皮笑脸地坐下，“聊什么呢你们俩?”

“去，没你事儿，减肥，你感兴趣么?”花朵伸手轰诸神。

“减肥？那我最有发言权了!”诸神又跑到Angelia身边坐下，“你吧?”

Angelia平常倒是和诸神很合得来，问：“您又有什么高论?”

诸神来了精神：“万变不离其宗，说起女孩对‘减肥’无休止的追求就得说起我的‘洞穴理论’。”

“你们琢磨啊，原始社会，什么女人才胖。这个很关键。”

“嗯，怀孕的吧。原始社会吃不饱穿不暖的，也不会营养过剩。”Angelia就是聪明。

“聪明！就他妈爱和你聊天。不过还有刚生完孩子的。”

“注意啊，他后面的话肯定开始恶!”花朵太了解诸神了。

“你真是我心中的花朵。没错，不过不能叫‘恶’，是事实。原始社会，洞里人都比较傻，当时也没有什么一夫一妻的观念。所以呢，某洞男靠什么知道对面走过来的某洞裸女可以发生性关系呢。”

“呸，太恶了!”花朵啐诸神。

“哈哈，继续说!”Angelia无所畏惧。

“对，当时也不应该称为‘性关系’，只是传宗接代的本能吧。所以出于这个本能，某洞男看到对面的某洞裸女就开始注意了。这个太胖，肯定怀孕了，算了，不费那劲了。再看另外一个，抱着孩子，体型还没恢复，拉倒。”

诸神一边说一边模仿着某洞男的语气，逗得花朵和Angelia前仰后合。

“所以呢，洞女们也是出于本能为了获得‘交配权’，一定要保持体形，一定要瘦，绝对不能太胖，太胖就对洞男们失去吸引了。最后基于我‘洞穴理论’的三大基本原则之一，人类在洞穴里待了几十上百万年，从洞里出来也就几千年的事，所以还是受洞穴时代的强烈影响。一直影响到今天，女人依旧不能容忍自己太胖。”

“那你看我怎么样，有希望获得你的‘交配权’么!”Angelia大无畏。

“我靠!”诸神嘴里叼的烟卷掉下来，差点烫着他的裤子，吓得诸神上蹿下跳。

Angelia哈哈大笑：“对待你这种无耻人，就得比你还无耻!”

“现了吧!”花朵跟着笑得合不拢嘴。

“得，你们俩继续聊，我手里还有案子要写。”Angelia站起身，“花朵，你说的那事儿就定了。”说完，Angelia走了。

诸神一脸无耻地问："你说 Angelia 是不是对我有点意思啊？"

"是你对 Angelia 有点意思吧！"花朵翻了个白眼。

"哎，师傅你说乐善慈善基金会那个怎么办啊？你就没什么想法？"花朵又想起了这一出。

"你我双子座的思维就是跳跃。我觉得那个啊，后来我也整明白了。那么多慈善基金会，都是化缘的，就是看哪个出名。你出名，人家就想得起你来。这是关键，别的什么具体资助哪一类人，起个什么名目都其次。这就跟包装一个明星一样，先整出点名堂来，人家才会有了解你的兴趣。"

"有道理，师傅！我收回刚才的话，Angelia 绝对对你有点意思！哈哈。"花朵得道了。

"交代吧！刚才你们的话我都听见了！诸神，你行，竟然在这儿搞暧昧。"小昭瞪着眼，端着茶杯，一脚把门踢开。

正当此时，一个电话救了尴尬的花朵。花朵立刻拿着手机走去会议室。

来电话的是世家黄金总经理周苒的秘书郑得强，花朵三番五次的电话已经让这个说话有点窝窝囊囊的男人烦得不行。周苒在国外一待就是几个月，一回来，郑得强第一时间打来电话。周苒约花朵后天见面，不过只给花朵 30 分钟的时间。郑得强说周苒有言："钱有的是，但就看你们是不是能帮我们花出去。"

这是什么话？财大气粗？还真没遇到过这么说话的客户。花朵又惊又喜又气，开始上网认真地寻觅关于世家黄金以及周苒的各种消息。

收集了整整两天的资料，花朵带领超 A 组的组员一起开会。

Ashura 接好笔记本电脑和投影仪，花朵打开自己整理的 PPT。

"世家黄金，大家包括我在内，开始都不十分了解。他们从前年开始进入北方市场，但主要是在东北三省。以前世家黄金主要在南方各沿海城市发展，现在已经发展了近百家门店。而去年年中，世家黄金开始拓展华北及上海、杭州市场，并且把总部调到了北京。另外之所以咱们不太了解世家黄金还有一个原因，他们的产品都是中低端的产品，很少做推广，广告也很少。但是他们的产品质量和设计都还算出色，价格也很公道，所以口碑传播得不错。这是他们公司的基本发展介绍。"花朵翻过一页，"咱们再来看这个企业的管理。我觉得之所以叫'世家'也许就是下面这个原因。大家看一下这几位领导的长相。"

"家族企业吧?"大天第一个说话。

"长得都一样!"Ashura 咋呼。

"没错。世家就是一个家族企业，非常传统的家族企业。不过大家看这个总经理周苒，看样子大概也就 30 出头。而且根据网上一则媒体专访，周苒大学是在外国上的 MBA。我年前给周苒打电话，他的秘书说他出国了要一两个星期回来。可最后他前几天才回来，也就是说他在国外待了三个月。周苒既然现在是世家的掌门人，所以我推断出现在世家应该准备转型，产品转向中高端，而且要走国际化路线。有关中国珠宝企业走国际化路线的资料我也查了不少，我发现一般分成两条路。一条就是本身可能就是外国珠宝厂商的贴牌厂，后来开发出自己的小品牌，然后对外宣传自己的品牌源自于法国啊，比利时啊，设计师是某某国的大师。第二条路呢，是按照那句名言'民族的就世界的'，将民族文化内涵赋予产品本身，然后到国际的大赛，展会去参展。然后载誉而归，号称自己是国际品牌。"

"其实中国的珠宝黄金品牌就香港的几个周字头的出名，周大福，周六福，周生生，据说都是一家人。但这个世家肯定和他们不是一伙的。"鸭梨伸出自己的手，"我这个戒指就是周生生的。根本不知道什么世家。"

Ashura 忙凑过去看。

大天问："那你觉得世家周苒大公子会走哪一条路?"

花朵一笑："Ashura 好好听着，不说过咱们组每个人都得'以一当四'么。大天算问道点上了。我觉得既然我这个外行都分析出来了，周苒肯定也了如指掌。就像刚才鸭梨说的，中国的珠宝品牌就是香港的和广东有几个品牌还可以。但是说实话，他们并不是国际大牌，而且产品风格都是东方特色。虽然有国际化的尝试，但是也是很小一部分。"

花朵又重新翻回世家董事长照片那一页 PPT，"话又说回来，既然周苒这么年轻就担此大任，一定有他的道理。上一辈人看来已经认识到自己的局限性。为什么以前世家发展中心都在南方和东北，因为这些地方珠宝的消费习惯都比较传统，也可以说是比较实惠。而北京，上海，杭州都是国际化大都市，大家对名牌的消费高于对价格的热情。这个大家都理解吧。"

"理解，就是宁愿买一双好几百的帆布鞋，也不会买质优价廉的牛皮靴。"Ashura 抬起自己的脚丫子。

"对，Ashura 终于进入状态了。为什么你买这个帆布鞋，理由很简单，是 cornerse 的。但它确实就只是帆布鞋。为什么一双破帆布鞋这么出名?"

大天举起手："老大，我来讲!"

花朵点头：“好。”

“为什么啊？我还真不知道？别人都穿我就穿！”Ashura 咋呼。

大天站起来，冲 Ashura 笑着说：“借你臭鞋用用？”

“去！一边待着去！”Ashura 伸腿做踹状。

大天躲开，走到前面：“其实匡威是怎么回事啊，这种破鞋原来卖得很便宜，就跟北京的‘片儿鞋’差不多，大概也就相当于十块钱两双。因为便宜，美国那帮底层的搞艺术的小混混穷得叮当烂响，只买得起这种鞋。所以搞艺术的全穿这种鞋，而且因为是帆布的，他们就可以把鞋涂成各种颜色。潮流嘛，都不是什么正经人掀起来的，都是这些所谓前卫的人带领的。后来就成了潮流，全世界都开始穿这个了。我的讲话完了，谢谢。”

“噢，原来如此！”Ashura 和鸭梨都明白了。

花朵笑着重新站到前面：“大天这么一讲各位大概都能明白一点了吧。现在金领、白领生活的主题是什么？”

花朵转身拿起水笔在白板写上两个词：“是时尚和艺术。追求时尚可以让他们感觉自己是社会的中流砥柱，而追求艺术让他们感觉自己有与众不同的思想和品位。”

鸭梨趴在桌子上，仰着脸：“大花朵，我觉得你太深刻了。能说点肤浅的么？你说这些都快成论文了。”

花朵用水笔冲鸭梨点着：“很对！不过鸭梨说句你不爱听的话，幸亏你不是周大公子。”

“为什么啊？”鸭梨不明白。

“很简单。世家黄金咱们还没正式接触，咱们对黄金珠宝业也不十分了解。如果周苒发现咱们不是跟他一个层面的去谈问题会怎样？人家想的是走国际化路线，咱们想的是怎么做个促销活动。那岂不是找谁都行？周苒的原话，‘钱有的是，但就看你们是不是能帮我们花出去’。你以为钱是花在搭舞台，请著名主持人上？”

“嗯，我明白了。”鸭梨点头，直起身子。

“先谈情再做爱！”大天叫了一声。

“再废话用鞋底子抽你！”Ashura 做脱鞋状。

花朵无奈地跟鸭梨相视一笑。

“所以，我觉得世家今后的路子就是‘珠宝的艺术，艺术的珠宝’！”

花朵走到桌子前，端起杯子喝了一大口水，咧着大嘴笑。

“哎呀，过瘾，可算逮住一个客户了。这些日子憋屈死我了，学的东西都施展不出来，这回可算找着机会了。”

“花朵真强啊！加油！fighting！”Ashura 有时候就像阿拉蕾，可爱得不行。

下午 2 点半，花朵、大天、Ashura 坐着出租车铩羽而归。周苒爽约了，郑得强根本没听懂超 A 组说的是什么。

车在三环路上转圈，三人郁闷得大发牢骚。不一会儿，天下起了毛毛雨。

“春雨贵如油！”大天看着车窗外。

“花朵你是 5 月份生的吧？”Ashura 忽然问。

“是啊，5 月 30 号，双子座的。怎么？”

“春兰、夏荷、秋菊、冬梅，你究竟是什么花朵？”Ashura 转过头看着花朵。

“嘿，有点意思，我啊，我觉得按我的生日应该是兰花，要是按我的性格，应该算荷花吧。”

“那可有的说了。兰花和荷花都象征君子，兰花在古代还被称为‘王者香’。”从知识层面上讲大天和诸神不相上下，不过大天还算比较稳重，诸神是无厘头。

“对了，发布一个很‘八’的八卦。”Ashura 忽然激动起来。

“说吧！别等我们催了！”大家看着 Ashura，表现出期待。

“Sharon 怀孕了，去人流，从今天开始休息一周。”Ashura 打了个响指。

“天！听谁说的啊？海霞吧？”花朵其实没有多吃惊，前几天在卫生间里已经听了个大概。

“还好他们组现在好像没什么事儿。”大天搭茬。

“关键是她找的那人不靠谱，魏霄明确告诉她李含玉有老婆，有小三，她都不知道是小四小五了，还赶着上。”

“诸神不是总结过么，给她一个批语——‘胸大没脑’！”大天摇摇头，“这是为什么呢？他的洞穴理论解释过这个事儿么？”

“没听说过反正。”坐在副驾驶的 Ashura 又转过头，“花朵，你什么时候学车啊？别的组组长都开车。就咱们得打车，哪次要是没那几个领导，去个荒郊野外，咱们都打不着车。现在你也劳动致富了，该买车了吧。”

“正琢磨呢，我喜欢吉普，不过太贵，还耗油！哎，你们谁学车啊？一起吧。”花朵开始煽动群众情绪。

大家又开始兴高采烈一窝蜂地聊车，聊回公司。

虽然众女子不喜欢“三八”这个称呼，但节日肯定是要过的。好在妇女节这天是星期六，女性私密派对最终凑齐了花朵、Ada、Ashura、小昭、Vivian、Angelia、鸭梨和赵子慧。

这一季的主题是“女人与红酒”，花朵和Angelia前期策划，分别由对美容在行的Ada以及对痴迷于料理的鸭梨两个人主持。地点选择在邓建的顶楼复式大宅。

大家凑到“佛头”书房里，Ada先对着小白板，一边示范一边给大家讲红酒面膜的做法。皮肤超好的Ada来讲解，大家自然听得入神入味。进入实操阶段，大家一起快乐地搅拌红酒、蜂蜜和珍珠粉。

脸上涂着甜腻而又醇香的红酒面膜，躺在大沙发上听着轻音乐，着实惬意得一塌糊涂。5分钟后，温水洗净，个个容光焕发。

Angelia用手指轻轻地敲着自己的脸蛋，赞不绝口：“不错啊，好有弹性啊。你们经常开这种沙龙派对么？真有意思，我觉得以后策划活动也用得到。”

“这是第四期了都，我们经常的。以前做过水果派对，瑜伽派对，这次是红酒。”Ashura洋洋得意。

Angelia走到茶几前，拿起红酒瓶，仔细端详了一番：“就是这个酒太差了，谁买的啊，也不买好点的。我家倒是有一瓶97年的法国原装红葡萄酒。”

Angelia又来了，气得小昭翻着白眼说：“这派对策划也有你吧，当时你怎么不说你有那么牛的酒啊。再说了，一人交100块钱，也没见你多交一分钱啊。”

“干嘛呢你们俩？这可刚做完的面膜啊，急扯白脸的就白做了。”花朵赶紧发话。

Ada端过来两杯红酒，笑着说：“你们俩一人一杯，都少说点儿。咱们派对的调性可是温馨的，闲适的。”

Angelia接过酒杯，转向小昭：“不过也对，一共才800快钱。对不起小昭，我想象成客户的活动了。碰一下杯吧。”

小昭白着脸和Angelia碰了一下，就去客厅拿DV。

小昭举着DV跑过来：“走走，去厨房，鸭梨和慧慧准备开始示范做红酒牛排了。”

大家伙全站起来，正要往厨房走，小昭又急忙喊住：“不成，厨房太小，人太多我就拍不成了，一拨两个人。Vivian 和花朵你们俩先来。”

吃饱了饭，大家轮流打了一会儿游戏。Angelia 说要到二层平台上看看，花朵和赵子慧三个人一块儿上二楼。

3 月的天气还是有些冷，平台上刮着小风。

“这房子不错啊，”Angelia 转向花朵，“哎，你怎么不搬这里住啊，反正也是你男朋友的家。这里离公司也近，用不着总跑通县那么远的地方。”

“他不在，我一个人住也不习惯。再说我也不舍得我的爱妃。”花朵把赵子慧搂过来。

“也是。”Angelia 看着平台上另外那个拉着咖啡色窗帘房间的窗户，“这个房间还没看过呢。”

小昭一帮人也都一起上来。

“那个房间啊？我都没进去过。”花朵晃着酒杯里的红酒，今天玩得高兴，头稍微有点晕。

“为什么啊？”Angelia 问。

“我们谁都没进去过。”Ashura 蹦跶着过来，“里面肯定有秘密。花朵就没有这个房间的钥匙。”

“啊，”Angelia 往前走了几步，站在窗户前，试图从窗帘的缝隙往里看。

“真没礼貌！”小昭甩出一句。

“你什么意思啊？”Angelia 转过脸。

“你自己还不明白？切。”小昭一仰脖，把酒喝光。

Angelia 脸色变了，走回来：“好奇之心人皆有之，而且女人都是好奇的，这有什么不礼貌的。花朵，对于自己喜欢的男人，你就不想看看？”

“想！”花朵确实喝得有点多。

“千万别！”Ada 急忙走过来，拦着花朵的腰，耳语道，“花朵，尊重别人，况且这么多人。”

Vivian 也凑过来：“你们啊，都太八，这是花朵和邓建的事儿，咱们就别关注了。上边这么冷，还是下去玩吧。”

花朵幡然醒悟，招呼大家全下楼。

从红酒派对那天起，小昭和 Angelia 正式对立，在公司基本相对无言。

虽然 Angelia 公认的难相处，但《恋家》的 Angelia 甄婕这个预备役的利嘉太子妃却异乎寻常的亲切可人。甄 Angelia 到《恋家》没多久就晋升为责任编辑，《恋家》的“职场 & 家”栏目在她的主笔下变得有声有色。花朵也时常翻看《恋家》，关注“职场 & 家”这个栏目。

韩骁通知花朵去楼下《恋家》找甄 Angelia，说是想进行一些合作。花朵忙完了手里的工作，刚要起身，尚扬走过来说甄 Angelia 和钟少正在第三会议室等她。

钟少亲自出马，花朵一阵风冲进在第三会议室。

“超 A 组的强人大花朵来了。”钟柏笑着说，“你们俩应该认识吧。”

“认识认识。对不起二位，刚才手里有点急事。本来是想下去找你们的，没想到你们上来了。”花朵笑着坐下。

“应该我上来。是我求你们帮忙。我已经批评钟柏了，求人办事怎么能烦劳人家下去呢。”甄 Angelia 一脸笑容，钟柏倒有些不好意思。

“嗯嗯。Angelia 做得对。哈哈。”这种没味道的玩笑也就花朵能开。

甄 Angelia 找思博的原因是她们想做一个和杂志栏目同时的线下系列活动。一方面通过活动丰富栏目的内容，另一方面也可以考虑把杂志的一些资源客户拉进来，达到多方面的共赢。钟柏很支持甄 Angelia 的想法，找到魏霄说了这事。魏霄安排花朵接洽。

“好哇！”花朵很开心，“你知道么，我来思博之前的想法就是做时尚类刊物的编辑。投了三个月简历没人理我。我记得我还给《恋家》投过呢。今天终于你们竟然来求我了。哈哈。”

“是么？我有时间找找他们总编去，这么出色的人竟然不要。好在邓建那小子一眼就认出你了，哦，不对，应该叫慧眼识珠。”钟柏站起身，“中介我做完了，走了，你们聊。告诉你们魏总，安排你负责这个，我很感谢她。”

甄 Angelia 是很感性的女孩，花朵理性感性来回跑。两个人足足聊了两个钟头，甄 Angelia 对花朵提出“职场金领，魅力厨娘”这个创意十分认同。最后花朵答应一个星期之后把完整且完美的策划书交到甄 Angelia 手上。

下班，花朵和海霞一起走，得到了一个八卦消息。Sharon 把自己的一个星期休假延长为一个月，据说是医生的建议。

上午，魏霄召集超 A 组和 A 组开了个紧急会。

由于 Sharon 休假，A 组群龙无首，魏霄指派花朵代理 A 组组长。这样一来，形式上超 A 组和 A 组就合并到了一起。合并后，超 A 组有 1 个 AE，

1个策划，2个设计，5个执行。另外由于A组的一个客户需要全程的媒体推广，邢一郎给A组派了媒介部的梁景天。最后，超A组的团队达到10人之多，只要一开会，办公间瞬间少了一大片人。

诸神很兴奋，说超A组真成了超A了。小昭大骂，Angelia翻白眼。

不过事情没有想象的那么乐观。

花朵率领A组旧部去原来的一个客户那里开会。经理一看不是Sharon，说他只跟Sharon谈，变来变去你们这叫什么公司。诸神说这个经理很猥琐，这个事也很猥琐，不过最关键是你比那个矮胖子高差不多一头。花朵气愤地跟魏霄说等Sharon回来再继续这个客户，魏霄也同意了。

无意中看到花朵维莱广告的世家黄金总经理秘书的郑德强，指着巨型广告牌告诉周苒，那个女的就是花朵。周苒立刻亲自打来电话，见面时间约在周四傍晚，时间两个小时。

花朵用了一个小时的时间把当初开会时总结的那些理论向周苒叙述一遍。

周苒大惊，臭骂郑得强为什么不早点安排和花朵见面，郑得强很委屈。花朵又用一个小时把自己对于世家黄金要走“珠宝的艺术，艺术的珠宝”的路线和周苒探讨一番。周苒评论相见恨晚，最后要留花朵一起吃顿晚饭，花朵笑着拒绝。

一起去的诸神还是头一次看到花朵如此深刻的分析、井井有条的叙述，当场震惊。

回来的路上。

诸神叹气道：“我说你没事让我用心再用心，原来你已经超过为师，惭愧惭愧。”

“现在也不晚啊！”花朵笑眯眯地应着。

第五篇　花开不败……

进入4月，春暖花开。

北京的街头开始到处布置“Welcome To Beijing”的奥运宣传板，临街的老楼房都重新刷了涂料，北京的老头老太太也开始学习英语。中国人期待已久的奥运会就要来了，百年的奥运梦想即将实现。

花朵学车已经过了交规考试，开始学习上路。不巧的是，周六一块学车的老五一不小心被车刮倒，伤势不重也不算轻，住进医院观察。老五和花朵家住在一个小区，关系不错。

周日下午，花朵特意赶往眼科在全国数一数二的同仁医院去看老五。

从老五的病房出来，下楼花朵迎面走过来一对母女。女儿的双眼上缠着纱布，母亲扶着女儿慢慢地上楼。当花朵和母女错开的一刹那，花朵大叫：“金静子！”

母女二人立刻停住脚步，金静子朝着花朵的方向转过身。

“是静子么?”花朵端详着金静子缠着纱布的脸。

“是我，你是?”金静子重新调整了一下脸的方向。

“我是，我是学姐！”花朵惊讶地看着金静子，“你这是怎么了?”

“学姐? 是点歌的么?”

“是啊。我是服装学院的学姐。你的眼睛怎么了?”花朵心立刻“嘣嘣嘣”加快了跳动。

“学姐……”金静子双手晃着一把将花朵抱住，呜咽起来。

眼科病房外面的长椅上。

花朵哭够了，拉金静子妈妈的手，走到一边。

“一定会有办法的，我相信一定会有办法的。”

静子妈擦着眼窝，努力笑着摇摇头，叹气：“哎呀，静子命苦。他爸走得就早。这孩子还喜欢服装设计。我呢，既赚不到什么钱又一身病。我这刚好，静子的眼睛又出问题了。医生说手术完了也不见得能治好。这手术刚完，还不能哭。但静子就是哭啊。哭得我这心里……哎！”

花朵听着静子妈的话，眼泪又掉下来。

“孩子，你别为我们操心了。上次就挺过意不去的。”

“阿姨，那是应该的。不过，你们治病钱怎么办啊？”

“把房卖了，还能有什么法子。我们家亲戚都不富裕。”静子妈拉起花朵的手，“孩子你的心我们领了，可不敢再麻烦你了。”

“阿姨，您放心，我一定会想办法的！”花朵紧握住静子妈的手，无比坚定地说。

出了医院，花朵掏出手机就给诸神打电话，说无论如何都得在一小时之后到邓建家见面。

“你这回真的比较理智，佩服！”诸神从冰箱里拿出两听啤酒，“这没过期吧。”

“诸神，别废话了。跟你说正事呢！”花朵一脸着急。

诸神把啤酒打开，递给花朵一听，坐下：“我说的就是正事。你看你上次是向我筹款，这回你是找我商量用什么办法，做个什么活动能够帮助那个倒霉女孩。说明你成长了不少。哎，那女孩的眼睛怎么弄的？一学服装设计的眼睛完了，不就什么都完了吗？”

“具体不太清楚，大概是颜料弄伤的。关键是手术完了也不见得好。这一辈子怎么办啊？即使一两次捐款能有多大帮助。”花朵“咚咚”喝了半听。

“哎，花朵，说实话我真喜欢你，你太善良了。”诸神双眼紧盯着花朵。

“说这些有什么用，又不是第一个人跟我这么说。赶快想辙，你是不是有什么办法了，看你也不太着急啊？”

“有点儿，但没想清楚。我记得你上次问我乐善慈善基金会怎么做，我提醒过你啊。”

“对对对，啊，我明白了。诸神，我也爱你！”花朵上去就拥抱了一下诸神。

诸神愣了半天。

花朵从书房找来笔和纸，和诸神开始一块商量怎么把金静子的事和乐善慈善基金会联系起来。

周一早上，花朵从尚扬那里要来乐善基金会副秘书长的电话，打过去，秘书长出差，周五回来。这样也好，花朵和诸神紧锣密鼓地写策划方案。

周四，噩耗传来，金静子的眼部手术彻底失败——金静子右眼永久性失明，左眼视力 0.2，但仍有可能下降。

花朵在办公间接到电话时哭了，哭得无比凄惨。

花朵跑上顶楼平台，魏霄、尚扬和诸神都急忙跟着跑上来。

花朵靠在护栏上，面向远方，双肩不住地耸动着。魏霄让诸神别说话。尚扬分了根诸神的烟，看着花朵，抽了一口。

“知道为什么花朵这么伤心，为什么这么想帮金静子么?”诸神小声说。

魏霄和尚扬都转过来看着诸神。

“花朵挺傻的，就为了一句话。”诸神摇头叹气。

“说啊你!”尚扬踹了一脚诸神。

花朵就为了金静子曾经说过的一句话。

那是花朵在服装学院上大四的毕业作品报告会。虽然连指导老师都不是很喜欢花朵的设计，花朵依然把自己的设计做成成衣。花朵的设计一共 5 套服装，主题叫“花开不败”，因为指导老师要求以品牌的方式展现，花朵把她的品牌叫做“怒放”。

毕业作品报告会上，由于模特安排的问题，加上老师也不喜欢花朵的设计，最后只给了她三套衣服的展示机会。

当花朵牵着穿着自己设计时装的模特谢场的时候，台下几乎没有掌声。

花朵失败了。

报告会完毕，沮丧的花朵和高兴的赵子慧抱着自己的时装走在回宿舍的路上。

几个小学妹议论纷纷。

“那个叫怒放的简直就是穿了一身垃圾在身上，什么呀。”甲学妹咋呼着。

“是啊，要光看那个，以为咱们学校服装设计系多次呢。”乙学妹搭茬。

“就是就是，那个‘零’的作品不错，跟我喜欢的风格差不多！”丙学弟笑着。

金静子冲到三个人面前，转过身，一边倒退着走一边说：“我觉得怒放那个挺好的啊，就那个有特点，其他的设计总觉得似曾相识。反正我喜欢怒放，花开不败的名字也喜欢。大四毕业的时候，我的作品就叫‘花开不败’。”

“其实就是这么一两句话，花朵还说等金静子眼睛好了，自己就能够看到金静子的花开不败了。”诸神说完，把烟头在护栏上狠狠捻灭。

“花朵没跟金静子说过吧，但是这其实是两个人心里的一种誓言，一种默契。”魏霄伤感起来，把脸转向远方。

“花朵的毕业发布会就影响了一个人，但这个人却一直影响着花朵，虽然花朵不做服装设计了，但她的坚持是永远不会变了。”尚扬也发出了他的感叹。

“这样吧，”魏霄忽然转过身来，“尚扬，一会儿你召集策划部的所有人留下来开会，咱们一起帮助金静子，帮助花朵一起讨论那个慈善基金会的案子。这快下班了，大家都加加班，明天基金会的副秘书长就回来吧，咱们尽快争取。”

“好好，那我下楼了，花朵交给你吧。”尚扬一拍诸神，“跟我走。”

尚扬和诸神走了。

魏霄悄悄地来到花朵身边。

“有的事情改变不了，但有的事情我们可以尽力！”

花朵泪眼斑斑地转过脸，点点头，使劲“嗯”了一声。

所有的策划放下手头的工作来开策划会，魏霄叫上韩骁亲自到楼下给大家买来了晚餐。

大家格外卖力地想创意，如何能够把慈善基金会和金静子联系起来，如何能够让金静子得到社会更多的帮助，如何能够为金静子的将来打算。

晚上 10 点左右，在花朵和诸神原来思路的基础上，一个完善的策划思路出路。

花朵又打越洋电话给邓建，问他什么时候回来，这样案子一通过，马上就需要他的帮助了。邓建说其实自己三天前已经结束在美国的进修，本来再想花两三天的时间玩玩考察考察，既然这里有事，那会立刻赶回来。

周五下午，思博七八个人一同去乐善基金会提案。

王副会长没想到思博是带着方案来的，听了花朵的提案，感觉想法不错，但有些犹豫。秘书小刘从外面拿着一张“母爱基金”慈善捐助的票据回来，跟大家说这是去年金静子妈妈病好了以后，金静子捐款乐善基金会的票据证明。王秘书长看了看那张票据，一拍桌子："无论如何，这个事都得办下来，还得办好！"

花朵总算得到一点安慰。

周六，花朵和魏霄一同去医院看望金静子。

魏霄把静子妈叫出病房，将公司员工凑的钱交给静子妈，静子妈拉着魏霄的手流着泪说不出话。

病床上的躺着的金静子正在听着 MP3，脸色煞白，嘴唇干涩，非常憔悴。

花朵笑着问："静子，你刚才听的是什么歌?"

金静子不说话，把耳机举过来。

花朵戴上耳机，静静地倾听里面传来的幽怨凄凉的歌声。

花蒙住眼睛心难受
我站在睡梦中
花开的样子你难懂
她孤独却幸福
我要送给你一滴我的一滴我的泪
那是我温顺的感觉流下来
我要送给你一束我的一束我的花瓣
今夜我的心痛得掉下来
花在开开不败
光照着我心温暖
我的样子你难懂
她孤独却幸福
花在开花在开啦……

“这是谁唱的，叫什么啊？”花朵听完了，摘下耳机。

“姜昕，歌名叫《花开不败》。我记得我上大一，看了一场大四服装设计系学生的毕业作品报告会。其中有一套衣服叫‘花开不败’，那个品牌叫‘怒放’。我非常喜欢那一套衣服，不过到现在我也没看到‘怒放’这个品牌。恰巧这首歌，姜昕的这张专辑叫《花开不败》，我一直很喜欢听。”

“姐姐，你哭了？”一滴泪水掉落在金静子的手上。

“姐姐，你别哭。我现在已经很开心了，有你这样一个一直关心我的姐姐。”

花朵忙擦掉眼泪，凑到金静子耳边：“静子，我就是那套衣服的设计师，真的让你失望了，姐姐没有把‘怒放’这个品牌做成一个店。”

“啊，姐姐，真的是你么？”金静子双手急忙上下左右划拉，终于握住了花朵的双手。

沉默良久，花朵把作品报告会后的故事说给金静子听。

金静子默默地听着，把握住花朵的手攥得更紧。

“呵呵，咱们俩都是不成功的人。我再也看不到你的‘怒放’，你也再看不到我的‘花开不败’了！”金静子苦笑。

“是啊。理想和现实总是那么遥远。”花朵微笑起来，翻出自己的手机，“来，让你听另一首歌，《花开不败》太忧伤了。”

花朵的手机里传出郑钧的《怒放》。

“呵呵！姐姐我明白了！你的‘怒放’在你的心里，对吧。”

金静子嘴角漾起微笑，真正的微笑。

金静子重新变得开朗起来，开始抱着吉他在病房里练歌，那是花朵交给她的任务。

维莱牛仔本月有一个公关推广，很小，却很别致。

推广的主题叫做“白领伊人办公桌绿化运动”。创意很简单，就是通过网站和各大写字楼大堂的推广摊位报名参与，然后就会得到一盆带有维莱牛仔 logo 的花朵盆栽。参与的白领将每天的栽培日记和照片上传到网上，大家一起分享每天的心情和盆栽的成长。而 5 月，最终通过网络投票选出十个奖项，获得维莱的新款牛仔服。

花朵也领养了一盆盆栽，是铃兰。花朵在网上查了一下，铃兰开出的花像一串小铃铛。这种有香味的小花，在法国的婚礼上常常可以看到。送铃兰给新娘，是表示“幸福赐予纯情的少女”和“幸福的到来”。

花朵领养这盆铃兰的当天，程强终于到佐丹娜公司在众目睽睽之下向赵子慧求婚。赵子慧甜蜜地答应。程强其实长得很一般，和赵子慧身高差不多，体形也比较胖，但是他的平凡掩盖不住他对赵子慧的那份爱恋。程强用三年的努力工作换来了一套不大不小、离市中心不远不近的房子，也换来赵子慧的芳心。

赵子慧和程强第二天就去民政局进行了婚姻登记，虽然这一天是愚人节，但感觉是一种傻傻的幸福。

看着赵子慧开始预约拍婚纱照，张罗筹办婚礼，花朵感受到所有女孩那种发自内心的喜悦和快乐。

甄 Angelia 对于花朵出的“职场金领，美丽厨娘”方案非常的满意，开始进入栏目策划和首次活动的运作。

下午，利嘉大厦楼下的大堂咖啡吧。

花朵、诸神和甄 Angelia 一同探讨第一次“魅力厨娘”的有关活动运作。

花朵打开笔记本电脑，调出 PPT，转向甄 Angelia。

“Angelia，这是我们找的一些示意性的职场女金领的照片图片，你看看是不是对路。”

甄 Angelia 把笔记本往自己跟前拉了拉，仔细地翻看。

“花朵，你想的真周到。你不是说你以前想做时尚类杂志的编辑么，这次有没有兴趣为这次活动写点文字。我去主编那里给你申请专栏编辑级别的稿费。”

“可以么?”花朵笑着问。

“当然可以啦。你们做这个方案，《恋家》要付给思博公关报酬，又不是直接给你。所以，我得想办法给你弄点辛苦费啊。”甄 Angelia 笑着转向诸神，“还有你，诸神，你也出了不少好点子。”

“我啊，算了吧。我就讨厌写你们那种时尚杂志的酸词。中国话不好好说，非跟外语似的，老用些倒装句啊，蹩脚的外来词啊。把什么外国破玩意都吹得跟朵花似的。”诸神歪叼着烟卷，一脸不屑。

“你多余搭理他，他不懂，他根本就不懂什么叫时尚。”花朵扭过脸，“时尚怎么拼，快说!”

"Shishang!" 诸神用汉语拼音拼了一遍。

甄 Angelia 被诸神的调侃逗得捂着嘴笑。

"你看吧！他就应该被扔进历史的故纸堆。"花朵端起杯子，喝了一口咖啡。

"看完了，"甄 Angelia 直起身子，伸手指着其中一张照片，"我觉得这个形象挺符合咱们栏目的感觉的。其他的照片里的美女都看着有点青春，不像总监级的女金领。"

照片上是一个年龄大概在 30 岁左右，短发，眉宇间显出干练神情的职业女性。职业女性很有风情而且很专注地正用一把小刀切柠檬。

"我觉张照片的这个女的特别像魏霄，"诸神斜眼看着，"我第一眼看见以为就是魏霄呢。"

坐在旁边的花朵急忙踩了一下诸神的脚，使了个眼色。

"干嘛踩我啊，谁看不出来啊，Angelia 又不是看不出来。"诸神我行我素。

甄 Angelia 有些尴尬地笑笑："没关系，我刚才还真一眼就看出来了。不过现在想来，你们魏总的形象确实很有一种职业金领的迷人风度。衣着很得体，眉毛有点点杀气，但嘴却是仰月口。她的发色是微红的，所以又显得整个人不刻板，很时尚，确实很有风度。比照片上这个强，我觉得。"

"那老娘们确实是徐娘半老，风韵犹存。虽然我不喜欢她，但客观上说魏霄形象上还是挺迷人的。"诸神继续评价。

"呦，没想到你嘴里还能吐出几根大象牙。但魏霄哪儿老了，刚三十，什么徐娘半老啊。"花朵白了一眼诸神。

"要不……第一次活动咱们就让你们魏总当女主角？她以前在杂志上的曝光率也算挺高的。形象好，气质佳，谁都愿意请她，也算高级职场一个小名人呢。"甄 Angelia 提出一个谁都无法想象的建议。

"拉倒吧！天使姐姐，你都心地善良到这种程度啦！"诸神摇头尾巴晃地说。

"很难！我觉得很难，不过工作是工作，这是魏霄的原则。也许还有点谱，不试谁知道呢。"花朵思考着。

"我觉得真的可以试一试。这对她也有好处啊。你说得对，工作是工作，我也这个原则。"甄 Angelia 看了看诸神，又看了看花朵，"公关一下？"

"你咋不找钟少啊？找他不结了么？"诸神问。

"屁话，你怎么什么都不懂啊。小昭喜欢你什么了，情商这么低，负数了都。不找钟少这事还能成，找了就彻底没戏了。”花朵一顿拍。

甄 Angelia 笑着说：“诸神好像老活在自己的世界里，用自己的观点去理解世界，这样也好也不好。”

“就别分析我了，你们俩赶紧谈正事吧。我过会约了邓建，得一块开始鼓捣金静子的那首歌了，争取一炮而红。”

“我觉得谈得也差不多了，就差魏霄这一关了，真得公关一下了。不过透露一下，魏霄做东西特别拿手，特别好吃。我吃过她亲手做的姜汁撞奶和拔丝菠萝。哎呀，那味道……”花朵露出一脸馋相，“不行不行，再说口水都流下来了。走了，散会！”

Ashura 和大天恋爱了。原因是某天晚上，诸神和邓建回公司拿忘带的资料，发现加班的两个人在会议室卿卿我我地正吃着一碗泡面。

“请注意，只是一碗，两个人一碗，还只有一个叉子，你们可以想象是怎么吃的了吧！”诸神注重强调了一遍。

邓建、诸神和花朵三个人在东直门爆肚老店一边搓饭一边闲聊。

“你刚知道啊？公司八卦你总是最后一个知道。你真是个后知后觉的人，我就不明白你智商这么高的人情商怎么就这么低，营养全补了智商了？”花朵喝了一口羊杂汤，用纸巾擦着嘴说。

“要不小昭玩他于股掌之间呢。”邓建端起蒙古王口杯，冲着诸神，“来，为了被媳妇压迫着的人，走一个！”

诸神和邓建俩人一仰脖，一个口杯一饮而尽。

“你们俩真无聊！什么媳妇啊，太难听了。”花朵举起筷子打邓建拿酒杯的手。

“你看你看。这不是压迫是什么？媳妇叫着多亲切啊。媳妇，陪姥爷走一个。”邓建嘻嘻哈哈。

“去，找我挠你呢吧！你脸上那道子可还没好利落呢。”花朵举手做挠状。

诸神哈哈大笑：“我说你脸上那道子怎么回事呢，你丫说是叫猫挠的，原来那猫是花朵啊。太搞笑了。”

“给我点脸面行不！”邓建看着花朵，一脸可怜。

“你俩是不是喝多了，这破酒有什么好喝的，两块钱一杯。”花朵端起邓建的口杯抿了一口，“呸，真难喝。比龙舌兰酒差远了。”

“哎？我没记得带过你喝过 tequila 啊。”邓建转过脸。

“我跟维莱的 CEO James 喝的。那酒喝着才有意思。”

邓建忽然一脸严肃："靠！那个外国老光棍呀，你们怎么喝的？他没非礼你吧？"

"非礼？"花朵没听懂。

诸神也一脸正经地问："没把盐撒你脖子上？"

"脖子？什么乱七八糟的，盐不是撒这儿么？"花朵伸出左手，指着虎口。

"哦，那邓建就可以放心了。"诸神往椅背上一靠。

邓建松了口气，接着喝举在半空中还没放下的羊杂汤。

花朵来回看了这两人好几眼，疑惑地问："什么跟什么啊。"

"让邓建给你解释。"诸神打着嗝点上一支烟。

花朵看着邓建，邓建把碗放下，擦擦嘴："tequila 除了你说的那种喝法，就是在虎口上撒盐那种，还有另外一种比较激情的喝法。就是把盐洒在女人脖子上，男人舔女人脖子上的盐，然后再吃柠檬，再喝酒。"

"哦，没有没有。我们俩都是手上撒盐，我说你们俩这么激动呢。不过你说的这个感觉还真好玩。"花朵恍然，笑着又说，"不过 James 倒是说过一种很恶心的喝法，就是墨西哥当地的酿酒师认为蝴蝶的幼虫，就是毛毛虫可以改善龙舌兰的味道。所以喝的时候就是往嘴里放一条，然后喝一口酒，再把虫子吐出来。"

"够恶！"诸神做呕吐状。

花朵拍着手哈哈大笑。

"酒醉饭饱，说正事吧。邓建，你和唱片公司联系得怎么样了？"花朵问。

邓建正经起来："怎么说呢，成是成。不过得看实唱，而且你这个估计很难做市场推广。唱片公司是为了赚钱的，不是搞慈善的。所以最后十有八九得自己掏钱。尤其是你们说的打榜，必须得自己掏钱。除非是主旋律歌曲，像那些奥运歌曲之类的。"

"自己掏钱？那得多少钱啊？"花朵受到打击。

"做首歌其实不太花钱，我都能给你找朋友帮忙。但是就你们策划的那些效果，什么出 CD 啊，拍 MTV 啊，必须花钱，咱们不是玩票，这关系到那孩子的将来呢。我算了算，怎么着也得三四十万吧。"

"天！这么多。要是有这三四十万我们还策划什么啊。直接把钱给金静子不就结了。"花朵顿时觉得自己的方案成了天方夜谭。

"真这么多钱啊？要不然看看基金会能出多少钱？"诸神赶紧想辙。

邓建哈哈大笑："别泄气啊，我觉得你们策划这事挺靠谱的。你们这个不是慈善么，你可以拉赞助啊。找几个有钱的，又想表现社会责任感的企业拉赞助，到时候就把 CD、MTV 上打上他们企业公司的名字不就结了。轻轻松松搞掂。你们现在接的都是什么屁活儿啊，层次还这么低。这年头谁干活用自己的钱啊。”

“哎？高，实在是高！”花朵笑逐颜开，又开始花枝乱颤。

“大公司出来的人就是不一样啊，我们思博完全就是小儿科。奥运会也有你们公司的事吧？”诸神问。

“那当然了。公关合作伙伴。不过，说句实话，我挺不爱在凹美待着的。一个个整天牛逼哄哄的，跟北大清华刚出来那些毛嫩小子、丫头片子一个德行。”

“得了，你别站着说话不腰疼了，别人想进都进不去呢。”花朵想起了 Ada。

“什么时候我弄个酒吧，铁瓷的几个哥们姐们天天一乐，多好！”邓建感叹。

“谁说不是呢！”诸神附和。

魏霄的办公室里。

“什么？”魏霄满脸的惊讶。

花朵早做好了心理准备，笑着说，“其实您可以先看一下我的公关策划案和 Angelia 的栏目策划案，然后再做结论。还有文件夹那个样稿，我们虚拟做的，是我写的文字。”

“不行，绝对不行！”

魏霄说着“不行”，还是低头打开了笔记本上的文件夹。

花朵双手五指插在一起，静静地等待，眼睛一直盯着魏霄脸上的表情。

魏霄很认真地翻看着文件夹里的 PPT。

“案子和栏目都有想法，但是让我当主角不同意。”魏霄皱着的眉头舒展开一些。

“您看样稿了没？”花朵问。

“正要看！”魏霄轻点着鼠标。

看着看着，魏霄忽作思考状，然后左臂放在桌子上支起了脸。

花朵顿时信心大增，嘴角微微上扬。

“我给你的是这种印象？迷人，风度，气质，知性？”魏霄盯着屏幕，念叨。

“这是我和 Angelia 共同的印象，其实样稿第一篇的文字是我写的，第二篇字数多的那篇是 Angelia 写的。”花朵进一步试探。

“真的假的啊?”魏霄侧脸用双眼盯着花朵。

“您说过我最大的优点就是真诚!”花朵笑了。

魏霄又足足看了电脑屏幕 5 分钟，花朵静静地等着。

终于，魏霄往椅背上一靠，带着点狡黠的笑，问花朵：“小丫头是又想吃我做的姜汁撞奶了吧，竟然兜这么大圈子，费这么大力气。”

“嗯!”花朵使劲地点点头，高兴地蹦起来，“魏霄，万岁!”

魏霄给了自己一个台阶，一个非常聪明可爱的台阶。

北影厂摄影棚里，魏霄完成了她拿手的姜汁撞奶。

甄 Angelia 鼓掌，微笑着走过去。魏霄冲甄 Angelia 礼仪性地一笑，绕过她走到手舞足蹈正看着相机里照片的花朵身旁。

“迷人么? 哈哈。”魏霄探头看着相机，嘴里露出两颗小虎牙。

“超赞! 魏总。比我想象中的好上一百倍一千倍!”花朵兴奋地叫着，“我都想拍了，不过我没您那气质。”

“确实不错!”摄影师大梁冲魏霄伸出大拇指，“这主意谁想的啊? 绝了。透过做美食，让大家看到职业女性贤良淑德的另一面。想法真绝，一般杂志就是摆摆工作 pose，装蛋玩。”

“想法就是你身边这女孩!”魏霄指着花朵。

“呦! 后生可畏啊。什么时候也帮我策划策划，有时候拍片子我找不到太好的灵感。”大梁上下打量花朵，“一般美女都智商不高，我看你们仨就是仨人精啊。”

甄 Angelia 走过来，问大梁：“梁老师，这正式片子什么时候能出来啊。”

“我哥几个今天晚上就开工，今天妆也好，人也漂亮，动作到位，光也打得好，应该不用怎么修。后天吧，后天给你们出来。”

“哎，花朵!”甄 Angelia 发现花朵不见了，一扭头，看见花朵正美滋滋地拿勺吃姜汁撞奶。

“嘿! 费了这么大劲儿，兜了这么大圈子!”花朵举着勺子向魏霄和甄 Angelia 晃。

“真够呛。”魏霄无奈地笑笑。

第三人出了摄影棚。甄 Angelia 从包里取出一个信封，递到魏霄面前。

“魏总，您的劳务费。”

“开什么玩笑，你省省吧！”魏霄一脸怒气：“花朵，咱们走！”

甄 Angelia 在后面面带微笑，喊：“谢谢你，魏霄。”

回公司的路上。

花朵看着后视镜里一脸骄傲的魏霄问：“魏总，你就不能原谅 Angelia 么？”

“别跟我提这事，不然今天的工作全白费！”魏霄阴着脸，按开 CD，把音量调得很大。

花朵端起姜汁撞奶，挖了一勺放在嘴里：“嗯，甜蜜的味道。”

魏霄被气笑了。

花朵联系 James，谈有关赞助的事。

James 特别还跟花朵去了趟医院，看望了一次金静子。花朵跟金静子的渊源与金静子的乐观颇令 James 感动。不过 James 说赞助不是自己一个人说了算的事，要通过公司董事会的批准。维莱今年的公关预算是死的，所以要再出钱的话，最好是把方案向董事会提报一下。维莱牛仔的董事长目前正好就在北京就收购某国内制衣企业谈判磋商。

花朵背英语提案词花了 3 天时间，第四天带领超 A 组给董事长做了提报。董事长最后拍板，但是只答应赞助 30 万。

James 后来又想了一个办法，本来维莱广告的 08 代言人是邀请一位体育明星。后来因为花朵的创意，思路大变，广告中的形象都变成了普通的模特。这样省下了大概 100 多万的代言人费用，James 批了 10 万作为给花朵的代言费。花朵由此成为维莱牛仔历史上第一个平民代言人。

尽管这样，钱还是不够。花朵四处到手里的客户那里化缘，无果。

一个多月前，世家黄金的全年公关推广方案出来，周苒让超 A 做了部分调整后通过。世家黄金的系列公关推广开始正式启动。其中一项以“女性，艺术 + 璀璨生活”命题的，以女性艺术家联盟为基础的世家黄金首届黄金珠宝艺术大赛最为重要。经过一个月的招募、征集、评选，12 件作品进入制作阶段。接下来黄金珠宝艺术大赛作品发布及颁奖晚会的也进入超 A 组的工作日程。

甄 Angelia 的《恋家》第一期“职场金领，魅力厨娘”，受到了广泛的欢迎，收到很多读者的来信赞扬。同时，掀起了诸多大公司总监级以上女性金领报名参与的小热潮。另外，想为《恋家》这个栏目提供场地赞助的餐厅酒店，一些餐饮用具、餐饮调料厂商，也找上门来。甄 Angelia 希望花朵能够开辟一个专栏，以报答花朵，但被花朵婉言拒绝。而魏霄在公关界的知名度则进一步提升。天生的商业奇才钟柏由此看到商机，与沟通已久的娱乐台策划运作了电视栏目版的“职场金领，魅力厨娘”，大获成功。

魏霄的一杯姜汁撞奶，花朵的一个想法，让利嘉传媒由此拓展到电视传媒领域。钟柏大手笔奖励花朵 10 万人民币，花朵一分没动，留着作为金静子包装的运作费用。

金静子出院了。

虽然金静子的右眼失明，左眼的视力又降到 0.1，但仍旧充满了生活的勇气。

邓建和诸神作曲，花朵和金静子作词的歌曲《远方》也随着金静子的出院而最终定稿。

邓建一伙人邀请金静子在自己家里先录了个 demo 小样，效果不错。花朵那小样带到公司让大家听，大家一致觉得非常成功。

邓建和诸神受到鼓舞，又陆续创作了两首歌，视听效果也极好。最终金静子的专辑被命名为《望不了的远方》，《远方》作为主打歌曲。

也许是被花朵如此纯净的心灵所打动，小昭从前心中那些莫名的怨念逐渐消失，真心实意地把花朵作为朋友。两个人的关系和好如初，或者说比以前更近一步。

周日下午，小昭陪着花朵去音像店为金静子出专辑做调研。逛了好几家音像店，考察和分析了目前一些歌手专辑的策划，设计，包装之后，天已经擦黑，两人都感觉肚子开始唱空城计。

“该吃点东西了，我好饿啊!”花朵拖着疲惫的双腿走在西单的广场上。

“我也是。咱俩吃什么?”小昭看着路边的各种饭馆，“吉野家? 麦当劳?”

“咱能不吃快餐么?”

“那你还想吃什么啊? 这可不是什么吃饭的地方。”

“我想吃点好的，找个那种坐着沙发吃饭的地方。”花朵吃饭的特点是绝不含糊。

“拜托哎，我记得你不是一个娇小姐啊。”

“不行，就是得找个好点的地方。你快想，给你十秒钟的时间。”花朵靠在广场的大理石台阶扶手上，不走了。

“嘿，花朵，你认错人了吧，我不是邓建，竟然跟我撒起娇来了。”小昭翻着白眼，灵机一动，“要不咱们公司边上那个上星期新开的台湾餐馆？咱们前天去吃，你不是超喜欢那里的东西吗？不过就是贵点儿。”

“哇！”花朵一下来了情绪，眉飞色舞地说，“就在你说的同一时刻，我脑袋里正飞出‘三杯鸡’呢。小昭，你知道这叫什么么？”

“叫什么啊？”小昭眉毛一挑。

“糊涂，心电感应啊！”花朵花枝乱颤。

“我看你是饿晕了，脑袋里都‘飞鸡’了，我还头次听说。哦，不是，还有个卖火柴的小女孩，脑袋里曾经出现烤鸡烤鹅。”

“哈哈，别站着了，赶快打车回去。”花朵拉着小昭跑到路边，伸手打车。

三杯鸡、卤肉饭、粉蒸排骨、撞奶摆了整整一桌，花朵一阵胡吃海塞。

小昭纸巾擦擦嘴，看着直打饱嗝的花朵："我就不明白你这么能吃还就不胖。”

“嘿嘿，都转化成精力和大便了。”

“天，刚吃完你就想让我吐出来啊。”小昭气得直翻白眼。

“歇会儿，走不动道了！”花朵笑呵呵地捂着肚子。

小昭懒得理花朵，起身到报刊架拿了本《恋家》回来。

小昭翻了翻，问："你说魏霄还没家没业的，上了次这个栏目，估计不少人还以为她是一个挺出色的好媳妇好妈妈呢。”

“你这个想法倒是很真的，要的就是这个效果。要不叫‘职场金领，魅力厨娘’呢。”

“嘿，你再看最后这页写的名人名言。”小昭把杂志拿过来给花朵看。

“哪句啊？”花朵凑过来。

“就这句，萨达姆给看守他的卫兵关于择偶的中肯建议。”小昭手指着。

“哎，我还真没注意看这页。”花朵把杂志拿过去，读出声来，“你一定要找个好女人，她不必太聪明，也不要太笨；不要太老，也不要太年轻。记住，这个女人一定要会洗衣服和做饭。”

“经典吧！”小昭笑着。

“这老头竟然还说过这样的话啊。不过魏霄挺聪明的，做饭拿手，洗衣服现在都用洗衣机，应该谁都会吧。经典！”

“其实超深刻！”小昭点着头说。

“嗯，高度而且很平实地概括了一个好女人的特点。”花朵琢磨了一下，又凑过来，“其实魏霄跟我说过，她说有时候她太聪明，这样反而不好。我当时也没明白什么意思。现在想来确实有那么一点意思。”

“机关算尽太聪明，反误了卿卿性命呗。花朵我曾经提醒过你别和她靠得太近。不过你确实太纯洁了，谁都染不了你。我也就放心了。”小昭很正经地说。

“是吗？我真有这么好么？我记得 Ashura 问我‘春兰、夏荷、秋菊、冬梅，你是什么花朵’。我当时选择了春兰和夏荷。荷花不就是出淤泥而不染么。哈哈。”

“嗯，也只有你能做到，不过你是天生的，学也学不来。”小昭盯着花朵，“挺羡慕你的。”

花朵直起腰，“美食和赞美的话兼而收之，我很满足。撤！”

花朵和小昭出了台湾料理店，走在街上。

花朵抬头看利嘉大厦 8 层的窗户，“还有人加班？”

“诸神在呢，走，咱俩上去瞧瞧，他要完事了一块回家了就。”

两个人聊着天，出了电梯。

绕过前台，空荡的大办公间里都黑着，没开灯，只有诸神的电脑屏幕亮着。这是诸神的特点，他以前说黑着灯感觉像网吧，这样加班有一种娱乐的心情。

诸神没在座位上，小昭和花朵四处看，发现第 2 会议室虚掩的门里射出些许亮光。

小昭笑着把手比在嘴前，蹑手蹑脚地往前走，花朵也在后面蹑足潜踪。

小昭轻轻地轻轻地推开门，一下停住脚步。花朵在身后“蹬”地一下蹦出来。

小昭和花朵都愣在那里，傻了。

第二会议室里只开了天花板四周灯槽里的小灯，光线并不是很亮。

会议室里的座位都是沙发，而在一个大的双人沙发上，是两个神色慌张的人——诸神和 Angelia。

诸神斜躺在沙发的一角，一脸通红。Angelia左腿着地，右膝跪在沙发上诸神的两腿之间，她的脸扭向小昭和花朵的方向，两颊绯红。

从这个姿势上看，Angelia是主动方，诸神是不是半推半就就难说了。

“淫贱！”小昭怒吼一声，无比凄厉。

花朵目瞪口呆，不知所措。

Angelia立刻把右腿收回来，站直身子，不自然地用手拢着耳边的发丝。

诸神通红的脸被小昭一声嘶吼，吓得瞬间变得惨白。

小昭刹那间快步走到诸神面前，巴掌抡圆了照诸神左脸就是一记耳光。诸神惨白的脸顿时又变成熟虾米色。

小昭转身又走到Angelia面前，一手指着诸神，叫嚷：“这个贱男人我他妈不要了，便宜你这个贱女人了！”

Angelia猛然直起腰，眉梢一挑，露出轻蔑的笑：“真对不起，不过出了这种事，我挺理解你的心情的。”

小昭脸色急剧变化，凶神恶煞般的狰狞变成冷笑：“好，我知道了，你是有预谋的，遗憾的是我晚了一步。你不必高兴得太早，虽然我不会跟你介意，但请你记住，‘多行不义必自毙’。”

Angelia张嘴要继续说话，小昭笑着走到满脸惊讶的花朵面前：“花朵，诸神你安慰安慰。”

花朵对小昭的言行举动实在是莫名其妙，刚要说话，小昭嘴角带着微笑走出会议室。

Angelia狠狠地一跺脚，看着小昭的背影方向，咬牙切齿地说：“你行！”

Angelia走了，剩下莫名其妙的花朵和把自己头发抓得乱乱的诸神。

花朵第一次碰到如此不堪的情况，对于怎么安慰一个被“捉了奸”的男人，没有半点经验。

“要不我给邓建打个电话，让他把你接走？”花朵想了一个莫名其妙的主意。

“还觉得我不够现啊！”诸神终于开口。

“那我陪你到楼下的那个酒吧坐坐？”

“你说得太对了！”诸神抓着头发晃着脑袋。

“什么啊？”花朵坐下来，看着无地自容的诸神。

“我的智商高，情商是负数。刚才看到了吧？我被两个女人都玩了。”

诸神掏烟点上，使劲吸了一口，“我的劣根性。”

花朵这次没说话，继续听着诸神把话说完。

“与其说我喜欢小昭，不如说我只想拥有一份爱情罢了。而 Angelia 却利用我打击小昭，但刚才你也看到，小昭并没有被打击到，她对 Angelia 说‘你是有预谋的，遗憾的是我晚了一步’。”诸神叹气，“小昭已经已经意识到我对她的感情中的水分，应该已经想到结束了。现在，一切都结束了。”

花朵终于明白了诸神的话：“这是三个人的游戏，不光是她们把你当作游戏，而且你把她们也当成了游戏。但是这场游戏，谁都不是赢家。”花朵点燃一根香烟，抱起双臂，看着诸神，淡淡地继续说，“策划部法则八：要用 80% 的力气干得 60 分的活，不要用 100% 的力气完成 80 分的活。”

诸神无奈地笑：“花朵，你曾经提醒过我，这个法则是错误的。现在想来，确实如此。如果当初我要是用 100% 的力气去对小昭好，那么今天就不是这个结局了。”

“师傅，你记得上次 Angelia 说的那句话么？她说你好像老活在自己的世界里，用自己的观点去理解世界，这样也好也不好。”

“嗯，她一下就看透了我，所以我没有让她继续说下去。因为我确实永远活在自己的世界里，用我自己的法则去工作，去生活，甚至谈情说爱。”诸神把目光移向花朵，“现在我终于明白为什么你会成功了。”

这场“游戏”的最后结果，竟然是小昭的退出。小昭给魏霄的理由是，自己要去实现自己的电影梦想了。思博公关的同事们给小昭的只能是祝福。关于小昭的去向，似乎她只给诸神发了个短信，但只有两个字：“远方”。

赵子慧和程强的婚纱照拍出来，异常的浪漫温馨。婚纱照的摄影师是花朵联系的大梁。花朵说这是她见过所有婚纱照中，最自然的动作，最温馨的表情。花朵对赵子慧的印象是平凡，也许就像歌中所唱的那样，“平凡的人给我最多感动”。

赵子慧邀请花朵给自己当婚礼伴娘，花朵欣然应允。

花朵在去苏州出差的，专门去了趟虎丘婚纱一条街逛了半天。

从苏州回来，花朵每天晚上便和赵子慧一起做婚纱和伴娘小礼服。当然，还有金静子的演出服。两个人感觉似乎又回到了学生时代，那么的单纯，充满对未来绮丽的幻想。

昨晚花朵熬到很晚才睡，在电梯里不停地打着哈欠。

到7楼，有人下电梯。电梯停下，门打开，甄 Angelia 正站在门口。

“花朵，出来，我正要找你呢！”甄 Angelia 冲站在电梯后面的花朵招手。

花朵急忙按住按钮，挤出来。

“什么事啊？”

“好事！”甄 Angelia 笑呵呵的拉住花朵的手，“跟我来，到接待室跟你说。”

花朵坐在接待室里，甄 Angelia 捧来两杯热咖啡。

“看你这样子，什么高兴的事儿？”

甄 Angelia 脸上带着小酒窝：“拜托你当我的伴娘！”

“天！”花朵大叫，“你要和钟少结婚啦？”

“你用不着那么大声音吧。”甄 Angelia 的脸微微发红。

“嘿，那我得先祝福你们俩。”花朵一笑，忙问，“什么时候？”

“日子应该在9月，奥运会完了之后。因为奥运会，所以什么事都比较难确定，大概就是9月。我第一个通知的你，不过你先别声张啊，省得不必要的麻烦。”

“嗯，这个我懂。”花朵点点头，“虽然我没你长得这么甜美，不过我可比你高啊，你不怕抢了你的风头？”

“不怕，你是为我们增光添彩！”甄 Angelia 眉开眼笑，“不过啊，钟少你也知道，完全一个商务人士，他要把婚礼做得很大，秀一秀。我劝他只要温馨浪漫就行，他也不太听。不过结婚是人生大事，做得大点也没什么错。所以呢，伴娘有可能不只你一个，但你肯定是最重要的，一定要紧挨着我身边的。”

“这个你不用担心，嘿嘿。那，那伴郎是谁？这个很重要啊，看配不配我，哈哈！”

“就知道你得问这个，是……”甄 Angelia 冲花朵神秘地笑，“你猜！”

“邓建呗！”花朵脱口而出。

“你没劲，你怎么一猜就猜到了。哦，也对。你们俩什么时候啊？要不咱们一块办了吧？这样多好，双喜临门，还省得你们花钱了。”甄 Angelia 双眼放光，无限期待。

“拉倒吧！也没求婚！而且你知道多可气么，邓建从来没对我说过

‘我爱你’这三个字，顶多说‘我喜欢你’。”花朵愤愤不平。

“是么？有这事？不会吧！我让钟柏去骂骂邓建，有点太不像话了。”甄 Angelia 发狠地说。

“嘿，别，强扭的瓜不甜。我倒要看看他什么时候说，什么时候跪在我面前求我嫁给他。然后我叉着腰说，做梦，不嫁不嫁就不嫁！”

甄 Angelia 被花朵逗得捂着嘴笑。

“嗯，那说定了。没别的事儿我得赶紧上去了，还打卡呢。”

“没事了，你上去吧。你真可爱！”

花朵原本困得要命，被甄 Angelia 的喜事一冲，一下变得精神百倍。

花朵跟同事打着招呼，走到座位前坐下，一眼看见自己的盆栽铃兰一串花骨朵中有一朵绽放了。

“大家快来看啊，我的花开了，我的花开了！”花朵双手捧着盆栽冲着四面八方高兴地大叫。

大家都来赏花，这是公司几个领养盆栽同事中第一株开花的，花朵兴奋异常。

韩骁端着一盆小盆栽从魏霄办公室出来，看到大家都围着花朵，走过来看热闹。

“花朵开花啦？”韩骁看到开花的铃兰。

“是啊是啊，你看你看，白色的小铃铛。”花朵把盆栽举在韩骁面前。

韩骁欣赏了一番，从背后拿出一个盆栽，笑着小声说：“魏霄的花死了！”

韩骁手中的盆栽是一株嫁接的红颜色的仙人球：“看，水浇多了。”

韩骁一晃手中的盆栽，仙人球下面的三棱箭齐根折断，露出已经腐烂的根部。韩骁去扔烂了的盆栽，花朵心情沉静下来。

花开花败，都在眼前发生，真不知道将来会怎样。

中午，花朵、Ashura、鸭梨、Ada，思博“四大天后”终于凑在了一起，下楼觅食。

Ashura 在饭桌上发布了一则消息，前台胡晶灵怀孕了。花朵思想斗争半天，最后还是没说出甄 Angelia 要和钟柏结婚的这个无比震撼的超级八卦。

Ada 伸筷子品尝了一下花朵的烤鳗鱼石锅拌饭：“不怎么好吃啊，哎，金静子那事怎么样了？”

"进行中，不过比我们想象的要难得多。"花朵停下勺，"我们得加紧了，争取7月前搞定。现在奥运会倒计时了，到了7月，酒店、媒体宣传、下家……什么资源都去支持奥运会了。"

"是啊，你们谁买到奥运会比赛票了？听说黎辉订到好几张票，还都是跳水和沙滩排球的。设计小赵也订到110米栏的票了，还有几张足球的，不过比赛在外地，他想给卖了。"鸭梨说道。

Ashura咋呼："为什么我没订到呢，得想办法把黎辉或者小赵的票骗到手。不过听尚扬说，他会给咱们去找点票，应该能找到，不过可能不是什么好的项目或者场次。"

Ada笑笑说："奥运会对全国来说是个天大的好事，不过确实影响了咱们公关，也就几家大的给奥运会服务的，或者给奥运会赞助商服务的公关公司乐。咱们要是凹美好了。"

花朵听到Ada说凹美，凑过来，"是啊，你知道那天邓建给我秀他那个奥运会工作证，说他那个工作证无限大，平趟各个赛场，媒体中心，运动员村。奥运会工作证都是分级别的，他那个最大。羡慕死我了。"

Ashura一笑，"大公司就是牛，不过咱们也好，说不定到时候公司放一段假。外地人都来北京看比赛了，我就出去，到外地旅游。嘿嘿，反正我对体育不感兴趣，开幕式看看就得了。"

"其实奥运会开幕式才是真正的大公关，那么大的活动在北京举行，这辈子估计也就这一次了，咱们只有看的份。"Ada不无遗憾地说。

"确实，遗憾，太遗憾了。哎，Ada，"花朵转过脸，"你凹美投简历怎么样了？"

Ada急忙冲花朵一挤眼，"我说着玩的你也信，那么大的公司都是挖人。就是投简历，一看是咱们公司，人家就不要了。"

"也对，"花朵急忙圆场，"本土咱们也就进个前50名，100名而已。"

吃完饭往回走，Ada和花朵借口买点东西，和Ashura、鸭梨分道。

"怎么样啊？情况。"花朵禁不住又问。

"投了简历，石沉大海。我觉得他们的招聘广告也许就是为了做个广告而已。我不想了，慢慢来。"

"还好，要不继失去小昭之后，我又要失去你了。"花朵有点忧伤。

"瞧你说的，好姐妹到哪里都是好姐妹。不过我劝你也不用太理想化，该跳还是得跳，机会不是天天都有的。"

"再说吧！不过也衷心祝愿你能够应聘进凹美。"

世家黄金“女性，艺术+璀璨生活”首届黄金珠宝艺术大赛获奖作品发布会活动进入倒计时，花朵把长长的工作倒计时单贴在办公桌前的挡板上。世家黄金的这个活动和筹备金静子专辑首发会的事产生了一些冲突。花朵最后决定让ashrua挑大梁，主要负责世家黄金的案子。

周一，世家黄金的工作会，花朵没去。Vivian和ashrua他们回来一脸的无奈。

“怎么啦?”花朵忙问Vivian。

“周苒看你没去开会挺生气的。他说你跟说过超A会专项负责他们的公关。现在合同签下来了，客户经理竟然脸面都不露。他说下次开会必须见到你，现在签的只是前一个活动，全年的合同还没签呢。让你看着办吧。”

“是专项啊。也不是别的组，总不能超A只干他们的活儿吧。”花朵愤愤然。

“客户可不会这么想，他们觉得付了钱了，就应该全心全意为他们服务。”

“真够累的。再说你这个大执行总监都去了，执行你比我在行啊。”

Vivian淡淡一笑，“我们干执行的也就在下家面前能摆摆谱，客户认的是策划和AE，怎么会把我们放在眼里呢。”

Ashura端着水杯过来，“就是，别说客户，就是公司也这样。策划部是公司的大脑，客户部是公司的脸面，这都是领导们说的。我们是什么，就是手脚，跑腿干活的。北京话叫‘催巴儿’。Vivian是‘大催巴儿’，我是‘小催巴儿’”。

“哈，别贫了。干活儿，周苒不是让我去开会么，那我就去，但这个项目还是你负责，一定要干好，我相信你，Ashura。Vivian也多烦你费心。”

“没问题，交给我了。下午我还得让鸭梨去印场盯一下宣传册。一会儿模特过来面试，你来看么?你比较专业。”

“你把模特叫咱们公司来了?”

“是啊，怎么啦?”Ashura问。

“你应该叫到客户那里，要不然就把客户也叫过来，不然咱们选完了，客户不是还得选一次么。”Vivian抢答。

“是啊，Ashura，多动动你的小脑筋啊。”花朵伸手戳戳Ashura的脑袋，“别总是热情高涨地干活，但不想想怎么干会更好。”

“你瞧人家花朵，执行能力都比你强了。”Vivian笑言。

Ashura 不好意思地笑笑，“那我赶紧跟世家沟通一下。”

Ashura 跑了。

花朵摇摇头，“Vivian，靠你多帮忙了。”

“明白！”Vivian 含笑点头。

下午和周苒一起在公司面试完模特，下了班花朵和诸神驱车直奔邓建家。

自从金静子的事开始运作，邓建家成了活动指挥部。

等所有人到齐了，大家又开车前往邓建联系介绍的丽田音乐。

金静子的这个事张雅冬不打算赚什么钱，带有点帮忙的性质。录歌安排在晚上，忙完了正事以后。编曲十几天前就全部完成，上个星期开始一个个录乐器。邓建拉的手风琴，诸神弹的贝斯。张雅冬又友情赞助了口琴和鼓手。伴奏全部搞定，今天正式录歌。

邓建、张雅冬和另外一名录音师带着耳机坐在调音台前，和金静子沟通。

花朵和诸神两个人不懂录音，站在后面隔着玻璃看着带着黑墨镜的金静子。

金静子有点紧张，站在录音棚的麦克风前面，双手紧握着支架麦克风。

“你别紧张，静子。跟家里一样。”张雅冬说着。

邓建盯着金静子，“你试着把双手放开那个支架，随便晃悠晃悠。”

“好，我起伴奏了啊！”张雅冬倒计时，“5、4、3、2、1，开始！”

伴奏音乐渐渐地响起，金静子还是有点僵，伸着脖子，嘴对着麦克风。

“给我一个……”

“停，早了，重新开始。”金静子没等前奏结束就开始唱。

“3、2、1，开始！”

“给我一个……”

“调起高了，重来！3、2、1！”张雅冬一开始正式录音，脸上变得无比严肃。

“给我一个……”

“是不是有点晚了？”邓建转脸问张雅冬。

“唱完吧，唱完吧！”张雅冬双眼盯着金静子。

过了一个多钟头，录了几次，没一遍是张雅冬满意的。

花朵和诸神看着金静子有点疲惫焦急的样子有点不忍，出去买了肯德基回来。

休息时间，邓建跟金静子继续交流着。张雅冬作思考状。

“吃饭呗，我们买了吃的！”花朵拎着两大袋肯德基进来。

“给静子点水，饭不许吃！”张雅冬面带严肃地说。

花朵表情一下冷了，问，“为什么啊，太残酷了吧！”

“你不知道什么叫‘饱吹饿唱’么？”张雅冬白了花朵一眼。

诸神把花朵拉到一边，“他不说我倒忘了。是得饱吹饿唱。吹喇叭，萨克斯之类的要气足，所以要吃得饱饱的。歌唱需要肺活量，如果吃得过饱，腹膈膜的振动伸缩受限制，肺活量受影响，歌唱效果不好，所以要饿唱。据说是歌唱界借鉴京剧界的经验。”

“哦，我说的呢。”花朵恍然大悟。

5 分钟后，再次开始录音。

花朵感觉这次效果好了许多，一气呵成地录下来。

“回放一遍啊，听听！”张雅冬歌曲回放。

“这回还行啊。”邓建评价。

“成什么啊，”张雅冬皱起眉头，转向金静子，“你尾音瞎拖什么啊，以为是演唱会呢，瞎发挥。”

“对不起，对不起。”金静子忙低头鞠了几躬。

花朵有点看不下去了，小声跟诸神说，“说话太狠点了吧。”

“名师出高徒，要不邓建不让你跟金静子说话呢。严格点好。”

花朵无奈眼睁睁地看着玻璃对面的金静子。

“再给你三次机会啊，这首歌你也唱了小一个月了，怎么还是这业余水平啊。”张雅冬继续刺激金静子。

“对不起，张老师！”金静子又深鞠一躬。

“不然你坐着唱吧！坐地下唱。你也累了。”

金静子双膝跪在地上，坐下。

张雅冬摇摇头，语气缓和下来，“盘着腿坐，别跪着，我有那么可怕么。加油啊，你就想想这么多人帮你呢。别紧张，放松。”

张雅冬“先紧后松”的策略起了效果，这遍下来，张雅冬点点头。

“好了，站起来，咱们正式了啊，倒数第二遍了。”

花朵倒紧张起来，双手我成拳头聚在胸前，眼珠不转的看着金静子。
金静子站起来，为了放松，身体轻微地扭动起来。
“3、2、1，Action！”

倒数第二遍录完了，张雅冬鼓掌，“收工！”
“完啦？”邓建转头问。
金静子问，“不是倒数第二遍么？”
“这次这么完美，还唱什么。结束了！”张雅冬摘下耳机，“饭在哪儿呢，出去一块儿吃饭。”
“哦！”花朵一声大叫，兴奋地冲进录音室，拥抱金静子。

第一首歌录完，第二天后面的两首歌录的也变得很顺利。最关键的环节完成，大家依然不能松口气，接着进入紧张的专辑宣传和发布会的筹备当中。

周日是世家黄金艺术大赛获奖作品发布会举行的日子。
经过上午的初次彩排，花朵和世家黄金的对接人刘经理一起对好了最终确定的各项流程。
中午吃饭的工夫，花朵走进第二工作间，一群模特正在吃饭。
花朵走到一边斜躺在沙发里的齐然然跟前，“然然，吃过啦？”
“肚子稍微有点难受，不太想吃。”12个模特里最漂亮的齐然然微蹙蛾眉。
“没关系吧？还是吃点吧，下午还得彩排一次呢。”花朵关心地问。
一旁的诸神端着盒饭笑呵呵地走过来，“你可是戴最牛的那件作品，要不是那个作品我都不来，千万别撂挑子。”
“诸神，流氓，乌鸦嘴！”Ashura冲过来，踹了诸神一脚，“滚一边儿去。吃你的饭，别胡说八道。”
诸神躲开，走到一边，嬉皮笑脸地说，“以后咱们也学黑社会或者电影开机仪式，先拜关二哥！”
齐然然被逗笑了，“没关系，放心吧。”
花朵给齐然然找来了两根大香蕉，看着她吃了，才笑着离开。

即使是再大的活动，再专业的公关公司，活动开始前的执行现场也是忙乱的。而且通常和活动的大小成反比。台下的观众看到绚丽的舞台效果，精彩的环节，但看不到活动背后的辛苦和繁忙。诸神跟花朵说过他最不爱来活动现场，因为他无法作为一名真正的，拿着邀请函入场的嘉宾来参与活动。台侧看到的活动和台下看到的活动完全是两码事。

离正式开场还有一小时。

第三次彩排，花朵忽然发现齐然然的鼻洼渗出了汗珠。

齐然然还走错了位，被强导一顿骂。

等模特都下来，花朵急忙跑到齐然然身旁。

“怎么了？然然。”

“可能是阑尾炎，肚子疼！”齐然然皱着眉头，表情有点痛苦。

“天！”花朵立刻紧张起来，“没关系吧？”

“不知道为什么这次这么疼！本来我想忍一下的。”齐然然坐到椅子上，捂着肚子。

“什么？你到底行不行啊！”Ashura 找来了强导。

强导看了看齐然然，“你怎么回事儿啊，到底行不行，上得了上不了T 台。”

齐然然摇摇头，脑门开始冒汗，十分吃力地说，“强导，真的，真的对不起，不是故意的。刚才已经疼得要命了，我实在……”

“你就毁我吧。”强导气得直转圈，掏兜点上一根烟。

“您注意别把烟灰弹到地上！”进来清洁的保洁提醒道。

“我去你大爷的，滚！我他妈不抽了！”强导一下把烟卷扔进了矿泉水瓶。

现场气氛高度紧张，其他的模特都战战兢兢地往这边瞧。

齐然然的眼泪刷的流下来，把妆弄的一片花。

花朵急忙站起来，拉过 Ashura，“你去带强导出去抽抽烟。”

花朵又对着讲机，呼唤诸神。

花朵安慰着齐然然赶快把衣服换了，让诸神开车去医院。

包括魏霄、尚扬在内，除了负责迎宾礼仪的 Ada 和小戴，思博所有现场执行员工集中到第一工作间开紧急会议，商讨对策。

“再找人根本就来不及，来了也秀不了。”强导稍微冷静点了。

"要是换着秀呢？原来是4个人一拨，咱们换成4-4-3什么的。"韩骁提议。

"没用，最后大亮相的，12件作品12个模特，最后都得出来。再说每个模特都要带一个设计师上台的，齐然然是带着设计师和周苒上台。难道一个模特带两件作品。世家肯定不答应，到时候咱们尾款都拿不回来。"尚扬抱着胳膊，一脸愁容。

"就怪诸神那个乌鸦嘴！" Ashura叫着。

"抱怨这个都没用，就是诸神不说，也得出这个问题！关键是现在想辙。" Vivian推了一把Ashura。

"各部门请注意，周苒到了，我们这里已将开始迎宾！"

正在大家急得直冒汗的时候，对讲机里传出Ada的声音。

世家黄金负责活动对接的刘经理风风火火地跑进来，"你们商量得怎么样啦？我们'大脑袋'到了，你们可得快点儿。"

"正在商量，花朵没时间了，除了负责走秀和主持人的，全都回各自岗位！"

魏霄一声令下，工作间里的人少了一半。

花朵急得不行，直接抢过尚扬嘴里叼的香烟，猛抽了一口，在房间里走来走去。

"模特，模特，模特……"魏霄嘴里念叨着，忽然目光定在花朵身上，"有办法了！"

花朵眼睛一亮，"什么办法？"

魏霄快步走到花朵面前，双手扶着花朵的双肩，非常郑重地说，"花朵，你上！"

"啊，我，我？"花朵张大嘴巴。

"好主意！"尚扬拍了一下巴掌，凑过来，"花朵，就靠你了。怎么着你也是服装学院毕业的呢。"

"太好了，准备换装！"强导兴奋起来，看了一眼手表，"快，还有不到40分钟活动开场。化妆造型的时间都快不够了。"

"但是，我是培训过走秀，但是我不是专业的啊。而且那件作品太暴露了，我可不行。我戴耳环项链什么的还可以，那个黄金胸衣我绝对不行，不行不行。"花朵脸红脖子粗地摆手。

"少废话，花朵。就你没妆，其他的模特妆也不能卸了再化啊，根本来不及。"强导转脸，"魏总，您赶紧把花朵领到第二工作间。花朵彩排都走过，我放心。她天生就是模特的料儿。”

花朵被魏霄和 Ashura 架着进了第二工作间。Ashura 把男的都轰出去，锁上门。

魏霄小心地拿起那件“两点”上是一朵黄金梅花的黄金胸罩，问造型师，“先造型还是先换衣服?”

“先换衣服，全身涂油彩根本来不及了。”造型师黎小露回答。

“Ashura，把花朵给我带过来。对了，拿俩乳贴。”魏霄走向工作间一角的更衣室。

Ashura 把满面通红的花朵推进更衣室，关上门。

5 分钟后，门打开了。

脸红得像苹果的花朵探出头，魏霄一把把花朵推出来。

只见花朵上身带着流苏摇摆的黄金胸罩，下身穿着埃及风格的金色低腰筒裙。

“哇噻！”Ashura 惊呼，“花朵你比齐然然还漂亮，你老运动，肌肉比较紧，你更有味儿。”

魏霄也笑，“我不会看错人的。”

“不过，”花朵双手捂着胸部，满脸娇羞地说，“这个我穿有点大啊。”

“是有点儿大。”造型师黎小露把花朵的手拿开，看了看，“魏总，花朵的丝袜拿来。”

“啊?”魏霄不解其意。

Ashura 冲进更衣室把花朵的丝袜拿出来递给黎小露。

黎小露一边让魏霄把花朵身后的别针扣袢松开，一边把丝袜团起来塞进花朵的黄金胸罩。

花朵仰头，手捂脑门，“天，偶买疙瘩！”

“这回成了，由 A 变 B 了。”黎小露看着花朵的乳沟，很满意地笑了。

“嘿，这招儿绝啊！”Ashura 双眼直勾勾地盯着。

黎小露把花朵拉到椅子旁，让她坐下，开始紧张地给花朵上妆。助理忙着给花朵做假指甲。

“咚咚咚，怎么样了里面！”强导在外面敲门。

花朵吓得急忙双手护住胸部。

“没完呢！”Ashura 跑到门后大声嚷了一句。

“快点儿！”强导走了。

魏霄走过来，微笑着看着花朵，“花朵，你得大方一点，到时候上场你就不能捂着了，要不人家看什么啊。”

“快羞死啦！”花朵红着脸，娇嗔，“看模特走秀和自己当模特是两码事。魏总，你害苦我了。”

“哈哈，”魏霄笑出声来，“你不是把我卖给了《恋家》了么？没想到你也有今天。”

“那你总不是只戴着胸罩做菜吧！”

“我也想啊，没你这好身材，我要你这么高，早上了。你不也跟我说你最喜欢这件作品么。”

“啊！”花朵叫着直摇头。

“不打搅你们了！”魏霄走到一边儿。

20多分钟以后，花朵的妆全化完了。

“幸亏是假发，要不然这么多小辫儿，两三个钟头也编不完。花朵，你当年要是学模特，估计比现在红。”黎小露把假发戴在花朵的头上，仔细地梳理。

“天，我可受不了穿这么少在一堆人面前走来走去。虽然我也设计过比较暴露的衣服。”

“噔噔噔噔，”黎小露嘴打着拍子，“全部搞定，站起来让大家看看。”

花朵慢慢地站起来，转向魏霄、Ashura这个方向。

“哇噻！花朵版埃及艳后！”Ashura再度惊呼。

“花朵姐，绝了！”11个模特中的一个模特带头赞叹。

花朵走到穿衣镜前面，左摇右晃地端详着自己，一下信心倍增，“天，我美得简直没法让别人活了。”

花朵逗得大家哈哈大笑。

“模特，都出来！备场了！”数个对讲机里传出强导急促的声音。

魏霄把大红色镶金边的斗篷递给花朵，“走吧，你的‘处女秀’。”

与其他11位模特的出场方式不同，花朵佩戴的黄金胸衣是此次大赛的最佳作品，因此，花朵要从酒店大堂二楼的旋转楼梯走下来。

Ashura陪花朵坐电梯上楼，走到旋转楼梯口，停下备场。

作品展示模特走秀已经开始。

“Ashura，我好紧张啊，脚丫子都是冰凉的。”花朵把鞋脱了，光着脚丫坐在鞋上。

“别紧张啊。”扒着扶手看着楼下的 Ashura 转回头，“你忘啦，你来公司第一个方案，你当时出的创意，女主人从旋转楼梯上走下来，这样才高贵优雅。”

“对啊。”花朵经 Ashura 一提醒，想起来了。

“站起来，准备了。听到音乐，追光灯一打到你身上，停一秒就往下走！”Ashura 伸开双手抱了一下花朵，笑嘻嘻地说，“大花朵加油，我爱你！”

花朵使劲点点头，面向楼梯口，屏气凝神。

音乐起来，一束追光打在花朵身上。

花朵心里默念“我要怒放”，轻轻地迈步拾阶而下。

激扬的音乐，耀眼的灯光，和怦怦的心跳融汇到一起，花朵感觉从未有过的兴奋和眩晕。

花朵大方优雅地走到旋梯中部，慢慢地敞开斗篷，露出金光闪闪的黄金胸衣，然后脱掉斗篷，一手拽着拖着地接着往下走。

台下爆出一阵热烈的掌声，世家黄金 CEO 周苒开始笑着，继而目瞪口呆，接着笑着鼓起掌来。

送齐然然去医院的诸神飞奔而回，正好跑到观众席，看到花朵敞开斗篷的一刹那，几乎鼻血四溅。

“我的老天爷，那是花朵么?”诸神对着对讲机大叫。

“诸神，你老实看着，少废话！”Ashura 对讲机里小声呵斥。

花朵的走秀还在继续。在舞台中央亮相之后，慢慢地走上舞台延长出来的天桥。摄影记者的闪光灯咔咔地响着，无数“菲林”被谋杀。

花朵走到天桥终端摆了几个 pose 之后，开始往回走。当花朵快走到舞台中央背景板前一米，转过身来的一刹那，花朵忽然不知为什么，右脚蹦了一下，皱了一下眉。但花朵表情很快恢复笑容，走到舞台中央和其他十一位模特并排亮相。

台下再次响起掌声。

11 位模特从左至右依次走到天桥终端将设计师迎上舞台。花朵最后一个走到天桥终端，世家黄金 CEO 周苒微笑着走上天桥。花朵挽着周苒的胳膊走回舞台中央，做最后的亮相。

“Ashura，快拿医药箱，花朵受伤了。”凑在前台一侧的诸神看到舞台灰色的地毯上有几个深色的印记，急忙在对讲机里小声喊。

模特依次下场，主持人快步登上舞台继续主持。

花朵一下台侧台阶，右脚就瘸了。诸神急忙扶着瘸了的花朵踮着脚坐到强导搬来的椅子上。

花朵咬牙切齿地抬起右脚。只见花朵右脚的大脚趾和二脚趾之间有一道亮光，花朵皱着眉头抠下来，竟然是固定舞台地毯的“骑马钉”。花朵的伤口上还流着血，伤口周围是暗红色的血污。

“他妈的这舞台谁弄的!”诸神大吼，瞪眼四处张望。

Ada急忙拿来矿泉水，蹲下身子，给花朵冲洗右脚伤口。Ashura急匆匆地翻出医药箱中的纱布和药水。

“诸神，你去把舞台的李成叫来。”魏霄一脸怒气。

“成，我也得找丫算账!”

怕花朵的脚破伤风，诸神开车带着进过简单包扎的花朵去医院。

活动结束了，周苒抱着一捧鲜花来找花朵。

魏霄把刚才的事和为什么花朵上台一说，周苒唏嘘不已。周苒想去医院看看花朵，魏霄说不必，还是让她还好休息下吧，忙了这么长时间。

花朵没有休息，第二天就来上班，因为金静子的事还要等着她来做。

虽然花朵的右脚受伤了，但当时骑马钉是向上卡着第二个脚趾，所以只是扎破了皮，没伤及骨头，并不严重。不过这并不影响花朵的英雄形象，钟柏亲自来看望她，甄Angelia更是捧来一束康乃馨和一盒明治雪吻巧克力。

下午，摄影师大梁派徒弟安东送来了活动照片的光碟，另外还有一个用报纸包装的长方形的扁平状什么东西。

安东说这是大梁专门送给花朵的，让花朵亲自打开。

花朵急忙撕开报纸，里面竟然是自己埃及艳后照片海报风格的20寸像框。

花朵哇哇大叫，激动得不行。

魏霄指着对面挂各经典活动照片的那一面墙跟安东说，“帮忙再放一个，我们要挂在墙上。20寸小点，放到24寸吧，挂在中间，比别的照片都大点。”

安东笑着答应，然后走了。

诸神也过来凑热闹，拿过花朵的像框仔细端详。

这张照片是大梁在旋梯的中端以俯视的角度拍摄的。花朵昂首挺胸，下巴微翘，黑黑的眼窝，闪亮的眸子。左手叉着腰，整个身子成S形。照片主色调为金色和咖啡色，更衬托出花朵如白瓷般的完美肌肤。整个画面非常华丽，恍若真的埃及艳后转世。

“可惜安东走了，不然让他也帮我放一个。”诸神看得入迷。

花朵笑眼咪咪。

“哎，”诸神抬起头看看花朵，又低头看看像框，“你没照片上这么大啊?”

“什么啊?”花朵一头雾水。

诸神又抬头看了看花朵的胸部，“不是PS的吧!”

花朵顿时爆气，伸出双手做爪状，“诸神，我挠死你。”

诸神放下像框跑了。

阳光的心情持续到下午3点半。

邓建打电话说，金静子的歌电台电视台打榜都没戏了，给钱也没用。因为奥运会，要弘扬主旋律。

幸好上次“四大天后”吃饭，花朵听了Ada的提醒。花朵召集超A开会，启动B计划——将专辑推广放到各大学院校。

学校的小型演唱会并不复杂，以前就沟通过，所以这周日下午，服装学院进行首个新专辑试唱发布会。

花朵把手中其他所有的工作放给Ashura，自己亲自负责发布会的筹备。虽然Ashura还不很成熟，但是花朵仍然相信谁都是练出来的。

不巧的是，这周日还是赵子慧婚礼的日子。赵子慧很理解花朵，说只要你从周六晚上到周日下午1点之前属于我就行了。

周三上午，世家黄金CEO周苒的秘书郑得强给花朵打来电话。

郑得强说周苒那天发布会就突然萌生了一个想法，想请花朵作为世家黄金的形象代言人。花朵笑着直接拒绝。郑得强说你不是也给维莱牛仔做了广告代言了么，为什么我们这个不可以，100万代言费呢。花朵说自己也不知道，总之就是不太感兴趣。

下午，周苒亲自打来电话，约花朵第二天晚上谈谈世家黄金今后的推广思路，并没有提代言。但周苒说这是非正式的交流，除了她还约了一位资深的媒体人士和一位国际知名的香港女时装设计大师，所以并不需要整个团队过来。花朵在给世家黄金以前的提案中就提到过这位女设计师，花朵仰慕已久，但因为各种原因，并没有出现在那次设计大赛的发布会上。

周四下班，花朵应约前往国际酒店。

到了酒店宴会厅的一个豪华包间，花朵发现就周苒和一个自称是某某杂志社的主编在座。周苒说香港女设计师正好出差从美国到北京来，就在上面国际酒店的客房，因为时差问题，正在休息，所以咱们边吃边聊。不一会儿龙虾鲍鱼上来，那个主编就一顿吃了，没说什么靠谱的话。周苒和花朵倒是聊出了不少的思路。一个小时后，主编接到一个电话，走了。周苒看花朵有点不耐烦了，打电话给女设计师，女设计师说让他们俩上楼上见面。

签了单，周苒和花朵一起坐电梯上楼。电梯上升的过程中，花朵忽然感觉周苒的手搂住了她的腰。

流氓也没有这么直接的，以为自己很有魅力吧。花朵气得够呛，用右手手肘往后使劲一磕。没想到周苒可能是练过，往左后方一闪，左手搂住花朵的脖子，右手掐住花朵的右臂。周苒力气很大，花朵动弹不得。

就在这一刻，电梯到了 15 层，电梯门打开。

“花朵！”

电梯外面竟然站着魏霄和钟柏。

周苒一愣，立刻放开花朵，花朵快步跑出电梯间。

周苒慌了，快速按电梯的关门键。

钟柏急忙右手按住电梯外面的开门键，同时左脚踏进电梯间，不让门关闭。

魏霄终于显出她的身手，以闪电速度往前紧赶两步，抡起左手给周苒来了个耳光，刹那间又抬右脚，猛地照周苒小腹就是一脚。周苒被踹得蹲坐在电梯的角落，嘴角流血，面部扭曲，痛苦无比。

“好！活该！”花朵大声叫好。

钟柏看了一眼魏霄，用一种询问的口气说，“放了他？”

魏霄嘴角一扬，“你松手吧。”

钟柏松开按着开门键的手，把脚撤回来。

电梯门关闭的一刹那，周苒在里面咬牙切齿地骂，“咱们没完，后面的合作拉倒！”

“呸！”花朵啐了一口。

酒店的咖啡厅。

钟柏和魏霄得知花朵没受到什么伤害才算松了一口气。

“你给我介绍的都是什么人啊？”魏霄仍然有点气呼呼地问钟柏。

“魏总，你不是说你酒会得到的名片么？”花朵疑惑地问。

“不是，他给我介绍的！”魏霄瞟了一眼钟柏。

钟柏很尴尬，“对不起，花朵。差点让你受伤害。”

花朵又是一脸傻大姐的笑容，“不是没事么。刚才你们俩揍得他快满地找牙了，真痛快，过瘾。不过，是您介绍的？”

钟柏看了一眼魏霄，脸憋得通红，“花朵我知道你很单纯，不应该让你知道这些。但是你迟早会知道的，那我就告诉你。周苒那小子我早就知道不是好东西。你知道，其实应该是齐然然的，但她后悔了。但没想到你顶上了。”

“天！”花朵一下子明白了一大半，“不会吧，有这么龌龊？”

“这就是所谓的‘潜规则’！”魏霄淡淡地说，“一个模特青春能有几何，年华老去，有脑子没脑子的不都得为以后着想。”

“潜规则？天，我差点遭遇潜规则！”花朵悻悻然。

“你是服装学院毕业的，也应该接触点模特，难道你不知道么？”钟柏问。

“不知道，可能我单纯吧！不过，本来挺完美的谢幕，最后感觉被人扔上来一只臭鞋。魏总，把公司我那张照片拿下来吧。”

“随你。不过我觉得没必要，人是人，事是事，两码事。”

“也对。”花朵花朵喝了一口咖啡，忽然眼睛一亮，“哎，你们俩怎么在一起！”

“你很八卦，就知道你要问，我们还必须说，否则不定传成什么样了。”魏霄笑着搅着咖啡，“我们以前的一个好友来北京了，住在上面，所以我们俩过来看看他。没想到正好遇见了你。”

“哦，那还真巧。对了，”花朵站起身，拱手道，“花朵在此谢过二位了。”

钟柏和魏霄相视而笑。

周六晚上6点，邓建开车把花朵送到赵子慧入住的酒店。赵子慧定的酒店提供一天的酒店住宿，所以计划是前一天晚上住在酒店里，第二天程强直接从客房把赵子慧抱到楼下二层的婚礼现场。

Ada、Ashura、鸭梨，以及赵子慧的两个女同事，两个大学女同学一起来给赵子慧过“告别单身”派对，闹腾到夜里9点多，大家才走。只留下花朵陪赵子慧度过最后一个单身的夜晚。

两个女孩都睡不着觉，说悄悄话到午夜两三点。

赵子慧抱着花朵竟然哭了。花朵忽然意识到一同生活了差不多6年的赵子慧从此就将离开自己。而这段时间太忙，自己并没有珍惜最后和赵子慧在一起的日子，无比感伤，哭得像个泪人。

赵子慧说，婚礼最后抛花球，你一定要站在最前面，我会把花球抛给你。花朵擦干泪水，笑着答应。

虽然婚礼不是花朵做的，但是花朵暗地里给程强出了不少的创意，婚礼浪漫温馨得一塌糊涂。

当赵子慧看到程强在邓建吉他的伴奏下，现场写完一封情书，当场声音发抖地念给她听的时候，眼泪哗哗地流下来。花朵也感动得几度落泪，原来爱情婚姻如此的甜美。花朵偷眼看邓建，邓建冲她傻笑。

终于到了，抛花球的一刻。赵子慧站在台阶上，扭脸冲最前面的花朵一挤眼，然后转过身去。

花球抛向空中，花朵使劲蹦起来去抢。

但是赵子慧抛得太高，花球碰到房间顶上的水晶吊灯，一下改变了方向，最终被一旁赵子慧公司的一个高个女孩抢到。女孩笑得幸福无比，花朵垂头丧气地傻站着。

“花朵，太对不起了。我太笨了！”赵子慧凑过来，小声责怪自己，差点哭了。

“唉，你个小冤家，最后还不给朕留一个好印象。”花朵笑着拥抱赵子慧，在赵子慧耳边耳语，“你永远是朕的爱妃！”

赵子慧破涕为笑。

邓建开着车带着还穿着粉色小礼服的花朵直奔服装学院。

Ashura、鸭梨、Vivian，以及来帮忙的Ada、诸神等人已经做好了全部准备。

花朵和邓建拎着一个旅行箱赶到学校礼堂的化妆室。

“换衣服，换衣服！男孩先出去。”花朵把男孩都轰出去，兴奋地打开旅行箱，“静子的衣服，还有咱们的衣服我都带来了。”

Ada和鸭梨先给静子换好了演出服。

“哇噻！”Ashura又开始咋呼，“太帅了，花朵你真行！静子，告诉你，你今天超漂亮！”

金静子笑着用手摸摸自己的衣领，花朵把金静子的手放在她的肩头靠下的位置，“摸摸看，都是钻，超级闪亮！”

金静子用手轻轻地抚摸着衣服上沾满的钻，满脸幸福地笑，“我能想象得到，我能想象得到。”

花朵听着金静子的话，鼻子一酸，把金静子抱在怀里，“静子，加油！”

“嗯！”金静子使劲点头。

Ada 换完衣服又在对讲机里呼叫在前场的 Ashura，把她换回来换衣服。

乐善基金会的王副会长、校领导，以及制作人张雅冬分别致辞完毕后，主持人有请金静子上场。

诸神刚要搀着金静子上台，花朵忽然大叫，“哎呀，邓建，邓建过来。”

邓建急忙跑过来。

“墨镜，墨镜！”花朵大叫。

“哦，对！”邓建急忙从包里翻出一个眼镜盒，打开眼镜盒，取出一个白框宽腿雷朋墨镜递给花朵。

“等一下，”花朵把金静子扶好，轻轻地把金静子原来戴的黑框墨镜摘下来，给她戴上崭新的白框墨镜。

“花朵给你新买的眼镜，腿上也粘了钻了，非常酷！”邓建解释道。

“谢谢姐姐！”金静子双手摸着眼镜腿。

“没时间了，咱们赶快上。”

诸神搀着金静子慢慢走到舞台中央，让金静子坐到椅子上。然后，诸神把身后的吉他取下来递给金静子，帮她拿好。

所有人聚集到台侧，紧张地盯着舞台上金静子。台下鸦雀无声。

金静子拨动琴弦，放声歌唱。

给我一个希望，把天空都擦亮
给我一个希望，打开那扇久闭的窗
给我一个理想，然我忘记昨日的惆怅
给我一个梦想，让我看见那太阳的光芒
不要再流浪，不要再感到迷惘
我们曾经并肩，一起走过千山万水
不要再流浪，不要再感到悲伤
迎着微凉的晚风，让我们边走边唱
窗外的阳光和山外的远方
给我了感觉也给我了力量
心底的呼吸和天真的脸庞

就是我梦中的，梦中的远方

（注：此首歌源自于北京信息工程学院95届毕业生罗巍1996年为希望工程写下的歌曲《希望》，在此表示衷心的感谢。）

一曲终了，台下几乎所有人都报以热烈的掌声。

金静子站起来微笑着向大家深鞠一躬，“下一首歌《望不了》。”

金静子重新坐下，开始轻吟浅唱。

这首歌有点点悲伤，引得现场一片沉静。

金静子唱完第二首歌，依然站起来给大家鞠躬，“最后一首歌，先给一直帮助我的，曾经是咱们学校的一位学姐，她的名字叫花朵，这首歌也叫做《花朵》。”

伴奏响起，金静子放声歌唱，这次更加地投入，站起身来演唱。

进入复歌阶段，舞台特效开启，舞台上方五彩斑斓的花瓣飘落。

“上！”

花朵、Ada、鸭梨、Ashura和Vivian五个人穿着花朵两年前毕业发布会那套名叫“花开不败”的时装设计作品登台。

这一刻，台下所有的嘉宾、师生、媒体、观众全部起立，为他们的演出报以热烈的掌声，持久没有停歇。

在金静子最后华丽的高音之后，花朵五个人围坐在金静子的左右。

花朵把金静子的手拉过来，放在自己的衣服上，“静子，你摸摸看。”

“羽毛？”

其他四个女孩分别拉着金静子抚摸自己的衣服。

“竹叶、草……”金静子嘴角崭露出吃惊的微笑，“花朵，我太幸福了，感谢你们，感谢你们为我付出的一切。花朵，我看到了，我终于又看到了你的‘花开不败’，看到了你的‘怒放’，你没有让我失望……”

花朵两行泪水流淌下来，“静子，也谢谢你，在两年后，我终于也得到了掌声，谢谢，真的谢谢。”

六个女孩紧紧地抱在一起。

台下几个学生抱着花束跑上台来给金静子献花，金静子抱着满怀的鲜花不停地给大家鞠躬表示感谢。

接下来的签售，老师学生排成了长队。

金静子让花朵一同给大家签名，花朵欣然同意。

“花朵，这是我见过的最令人感动的发布会，你的作品也非常成功，我终于理解了你的作品——花开不败。多好的主题啊。原谅我两年前的过失，好么?”一位中年女士看着花朵，眼含真诚。

“汪老师!”花朵从座位上蹦起来，“您也来了。”

汪老师激动地笑着，“没想到当初我那么不喜欢你，但你却还记得我。我怎么能不来呢，静子和你都是我的学生啊。”

“是吗！太巧了！汪老师，我要给您一个拥抱!”花朵飞快地绕过桌子，紧紧地抱住汪老师，“谢谢您，您终于承认我的作品了，您知道么，我做梦都想着这一天。”

花朵又哭了，这回是放声大哭。

发布会全部结束了，送完金静子，邓建开车拉着花朵和诸神回自己家。

花朵经历了一整天无数次的大喜大悲，已经疲惫不堪，躺在后座上睡着了。

坐在副驾驶的诸神嘬着牙花子说，“花朵这点事儿都能编一个剧本了。太传奇了。”

邓建咧嘴笑，“确实是个有故事的人。你小子一直都喜欢花朵吧?”

“哪儿的事儿啊。”诸神不承认。

邓建看瞥了一眼诸神，“你别装，有人喜欢我媳妇我挺高兴的。”

“我都恶心了!”

“哎，你和小昭怎么样了? 还有联系么?”

“没有，她好像换号码好了，打手机老是关机。”

“是么，这么看来，小昭对你应该是真的，否则也不会受这伤害，还换号码。”

“我觉得也是，不过联系不着人怎么办? 她一重庆人，我也不知道他们家的电话。”

邓建要开车窗，点上根烟，通过后视镜看了一眼熟睡的花朵，“那只能看缘分了，就像我跟花朵似的。你应该知道吧?”

“知道什么啊?”诸神不知道。

“钟柏没跟你说过? 不知道更好。”

“什么啊?”诸神追问。

“要是哥们儿就别问了!”邓建又看了看花朵，“也许过段时间我就向花朵求婚，今天她同学婚礼上，她抢花球都急了，不过最后也没抢着。”

“你麻利的，以后要对花朵不好我跟你丫没完！”诸神正色道。

邓建吐了一口烟，咧着嘴笑了。

服装学院发布会后，超A又组织去了四个学校。虽然没有打榜，但是金静子的专辑依然受到了很多人的喜欢。经过了五个学校的试唱会之后，思博公关最后在北京音乐厅为金静子和乐善基金会做了一场正式的签约发布会，金静子成为基金会的形象代言人。

转眼就到了7月，思博公关北京的项目基本上都停了，就剩下B组的一个活动还在筹备。为了保障奥运期间空气质量，北京开始单双号限行，外地车辆强制分流。

2008年7月30日夜间，邢一郎跟着进场的一辆邮政快递货车被警察截住。

活动前一天晚上要进场，但灯光舞美团队雇不来搬家公司的车。因为是单双号限行，搬家公司说除非给双份的钱，才能安排单双号两套车进场。邢一郎想了个办法，就是直接雇邮政快递车辆运输，因为邮政车辆属于特种车辆，不在限行范围之内。

警察让司机开车仓门发现里面并不是邮件，因此仔细盘问。司机慌了，说出了实话。

车和灯光舞美设备立刻被扣下。邢一郎当天晚上喝酒喝得有点多，当时急了，和警察发生口角，拳脚相向。最后警察把他和司机都押送到了拘留所。司机态度较好，当场放了。邢一郎最后被告“袭警”，被刑事拘留，多长时间未定。

这事算全砸，思博公关将前期付款如数退还客户。

8月1日起，思博公关全体放假。

8月8日晚8时8分，万众瞩目的奥运会开幕。精彩绝伦的开幕式震撼全球近10亿人的目光。

8月24日，中国运动员奖牌总数100枚，其中金牌51枚，金牌数量史无前例的名列世界第一。

8月24日晚，随着贝克汉姆的一脚，把球踢到了2012年的伦敦，北京奥运会完美谢幕。

8月25日，思博公关正式开始上班。

早上例会，大家还沉浸在北京奥运会的激情之中。

魏霄端着咖啡杯和韩骁走进大会议室，大家安静了下来。

“奥运会结束，虽然过几天残奥会就要开始，大家也休息得差不多了，我希望大家尽快把心都收回来。残奥会结束之后，咱们推迟的几个活动马上就要启动，都精神着点。”

魏霄巡视了一下大家，继续说，“再告诉大家一个消息，9月20号，就是残奥会闭幕3天后，利嘉传媒集团CEO钟柏将与《恋家》杂志生活版编辑Angelia甄婕进行婚礼。这个婚礼交给超A策划，所有组参与执行。”

魏霄的话没说完，二十多人像炸开了锅，议论纷纷。

花朵惊讶地看着魏霄，只见魏霄毫无表情地举起杯子，喝了一口咖啡。

“都静一静，今天第一天工作，各组的AE都跟自己的客户联系一下，通知他们咱们已经上班。明天上午咱们开会再正式安排各项工作。散会！”

魏霄带着韩骁走了，这个会总共开了不到5分钟。

花朵忽然想起来没问魏霄婚礼的事找谁沟通，想了想还是直接下楼去找甄Angelia比较合适。

甄Angelia不在，花朵打电话，最后约在下午两点楼下茶餐厅见面。

下午2点，花朵带领超A与甄Angelia进行第一次沟通。基本的设想是，预算50万，场地选择在京城北郊的玫瑰庄园；包括客户在内约500人；两位央视著名主持人友情客串司仪；可以乘坐玫瑰庄园的直升飞机，以及号称戴安娜王妃曾经坐过的马车接亲。

Ashura和大天本以为婚礼很好策划，但听了甄Angelia话，当时就吓傻了。花朵心里早有准备，但也没想到一个婚礼竟然可以动用直升飞机，而且是玫瑰庄园董事长友情提供给钟柏和甄Angelia免费乘坐。

Ashura回去一咋呼，全公司震动。

魏霄带着韩骁走出办公室，走到花朵面前，“要做得有面子。”

魏霄说完扬长而去。

带着极其复杂的心情，花朵开始在网上查找各种豪华婚礼的网页消息。

周一的例会上，尚扬说已经把“金静子”的公关案例向公关协会申报上去了，协会秘书长说很有希望获得“08 年十大公关案例”。花朵十分振奋。

第二天上午，花朵先去了趟乐善基金会送一些资料，11 点回到思博。

一进办公间，花朵发现 Angelia 的桌子变得空空荡荡。再往前走，斜对面媒介部各位同事的桌子也已经一马平川。

花朵一脸疑惑地坐下，Ashura 端着水杯回来。

“媒介部的人全让魏霄 fired 了！”Ashura 挪着椅子，凑到花朵身边

“啊？为什么啊？我看 Angelia 那儿也没人了！”

“这还用问，大清洗！邢一郎还没出来，现在正好下手。”Ashura 喝了口水，“幸亏咱们不是邢一郎一头的。”

“天！Angelia 是谁都讨厌她。虽说媒介部工作没什么起色，但是这几个人又不是工作能力不行。魏霄有点过了吧。”花朵惊恐向魏霄办公室看去。

“我觉得黎辉也快了，他要不自己走人，就得被魏霄给炒了。魏霄发威了，你没看魏霄昨天开会又开始像她刚来时候那样子了么。”

“没发现啊！”花朵确实没发现。

“那是因为你喜欢魏霄，魏霄也喜欢你。昨天开完会，我和诸神聊天，诸神说他也感觉出来了。”

“Ashura，来开会！”Vivian 召集执行部的人开会。

花朵急忙打开电脑，登陆上 MSN，和诸神对话。

大花朵：魏霄炒人了。

死人一挺：看见了。

大花朵：你什么看法？

死人一挺：受刺激了，严重的刺激。

大花朵：什么刺激啊？你说钟少结婚？

死人一挺：一个明恋暗恋钟柏这么多年的老女人，还能受什么刺激。

大花朵：这样公司不就乱了么？

死人一挺：就是要乱啊，这是报复。嫉妒产生邪恶，这个比洞穴理论还要早，能追溯到鱼类。科学家曾做过一个实验。把一雌一雄两条鱼放在一个鱼缸，雌鱼对雄鱼爱搭不理。后来科学家把雄鱼捞出来放到另外一个鱼缸，又在这个鱼缸放了一条雌鱼，把两个鱼缸靠在一起。这样一来，没想到第一个鱼缸里的雌鱼受了刺激了，天天隔着鱼缸对着对面的雌鱼和雄鱼啃，示威。连鱼都知道妒忌。明白了吧。

大花朵：不是你编的吧。不过你一说我就明白了。但这样岂不是太没有风度了。

死人一挺：哀莫大于心死，而人死亦次之。心都死了，还要什么风度。

大花朵：……

死人一挺：……

大花朵：那你说尚扬和 Vivian 为什么不管啊？

死人一挺：尚扬，其实这人还行，但做事来说我不认同。邓建跟我说过尚扬早晚会成大事的，因为他城府很深。乱世出英雄，尚扬等的就是这个机会。Vivian 就别提了，死忠。

大花朵：你怎么改叫这个啦？

死人一挺：我也死了。人死了，心也死了。

大花朵：你啥意思？

死人一挺：待在这儿我就是死人一挺。金静子给我很大启发，她一个盲女孩都能成功，我应该也能成功。我想过了，为什么我工作做得总是半吊子，是因为公关策划不是我的兴趣。你看我每次连现场都不想去，说实话再大的活动我也没有成就感。与其这样还不如放弃。我准备走了，唱歌或者干点其他的什么。

大花朵：师傅！你气死我了，我不许你走！

死人一挺：我要是去找小昭呢？虽然我不知道她在哪儿，但我想她一定在某个地方等我。

大花朵：到会议室抽烟去。

死人一挺：好的。

"别人我不管，但你打算什么时候和魏霄说？"花朵欲哭无泪地问。

"今天吧，等魏霄回来我就说。"诸神抽着烟，看着窗外。

"她要是不同意呢？你跟 Angelia 不一样，魏霄还是很器重你的。"

"你错了。刚才我就说了，魏霄在报复，她肯定立马同意，不信你就看着。"

"你们都走了，我怎么办啊。诸神，我会想你的。"花朵看着诸神的背影，鼻子有些发酸。

诸神继续看着窗外，"花朵，知道么。原来公司没分组，咱们策划部在一起的时候，Sharon 请假，A 组和超 A 合并，还有一起帮和你帮金静子出专辑的这些日子是我最开心的日子。因为我和你在一起。"

花朵沉默了，她实在不知道说什么好，只是看着诸神的背影。

诸神转过身来，露出微笑，“原来我是你师傅，但是最后我从你身上学到的东西更多。”

“我宁愿跟着你学东西。我错怪你了，策划部法则八其实是你给自己的安慰，因为你并不喜欢公关，不喜欢活动。而且你说过你作为我的师傅，会教我十个策划部法则，你刚告诉我九个。”花朵眼睛开始变得湿润。

“那我现在就告诉你策划部法则十……”

“你不许说，你告诉我了，我就出师了。我不要！”

花朵说到这里，眼泪终于抑制不住地流淌下来。

“花朵，你……”诸神没想到花朵竟然会为自己哭泣，惊慌失措。

“你走吧！我要一个人待会儿。”花朵一头趴在桌子上，双肩不停地耸动。

“我……”诸神已经无话可说，一狠心，走出了会议室。

诸神真走了，就像诸神说的，魏霄没有留他。

看着诸神空荡荡的位置，花朵愣了整整一天，没有吃中午饭，甚至没喝一口水。

Ada 怕花朵出什么事，还不到下班时间就打电话让邓建把花朵接走。

Ada 看着邓建大切诺基离去，转向身边的 Ashura 和鸭梨。

“其实花朵和诸神都爱错了人！”

赵子慧结婚了，和程强搬到了新房。花朵三天没上班，邓建又赶上去上海出差。每天一下班 Ada、Ashura、鸭梨就去通县花朵的家里去陪她，轮流一个人留下来陪花朵睡觉。

第四天早上 7 点，当鸭梨醒了以后，发现花朵竟然不在床上。鸭梨找遍了各个房间都没有发现花朵的踪影。鸭梨急忙穿好外衣准备下楼，花朵端着一盆豆浆，提着一塑料袋油条进门。

“刚好你起了，我都楼下跑一圈了，来吃早饭喽！”花朵笑着把豆浆和油条放在餐桌上，又去厨房拿碗筷。

鸭梨疑惑地看着花朵发愣。

“傻愣着干什么，吃饭啦，吃完饭咱们就去上班。”花朵笑着把鸭梨拉到餐桌前，把她按坐在椅子上，自己也坐下。

“花朵，你没事儿吧！”鸭梨盯着花朵。

“没事儿啦，你看我现在的样子像有事的么?”花朵笑着拿起一根油条，在豆浆里泡一泡，放在嘴里大嚼起来。

鸭梨立刻蹦起来，跑到外边，把自己的手机拿出来，拨通了电话，"Ada，花朵没事了。真的，正吃油条呢。嗯嗯，说吃完饭去上班。"

花朵哈哈大笑，"鸭梨，你瞧你，快吃饭吧，到了公司不就谁都见着了么。"

鸭梨挂掉电话，问，"你真的没事了?"

"再问我有事没事我可用我大油手挠你了啊?"花朵右手做爪状。

鸭梨嘿嘿一笑，"我吃，看你这个动作我就放心了。"

花朵和鸭梨两个人到了公司，所有同事都来问安。甄 Angelia 不知道听谁说花朵来上班了，也跑上楼来看花朵。

大家见花朵恢复了往日的微笑，都放心地走开。过了一会儿，魏霄走进办公间，一眼看见花朵，径直走过来。

"婚礼的方案怎么样了?"谁也没想到魏霄开口竟然是这个问题。

"还在进行，大概明后天能出来。"花朵回答。

"到底是明天还是后天?"魏霄说话一点没有温度。

"后天吧。"

"那你后天给钟柏提一下，你一会儿打电话跟他约个时间。"

魏霄转身要走，花朵一旁的 Ashura 急忙问，"魏总，你什么时候看啊?"

魏霄转过身，一脸怒色地凑到 Ashura 面前，咬牙切齿地说，"我没那个闲情雅致!"

魏霄走了，吓得 Ashura 直喘粗气，"太可怕了，魏霄太可怕了。"

钟柏和 Angelia 的婚礼排场先是震撼了超 A，继而震撼了全公司，婚礼现场又震撼了北京城。直升飞机、超长版婚车、皇家马车接亲，24 人的超大伴娘伴郎团陪伴出场，100 多人的交响乐队现场奏乐……这就是一场大秀，但是由于加入了超 A 的创意，也做得华丽而浪漫。

不过，婚礼上也出现了一个十分令人不快的插曲。

当交响乐团奏响委婉悠扬的乐曲，24 人的超大伴娘伴郎团将白鸽放飞的浪漫时刻，钟柏给甄 Angelia 的十克拉大钻戒却怎么也带不上去。虽然甄 Angelia 的手指很纤细修长，但上面华丽的假指甲太大，钻戒卡在假指甲上卡住了。

钟柏顿时冒汗，使劲想把戒指套过去，但是越套越卡，连退都退不下来。甄 Angelia 的手被钟柏弄的生疼，表情十分尴尬。

花朵作为伴娘站在新郎新娘后面，本来想过去帮忙，但摄影师摄像师现在都在对着钟柏和甄 Angelia，如果冒然走过去，必然把现场氛围搞乱。花朵干着急，转头看台侧负责执行的 Ashura 他们。

由于 Ashura 的角度问题，没看到舞台上发生的状况。忽然发现花朵正在看她，挤眉弄眼。Ashura 立刻看了一眼前面的 LED 显示屏，对着对讲机，“Ashura 呼叫大家，Ashura 呼叫大家，Angelia 指甲太宽，戒指卡住了，怎么办？谁有办法？”

“Ashura，别喊了，快去派礼仪拿把剪子上去，把指甲剪断！”对讲机里传出魏霄的声音。

“明白！”Ashura 马上从工具箱中翻出剪刀，放在托盘里，让一名礼仪小姐上台送过去。

礼仪小姐终于把假指甲剪断，退回台侧。

钟柏把钻戒套在 Angelia 无名指上，松了一口气，拉起她的手，举向天空。硕大的钻戒在阳光的照射下，烁烁发光，将台下的女宾们震撼得要死。

婚礼进行到钟柏和甄 Angelia 拥吻的环节，台下的人都站起来鼓掌起哄。

甄 Angelia 仰着身子闭着眼，脸上洋溢着无尽的幸福。钟柏深情款款地搂着她，慢慢地向她靠近，最终双唇相接。

这是花朵作为伴娘第二次如此近地看到两个人拥吻的情景，虽然甜蜜，却感觉不如赵子慧和程强那样感人至深。

婚礼三天后，大梁把婚礼照片送过来。花朵、Ashura、鸭梨三个人一块挑照片，准备做相册之用。

照片很多，每人分了一大摞。鸭梨挑着挑着，忽然拿出一张照片，放在桌子正中央。

“看这张！你们发现有什么问题么？”鸭梨神秘兮兮地看了看花朵和 Ashura。

花朵和 Ashura 飞快的伸出手个按住了照片的一边。争执不过，两个人又站起来把头凑过来仔细看。

“天！”

“哇噻！”

花朵和 Ashura 先后发出惊叹。

这是一张近景短景深的照片，照片右侧三分之一的画面是魏霄左向微低的侧脸。魏霄的眼角挂着一滴晶莹的泪珠，泪珠处于似落非落的状态。照片左侧的三分之二是婚礼舞台背景，舞台上可以模糊的看到钟柏和甄 Angelia 拥吻的身影。

“这抓拍的也太牛点了。”Ashura 赞叹。

“唉，要是不了解他们三个的关系，是多好的一张照片啊。”鸭梨叹气道。

“是啊，”花朵重新坐下，一手撑着脸，看着这张照片，“你们说，这张照片留着么？大梁估计不知道他们仨的关系，肯定还觉得这张照片拍得不错呢。”

“销毁销毁，必须的！”Ashura 咋呼。

“幸亏我发现了，不然后果不堪设想！”鸭梨把照片拿起来，伸手要撕。

“等下，撕人家照片不好吧？”花朵盯着鸭梨手中的照片，“我忽然觉得这才是真正的爱情。”

鸭梨愣住，停住手。

“要不把照片给我吧。”花朵向鸭梨伸出手。

“你要它干嘛？”

“哎呀，就给我吧。”花朵从鸭梨手里抢过来，先扣在桌子的一旁。

鸭梨看看花朵，“那你得收好了，千万别让他们看见。”

花朵点点头，“放心吧。”

三个女孩接着挑，怕再出现这样的照片，挑得更仔细。

“哎，我忽然想起一个问题。”花朵抬起头，“剪指甲这招是谁出的啊？”

“你不知道啊？”Ashura 很惊奇。

“我怎么会知道，我是伴娘，不在台侧，也没带对讲机。”

“打死你也不信，魏霄！”Ashura 表情很夸张地说。

“天，确实出乎我的意料。不过，”花朵又把刚才那张照片翻过来看着，“我信。”

2008 年 9 月 16 日，美国第四大证券公司雷曼兄弟破产为标志，局部次贷危机正式演变为金融海啸，全球金融中心——美国的华尔街经历了“黑色 9 月”。

金融海啸迅速波及到国内的外企，从前风光无限的白领开始变得忧心忡忡。

9月26日，周五快下班的时候，James打电话约花朵晚上出来吃饭。花朵没有多问什么，打卡机铃一响，迅速冲出了办公间。

“这么快?”花朵瞪大眼睛。

“我还算可以的，先回总部待命。公司业务已经收缩，订单减少了30%以上。”James脸上显出从未有过的焦虑和憔悴。

“明天几点的飞机？还好是周六，我可以去机场送送你。”

“好哇，下午3点半的航班。你来送我当然好。”James充满感激。

“嗯，必须的。你是我唯一一个外国朋友，也是我唯一一个学生。哈哈。”

花朵笑着，不想弄得太伤感，因为已经有太多的悲伤，花朵承受不来。

“不过也许我会回来的。”James也露出微笑。

“那要快啊，虽然奥运会已经闭幕了，但我仍然对你说：Welcome to Beijing!”

“咱们第一次见面，你就跟我说的这句话，北京欢迎你。当时你给我留下的印象巨深刻!”

花朵的聊天方式很奏效，一顿饭吃得很开心。直到两个人分手前，才意识到这可能就是“最后的晚餐”。

周六下午2点半，邓建开车把花朵到机场。邓建开车去停车场，并没有跟花朵一同去送行。

花朵急匆匆地冲到国际出发口，终于找到已经换好登机牌的James。

此时为James送行的其他同事都已经走了。

“对不起，我来晚了!”花朵气喘吁吁。

“见到你真好！我以为你不来了呢，我都准备过安检了。”James兴奋地说。

花朵把背着的双肩包拿下来，放在地上，打开拉锁，捧出一个塑料罩罩着的盆栽。

“这个盆栽送给你!”花朵笑着把盆栽递给James。

“送给我的。”James上下左右瞧着。

“嗯，”花朵伸手小心翼翼地把塑料罩打开，一盆铃兰展现在James

面前。

“啊，这个不是你为维莱策划的‘办公桌绿化运动’的盆栽么？花盆上还有维莱的标志呢。”James 一脸惊奇。

“Bingo！答对了，就是办公桌绿化的盆栽。我一直养到现在，现在送给你。你知道这个花叫什么吗？”

“不知道，现在也没花啊，看不出来。”James 仔细端详着。

花朵弯腰又从背包外侧的口袋里拿住一张立拍立现的照片，“你看，开花就是这个样子的。”

James 接过照片看着，“噢，这种花我认识，中国名字我不知道，但是我知道英文名字。英文一共有三种叫法，lily of the valley 山谷百合；lady-tears 应该是圣母之泪吧；还有一个叫 ladder to heaven，意思是天堂之梯。”

“嘿，你懂的还挺多。中国叫铃兰，开花是一串小铃铛。”花朵莞尔一笑，“不过我送你另有意思。我在网上查了，铃兰的花语是‘幸福赐予纯情的少女’和‘幸福的到来’。在法国婚礼上是送给新娘的。不过我借用一下这个意思，幸福赐予你。哈哈，希望你早日讨个好老婆。”

James 哈哈大笑，“好的，非常感谢。”

花朵也笑着，忽一抬头，望见候机大厅外面的擎天柱广告。

“James，你快看！”花朵指着外面。

James 转过身。

候机楼大厅远处立交桥旁的擎天柱广告牌上，几名工人正在撤换原来的广告。那个广告就是花朵和 James 攀岩的维莱牛仔广告。

“拆了……”一直心情很好的花朵，心一下子沉下来。

James 也愣住。

“快，还来得及，咱们一起合个影！”花朵一把架起 James 的胳膊，转过身，举起手机，露出灿烂无比的笑容。

两个人一起高喊，“一、二、三，茄子！”

James 依依不舍地走了。花朵慢慢向停车场走去。

等邓建开车经过立交桥的时候，花朵再次抬头看那个擎天柱广告牌。工人已经开始固定世家黄金的形象广告喷绘。

金融海啸比所有人想象的都要恐怖，国内的企业受到连锁性的打击。思博公关的客户和业务锐减，在并不十分冷的金秋十月，钟柏宣布公司开始“过冬”。

Sharon成为思博公关"冬季"第一个死掉的人。Sharon干了一件很傻的事，碰巧被尚扬发现。

尚扬偶遇思博公关经常合作的一个爵士乐队的主唱大雄。大雄谈起前两天一个网络公司那个活动的钱还没给，让尚扬帮助催一下Sharon。然而前两天思博公关并没有做活动。尚扬从侧面了解到Sharon竟然私下给这个思博的老客户做活动。发生了这种"吃里扒外"的行为，Sharon第二天被辞退了。

晚上吃饭，邓建告诉花朵一个让她大吃一惊的消息。邓建辞职了。

花朵问邓建为什么大家都在害怕被裁员，你倒辞职了？

邓建的解释很简单，干腻了。今后想干点别的，比如，开个酒吧什么的。

邓建的解释和诸神的借口简直如出一辙。花朵忽然意识到邓建和诸神似乎是一个人，他俩都很有才华，都活在自己的理想世界，都有自己所谓的"原则"，对朋友的理解都是无论对错都支持，甚至都喜欢她吃东西的样子……也许，也许自己喜欢邓建是因为喜欢诸神？

花朵不敢再继续想下去，吃完饭没有让邓建送，自己直接打车回了家。

思博公关的人越来越少，加上客户的流失，四个项目组合并成两个，大家陷入了无奈和恐慌之中。

一整天都没有事情可做，离下班还有一小时，花朵叫上Ada楼顶天台抽烟。

"你发现没有广告那边的小白和文案迷糊都不见了。我昨天和海霞一块回家知道，广告这才刚开始，月底将有超过6人被裁。原来利嘉广告也在'过冬'。"

Ada把烟递给花朵，"没办法，有些事咱们真是左右不了。刚开完奥运会那阵还说'后奥运时代'呢，谁想到金融海啸来了。"

花朵刚要说话手，机响了。

花朵从屁兜掏出手机一看，竟然是维莱Selina打来的。

"Selina，怎么是你？"

"你方便说话么？身边有人么？"Selina问道。

花朵看了一眼Ada，走到一边。

"什么事啊？"

"我已经不在维莱了，现在到一家猎头公司上班。"

花朵以为 Selina 打电话可能跟 James 有关，结果不是。

"嗯，然后呢?"

"你知道猎头公司是干什么的吧，所以我给你打电话的意思是给你挖到一个更适合你发展的地方。"

"哈，Selina，你没开玩笑吧？现在所有公司不是减薪就是裁员，那还有什么公司要人啊。"花朵觉得 Selina 的话太不靠谱。

"这你就错了。这其实个整合的时段，小公司撑不下去了，要不被兼并，要不关门。但是大公司还是大公司，此时正好整合尽可能多的客户，挖掘有用的人才。"

"哦，这个还真没听说，不过似乎很有道理。"花朵意识到这是一种可能。

"所以啊，这对大公司和一些出色的人才来说反而是个好机会。现在我干猎头这一行了，首先想到的就是你。反正据我所知，你们思博已经七零八落了。因此，我十分真诚地请你考虑一下。"

花朵听到 Selina 说思博"七零八落"心里有点不高兴，但是据她对 Selina 的了解，应该确实是真心实意的。

"说了这么半天，你还没告诉我什么公司呢？哈哈。"

"哦，对对。告诉你，全球第一公关公司！这回你知道了吧！"Selina 说得无比兴奋。

"天！"花朵失声大叫，她立刻看了一眼远方凹美所在那栋大楼，又看见正在看着那栋大楼的 Ada。

Ada 在花朵面前几次提起凹美，但花朵心里何尝不是如此期待的呢。

"高兴了吧。不过只有一个 AE 的空缺名额。但我觉得你肯定能胜任，无论是你在维莱的职业测评的理论角度，还是后来你为维莱进行的公关推广都证明了这一点。可能你自己还不知道，你在公关界已经小有名气了。"

Selina 顿了顿，"这样，周六下午两点，你去凹美找 HR lily 谈。你的情况她大概已经了解了。不过大公司的面试有很多轮，你一定要有心理准备。另外还告诉你一点，凹美的薪水并不高，大家一般就是到那里'镀金'。不过简历上有了'凹美'两个字，以后就不会再愁找工作了。"

"哦，好的。"

"那就这样了。还有虽然我是猎头，有打知名度之嫌。但我不收你的费用的，纯友情，况且从某种意义上你还是我的徒弟呢。"

"嗯，Selina，我明白，真的谢谢你。"

关于凹美，花朵请教了邓建。

邓建说lily可能是新来的，自己没有印象。因为上半年自己去了美国，回来之后主要负责一个上海的项目，经常是到上海的分公司沟通工作。经过思想斗争，加上邓建一句“你想去就去，不要再想其他的乱七八糟的”，花朵终于下定决心。

周六下午1点半，花朵就来到了凹美所在那栋大楼门口。电梯开门的一刹那，花朵忽然发现Ada就在前面，正往凹美的前台走去。

花朵一愣神，电梯门开始关闭。

花朵最终还是随着电梯下到一楼，她觉得Ada应该比她更希望得到那份工作。

邓建开始鼓捣酒吧的事，谈合作，找店面，搞设计，正在为自己的梦想而努力。

花朵因为不想赔偿违约金，所以一直住到通县租的房子到期。

花朵把邓建带到父母家。花朵父母出乎意料地喜欢这个“准女婿”，花朵妈没事就直接打电话给邓建，让他到家里吃饭。花朵当然很高兴，这是工作忧郁症最好的疗伤药。

周末，本来约好邓建一起搬家，但邓建的一批酒吧设备提前运到，邓建一早就去了音乐酒吧。

花朵只得叫了搬家公司，运着一整车家当来到远扬天地。花了三四个小时，所有东西终于摆放收拾停当。花朵洗了个澡，泡了一壶柚子茶，跑到二层平台，在躺椅上悠闲自得地享受清闲的午后时光。

天空很蓝，有鸽子在飞翔。

忽然，一只离群的白鸽不知为什么失去了方向，俯冲而下。花朵吓得从躺椅上差点摔下来。

“哐”的一声。

花朵回头看，鸽子撞碎了那间神秘房间的窗户。

5分钟后，物业的维修师傅来了。

花朵没有那个房间的门钥匙，只得让师傅绕到平台上。

师傅看看了看被撞碎的玻璃，从工具箱中取出钳子，一点点把窗框残余的碎玻璃取下来。然后把胳膊伸进去，打开窗户，跳进房间。

神秘房间的门终于打开，花朵走进房间。

“全是照片啊，”师傅笑着说，“我先回去划块玻璃再上来安，别着急，几分钟的事。”

师傅走了，花朵愣了。

屋子的四壁上都挂满了像框，每个像框里有一个女孩的身影。在屋子的左侧靠墙位置有一张白色的桌子，桌子摆放着一个 20 寸的，邓建和那个女孩的合影。撞进来的白鸽竟然没有死，在合影前静静的窝着，发出“鼓鼓”的叫声。

花朵一下坐在了地上，一直坐着一动不动。

师傅敲了半天门，花朵才起身去开门。

不到 10 分钟，师傅安好了玻璃，让花朵签完字走了。

花朵回到二楼的房间里，翻开桌子上的一个牛皮本。

2007 年 07 月 12 日，晴

从今天起，我决定记日记了。

花朵，今天是你离去 1325 天的日子。虽然这个数字好像没什么特别，但我却见到了一个和你名字一摸一样的女孩。她的名字，叫花朵。花朵虽然不像你那么聪明，但却很可爱。她说她不记得什么时候投的简历，也不知道公司招的是什么。总之，太不靠谱了。

今天一共应聘了 12 个人，花朵是第一个。当她走了以后，我根本不知道后来 11 个人究竟对我说了什么。最后我还是决定留下花朵，虽然我下周就离开思博了，但是我想总比我直接打电话约她要好吧。

你能原谅我么，原谅我遇见了和你名字一模一样的女孩。

2007 年 8 月 6 日，晴

花朵，今天我奇迹般的又遇见了花朵。

她问起我当时为什么会收下她这个对公关一窍不通的人。我撒了个谎。我说：“其实很简单。面试的最后一刹那，我决定给你这个机会。因为你说了一句话，打动了我，你说‘我叫花朵，我要怒放’，所以我要看你怒放的样子。”

但其实，我是想一只能够叫你的名字。但愿那个女孩能够原谅我的谎言。

花朵似乎很沮丧，我估计是工作的原因。

花朵走后，我立刻给尚扬打了个电话，让她无论如何都要把她留下。

尚扬办到了。

2007 年 8 月 28 日，小雨

花朵，我真的开始怀疑花朵就是你来看我。

途径利嘉大厦的时候，天正下着雨，花朵在雨中拦车。

我把她叫进车才知道她因为没穿工装被轰出来。后面发生的事，真是太巧了。花朵要去她的一个朋友那里借衣服。你知道她的那个朋友的公司，老板是谁么？就是 Peter！就是这个咱们一起去山里玩，把车开到山沟里，让你永远离我而去的 Peter。

虽然你临终的时候不许我恨 Peter，说他救你已经尽力了。我让 Peter 把那件衣服给我，我要送给花朵。虽然这件衣服也许会让 Peter 失去工作，但他永远欠我一条美丽的生命。

我终于下定决心和花朵约会。这也许是我们新的开始。

……

2008 年 10 月 03 日，小雨

花朵，我辞掉了工作。

我已经厌倦了。

我想起你提到过，希望我们能够拥有一间酒吧。

落日的余晖从窗子照进屋里的木地板。你在吧台里擦拭红酒杯，而我抱着吉他低吟浅唱。

现在我脑子里成天就是这幅画面，我开始为此努力了。

对了，上个月花朵带我去了他父母家，老两口人都很好。

我彻底爱上了花朵，但我永远不会把你忘记。

“花朵，花朵，我回来啦！”邓建喊着，走上了楼。

花朵夺路而去。

花朵搬回了皇城根父母家，依旧每天上班。

半个月后，Ada 终于得到了她梦寐以求的凹美公关的录取电话。

和 Ada 告别的时候，花朵笑着问，“以前你总是在利嘉大厦的顶楼平台上眺望凹美，到了凹美以后，会不会在凹美大厦眺望思博呢。”

第二天上午，黎辉被炒，原因不明。下午，设计总监“大辫男”宝爷向魏霄递上了辞职报告。

10 月 23 日上午 10 时 40 分，在美国国会众议院 20 名议员前，格林斯潘承认：“我认为以追求自我利益最大化为目标的组织，尤其是银行之类，最善于保护他们的股东的权利和公司股份，但是我错了。”

2008 年 10 月 23 日，思博公关 6 周年。

没有周年庆典，不过下了班，钟柏叫上大家一起去吃饭、唱歌。

晚上 10 点 40 分，在大家就要起身散场的一刻。

魏霄举着酒杯站起身，走到钟柏面前敬酒。

“钟柏，我正式向你提出，我决定辞去思博公关总经理职务。谢谢你一年来对我的赏识，也感谢大家对我工作的支持与帮助。谢谢！”

在钟柏无比震惊的目光中，魏霄把酒一饮而尽，然后走出了包间。

钟柏一下子坐在沙发上，目光呆滞。

现场一片沉寂，花朵拎起包冲出来。

“魏总，我有话对你说。”

“好！”

魏霄竟然爽快地答应，这出乎花朵的意料之外。

钱柜 KTV 附近一家的叫“切”的酒吧。

魏霄和花朵叫了一瓶红酒。

“你说吧，看你能说服我么？”魏霄盯着花朵的双眼，咄咄逼人。

花朵没想到魏霄如此开门见山，一时不知如何开口。

魏霄抿了一口红酒，开口，“花朵，你也走吧，真的，虽然我对不起你，但没有办法。你能力很强，到哪里都有饭吃。”

“可是，魏总，你为什么要这样。一个人对你的伤害有这么大么？”

魏霄笑了笑，“不说我，说你。诸神的走对你有那么大的伤害么？我没记错的话，你三天没有来上班。”

花朵一下子愣住，魏霄看人太透彻了，以至于到了恐怖的程度。

魏霄晃着手里的杯子，很平静地说，“给你讲个故事。”

魏霄开始淡淡地诉说和钟柏相识相知相恋最后又分开的故事。

魏霄和钟柏高中的时候是同班同学，高二文理分班又分到了同一个文科班，并且成了同桌。两个人在后来两年的高中生活中关系越来越密切。在高三填报志愿的前夕，魏霄和钟柏击掌对誓，两人要填报同一个志愿——JFJ 国际关系学院。这个志愿其实是钟柏从上高中以来一直的志愿，他喜欢军事，更希望自己成为一个 007。魏霄为了钟柏，最后也决定考这个学校。高考结束那天晚上，魏霄由女孩变成了女人。

JFJ 国际关系学院属于提前录取，高考录取通知书发下来，魏霄首先接到。但是钟柏的录取通知书却没有发下来，魏霄就意识到不对。过了几天后，钟柏接到了录取通知书，但却是北大的录取通知书。

魏霄只身前往 JFJ 国际关系学院报到、上学、毕业、分配，从此再也没有找过钟柏。

数年后的一次巧遇，两人再次见面。钟柏得知魏霄目前从事公关行业就请她到思博公关当客户总监。但魏霄没几天就发现钟柏已经有了情人——Angelia 甄婕，这个利嘉传媒《收藏》主编的女儿。于是魏霄退出。这也就是魏霄第一次来思博公关只待了几天的原因。

但是，07 年 6 月，魏霄无意中得知钟柏的高考分数比魏霄的分数还多 1 分。因此不可能自己考上了 JFJ 国际关系学院，钟柏没考上。魏霄最后通过明察暗访，得知当年是由于钟柏父亲的阻挠，钟柏最后放弃了 JFJ 国际关系学院。钟柏背着魏霄找老师又要了一张高考志愿表，提前录取的学校空着。

魏霄怒了，他不恨钟柏的父亲，因为老人家希望儿子“子承父业”可以理解。魏霄恨钟柏，为什么不跟自己说清楚，如果当年说清楚的话，是会原谅他的。

“于是，你就回来了?”花朵听得五迷三道，既同情魏霄，但又不认同这种做法。

“嗯，我要让他伤心。”

“但是这样你心情就好了么?”花朵不知道如何说服魏霄。

“说实话，这已经无关我的心情。如果是心情的话，在思博一年多的时间里，我确实并不只是怨恨。我也喜欢上了这份工作，喜欢你的清纯，喜欢诸神的才华，喜欢 Ada 的上进，也喜欢 Vivian 的坚持。"

"那你为什么啊?" 花朵被魏霄的话说得晕头转向。

"就为了一个目标——让钟柏伤心。刚才我跟你说了我大学的学校。老师是怎么教我们的？奔着一个目标，无论发生了什么事，无论今后的对错，都要实现这个目标。在这个过程中不需要你思考它的价值，不需要感受到过程中的喜怒哀乐。因为你已经定下了这个目标。出弓没有回头箭！真的没有！原本这个计划会很复杂，但金融海啸起了推波助澜的作用。"

魏霄很平静很平静地说着，花朵忽然意识到自己无论如何也不能把她说服。这是花朵第一次感觉到一件事靠努力是不行的，以前未曾有过。

当花朵回过神来，魏霄起身离开了。

花朵脑中一片茫然。

忽然，花朵拎起包，飞奔出门。

魏霄的车已经掉头开到路边。

"魏总，等等！"

花朵气喘吁吁地跑到魏霄的车前，魏霄把车窗摇下来。

花朵飞快地拉开包上的拉锁，取出一张照片。

"这张照片我一直留着。我觉得这才是真正的爱情。既然已经结束了，就请你把她撕掉。"

魏霄看着这张本来应该被销毁的照片，两滴热泪滚落下来。

魏霄飞快地把车窗重新摇上去，驱车而去。

思博 6 周年聚会的第二天一早。

尚扬和钟柏、Vivian 一起去怀柔红螺寺烧第一炷香。

尚扬回来后，在会议室对花朵说，钟柏从山上下来，车开到一半就不往前行了。

钟柏下车，靠着一棵老槐树抱头痛哭。

2008 年 12 月 1 日，钟柏把思博公关正式更名为利嘉公关。同一天，邢一郎重新回到工作岗位。

2008 年 12 月 30 日，花朵辞职的前一天，花朵曾经跟 Vivian 有过一次长时间的对话。

花朵问 Vivian，"你会走吗?"

Vivian 轻轻地摇摇头，"我怎么舍得呢，这里有我 6 年的努力。而且，如果是朋友，无论对错都应该支持他。现在钟柏需要的就是这个！”

“无论对错，都支持他……”

邓建曾经这样对花朵说。花朵陷入沉思。

花朵支持小昭去实现梦想，支持诸神去寻找爱情，支持金静子战胜命运，支持 James 接受挑战，支持 Ada 踏上新的台阶，支持魏霄展现她女人的一面，支持邓建追逐自由……但最后，谁来支持她呢？

2008 年 12 月 31 日，从暖洋洋的呷哺呷哺火锅店出来，时间正好 12 点。同事互道新年快乐，作鸟兽散。

夜风刮得正劲，花朵不禁一激灵，打个喷嚏。她急忙翻开包，包里有纸巾，还有一沓 A4 纸，那是在思博公关做的最后一个策划案，案子还没签下来，但和她已经没有任何关系。A4 纸忽然被一股旋风刮起，随风四处飞舞飘扬。花朵原地站着，没有去追，泪水莫名流淌，脸上却漾开微笑。

2009 年 1 月底，通过甄 Angelia 的介绍，花朵到一家叫《Office》的职场杂志上班。作为读者互动栏目的编辑，花朵每天都会收到一些刚刚进入职场的小白领的问题。问题五花八门，花朵解答这些问题的时候也会想到从前的思博公关，现在的利嘉公关。

尾声　春暖花开……

3月23日，加班到7点半，花朵走出公司大门，一下撞到尚扬。

"你？"花朵喜出望外，"好久不见了，老大！"

"赶紧走，门口候你一个多小时了！"尚扬拉着花朵的手就往电梯跑。

"到底干嘛啊？"花朵大叫。

"到了就知道了！"

一路上，尚扬并不多说话。

车程很短，5分钟到达华泰大饭店地下车库。

尚扬看了一下手表，"应该还来得及，上楼，一会儿你就知道了。"

尚扬带着花朵一路飞奔到二楼的大宴会厅，从大宴会厅的侧门员工通道进入到里面。

大宴会厅内金碧辉煌，高朋满座，热烈的颁奖音乐激荡耳膜。

花朵向舞台上看去，舞台上颁奖的领导和领完奖的嘉宾开始依次走下台，其中有钟柏的身影。再看舞台上主背景板上写着"2008十大公关案例颁奖盛典"的活动主题。

"还是晚了，钟柏领奖了已经！"尚扬搬过花朵的肩膀，"花朵，你为乐善基金会和金静子策划的活动荣获了08年度十大公关案例。这是业内最高的荣誉，恭喜你。你等下，我给钟柏打个电话！"

花朵简直不相信自己的耳朵，这真的是一个奇迹么？

"下面我们特别有请一位嘉宾上来，她就是乐善慈善基金会形象代言人，音乐盛典最佳慈善歌手金静子小姐。大家掌声欢迎！"

带着白色镜框墨镜的金静子在礼仪小姐的引领下走上舞台。

一曲《花朵》演唱完毕，主持人迎上来，"金静子，作为08年度十大公馆案例慈善公益大奖的主人公，你现在最想说的是什么？"

"首先，我现在最想说的是，我感谢一位叫'花朵'的女孩，是她的爱心和帮助使我能够站在这个舞台上。这个舞台不仅仅是我唱歌的舞台，是我人生的舞台，但更应该是花朵收获喜悦和荣誉的舞台。不过，今天花朵没有到场，我十分遗憾。如果花朵能够看到今天的颁奖，我会对她说：

花朵姐姐，公关事业对你来说不仅仅是一个职业，更是你用你的心和热情浇灌出来的一个花园，在这个美丽的花园里，花开不败！”

2009 年 5 月 30 日，花朵的生日。

诸神和小昭终于在今天刚开张的“远方”盲人按摩院里找到了花朵。

金静子退出了她热爱的歌唱舞台。金静子说自己得到的帮助太多了，她不想总是向别人鞠躬，要通过自己的努力去帮助更多的人，所以她用所有的演出收入开了这家有七八名员工的按摩院。

诸神翻出小昭在思博 5 周年年会上获得的 DV，接上电视。

电视上是小昭撰写导演，诸神作词作曲的小型实验音乐剧《上班图个乐》。

“超赞！”看完了音乐剧，花朵大叫，忽又转向小昭，“里面的赵桂花老喊‘我要怒放’、‘我要怒放’！这是我的原创，剽窃我版权啊，给钱给钱。”

诸神、小昭、金静子被花朵的话逗得哈哈大笑。

诸神的手机响了。

诸神接完手机，走过来，“带上静子，咱们走，花朵你的生日派对已经准备好了！”

“啊？”花朵大吃一惊。

“走吧，大家不会忘记你的！”小昭一手拉着花朵，一手拉着金静子。

诸神车开到蓝色港湾，路边停车。

“花朵，大花朵！”

马路对面传来一阵叫声。

花朵抬眼望去，Ada、Ashura、鸭梨、Vivian、钟柏、甄 Angelia、尚扬都在向她招手。

花朵兴奋得合不拢嘴，和大家一一拥抱。

“行了行了，该抱的都抱了吧，还有谁没抱？”Ashura 咋呼地问。

“Ashura，来抱抱！”诸神一脸无耻地向 Ashura 张开双臂。

“淫贱！”小昭大吼。

大家一阵哄笑。

“进店进店！”尚扬走到花朵身边，伸手指着酒吧的门脸，“花朵，你看！”

花朵笑着抬起头，只见这个墙上绘满鲜花的酒吧门脸上方，原木的牌匾上刻着四个字“花朵酒吧”。

花朵一愣，被大家簇拥进到酒吧里面。

酒吧里到处是鲜花，香气扑鼻。

甄 Angelia 把花朵拉到一张大原木桌子前坐下，伸手推过插着一只铃兰的酒水牌。

“看看，想喝点什么，这里的鸡尾酒的名字都和花朵有关。”

花朵惊讶地把酒水牌拿到手里，仔细地看着。

我要怒放、花开不败、花季王朝、生如夏花、花开两朵、花枝乱颤……

忽然，吧台响起金静子演唱的那首《花朵》。

花朵望过去。

邓建拿出一个棒球帽，反戴在头上，又翻出个宽边黑墨镜带上。

接着，邓建一脸微笑地冲花朵伸出左手，右手按住左手的无名指。

当邓建把右手松开，左手无名指上戴着一个巨大的骷髅图案银戒指。

花朵愣了足有10秒钟，她脑海里终于浮现出思博5周年庆典的那一幕。

邓建从自己的背包里翻出一个棒球帽，反戴在头上，又翻出个宽边黑墨镜带上。

邓建又从背包外面的侧兜里掏出俩大骷髅图案的银戒指，自己套左手无名指上一个，把另一个递给花朵，“给你一个订婚戒指戴。”

“去!”，花朵张着大嘴接过戒指，往左手无名指上戴，忽然觉得不对劲，又摞下来戴在中指上，美滋滋地举着中指让邓建看。

花朵终于懂了，终于明白邓建一年多以前就已经向她求过婚了。

花朵“哇哇”叫着，翻开自己的背包，从背包里面的小口袋里取出一个一摸一样的骷髅戒指，认真地戴在自己左手的无名指上。

“你愿……”

不等邓建说完，花朵一下全身跨在邓建身上，拼命地高喊，“愿意愿意我愿意!”

2009年6月1日，上午9点30。

花朵出了电梯，走到利嘉公关的前台。前台是一个花朵并不认识的女孩。

“你是来上班的新员工吧，9点半了，迟到半小时要扣工资的，以后注意点儿。”女孩很热情地递给花朵一张打卡机的卡片和通讯录表格，“自己写上部门、职务、名字。”

花朵认真地部门后面写上“客户”，在职位上写上“客户总监”。

花朵接着填写通讯录，门外走进来一位女士，气质高贵，微红短发，表情冷峻，手挎LV。

“您好! 找谁!”女孩傻傻地问道。

(全文完)

2009－3－29于世外桃园